**연애 결핍
시대의
증언**

연애 결핍 시대의 증언

이 시대 청춘의 사랑은 불황기의 구직과 닮았다

2022년 3월 21일 초판 1쇄 발행

지은이 ｜ 나호선
펴낸곳 ｜ 여문책
펴낸이 ｜ 소은주
등록 ｜ 제406-251002014000042호
주소 ｜ (10911) 경기도 파주시 운정역길 116-3, 101동 401호
전화 ｜ (070) 8808-0750
팩스 ｜ (031) 946-0750
전자우편 ｜ yeomoonchaek@gmail.com
페이스북 ｜ www.facebook.com/yeomoonchaek

ISBN 979-11-87700-45-6 (03810)

여문책은 잘 익은 가을벼처럼 속이 알찬 책을 만듭니다.

연애 결핍
시대의
증언

나호선 지음

이 시대 청춘의 사랑은
불황기의 구직과 닮았다

여문책

차 례

연애 결핍 시대의
증언

사랑과 봄의 공통점은
누구도 그 방문을 막을 수 없다는 것이다.
사랑이 산업이라면 원치 않는 실업과 마찬가지로
원치 않게 사랑을 단념당한 삶은 산업재해다.
청춘靑春은 글자에 봄을 품고 있고
봄은 사랑에만 집중하기 좋은 계절이지만,
지금 청춘들은 삶에 치여
사랑을 포기하는 산업재해를 겪고 있다.

프러포즈

일전에 친구가 내게 물었다.

"결혼할 때 프러포즈는 어떻게 할 거야?"

나는 대답했다.

"뭐, 글쎄⋯⋯. 일단 나랑 결혼할 건지부터 묻는 게 순서가 아닐까? 결혼은 계약이니까. 함부로 할 수 없지."

"뭐야! 한다 치고 좀 근사하게 해봐."

"일단 장난기 많은 평소의 얼굴을 감출 거야. 그리고 진지한 눈빛으로 마음을 전할 때를 기다리겠지. 그다음에는 또박또박 말할 거야. 나랑 살면 원룸부터 시작해야 해. 외식은 한 달에 몇 번 없을 거고 어쩌면 한 10년은 대중교통 타고 걸어다녀야 할지 몰라. 네가 걷는 걸 싫어하지 않으면 좋겠는데. 부모님 눈치나 친구들 사는 거 보다 보면 기가 죽을지도 몰라. 맞벌이를 해도 빠듯하겠지. 우리가 결혼을 하면 낭만보다는 현실 속에 살게 될 거야. 기대보다는

실망과 마주할 테고. 그래도 그런 것보다는 서로가 서로에게 의지
해가면서 차곡차곡 삶을 쌓아가는 미래를 꿈꾼다면 나와 함께 살
아줘. 죄 안 짓고 성실하게 살면서 개도 한 마리 키우고. 이름 짓는
건 네게 양보할게. 조금 아껴 살면서 우리 이름으로 된 작은 집도
사보자. 차를 몰게 된다면 사정이 허락하는 대로 여기저기 다녀도
보고. 네가 농담을 던지면 언제든 맞받아칠 준비를 할게. 이게 나
의 사랑이야."

"그건 프러포즈가 아니라 이별 통보 아니야?"

"그런 셈이지. 가급적 하지 말자는 말이야."

"책임 때문에 그런 걸까?"

"책임감이 강한 사람에는 두 부류가 있다고 생각해. 감당하는 사
람과 가까이 가지 않는 사람."

"너는 후자구나."

"나라는 사람이 좀 그래. 강아지를 예뻐하는 것과 키우는 것은 다
른 문제야. 아파서 밥조차 제대로 못 먹고 아무 데나 똥오줌을 지
리는 털 빠진 노견의 죽음까지 사랑해야 해. 그 모든 고통과 비용을
떠안는 게 책임이잖아. 나는 굳이 애쓰면서 음이 높은 노래를 부르
기보다는 음을 낮추어 잔잔하게 맞춰 부르는 사람에 가까워. 무리
하게 감당하다 보면 대개는 끝이 안 좋잖아."

"널 이해해주는 사람이 있을까?"

"뭐, 내가 누구에게 이해받기 위해 태어난 건 아니잖아. 이해받으
려고 살아가는 것도 아니고. 어차피 이해하지 못하는 사람끼리 살

아가는 게 세상일 텐데. 이해한다고 해서 더 잘 살고, 오해한다고 해서 더 못 사는 건 아닌 것 같아. 중요한 건 이해에 급급해서 소중한 관계를 해치지 않는 일 아닐까?"

"생각에 힘을 좀 빼."

"알았어."

프러포즈를 주제로 짧은 글을 쓰게 된 계기가 있다. 대학교 2학년 때 부산의 대형 호텔 웨딩홀에서 예식 진행 아르바이트를 했다. 광안대교가 시원하게 내다보이는 배경 맛집이었다. 하지만 식장은 신랑·신부와 하객들에게 쉽사리 바다를 보여주지 않았다. 암막 커튼으로 꽁꽁 싸매고 있다가 부부의 탄생에 사람들의 이목이 쏠릴 때쯤, 식의 절정에 이르러서야 자신의 존재를 드러낸다. 식의 마무리는 행진이다. 신랑·신부가 경쾌한 행진곡 반주에 발맞춰 긴장된 걸음을 내디딜 때, 천천히 커튼이 걷히면서 눈앞이 확 트인다. 넋이 나갈 정도로 푸른 바다와 잘게 부서져 반짝이는 햇빛, 연인의 마주 잡은 두 손 같은 현수교가 활짝 펼쳐진다. 마치 바다가 두 사람의 결혼을 축복하기 위해 존재하는 것만 같은 기분 좋은 착각에 빠지고 마는 곳. 신랑과 신부는 눈앞에 가득 펼쳐진 바다를 바라보며 눈부신 햇살의 도움을 받아 자신의 미래를 향해 걸어 나간다. 그 연출을 내가 담당했다.

채용된 계기가 다소 우습다. 우연히 학교 홈페이지 자유게

시판의 구인공고란을 보고 한참을 망설이다 면접을 보러 갔다. 괜히 연락해놓고 거절당했을 때의 무안함을 지나치게 적극적으로 상상한 나머지 그냥 가지 말까도 싶었다. '에이, 떨어지면 바다나 보러 온 셈 치지, 뭐' 하면서 말끔히 차려입고 원룸을 나섰다. 하드 왁스로 머리를 넘겨 시원하게 이마도 드러냈다. 생전 해본 적 없는 헤어스타일이었다. 호텔에서 의욕적으로 예식장을 리모델링한 터라 직원들이 분주했다. 나 같은 아르바이트 면접자를 맞이할 정신적 여유가 없는 듯했다. 끝도 없는 대기 시간이 이어졌다. "잠시만 있어 보세요"라는 말이 세 차례쯤 반복되자 살짝 짜증이 올라왔다.

한참을 멍하니 있다가 돌아가려고 마음먹을 때쯤, 갑자기 새로운 조명기기와 음향기계를 설치하러 온 설비 기사 아저씨가 내게 말을 걸었다. 아마도 차림새만 보고 나를 호텔 직원으로 착각한 듯했다. 성질 급한 부산 아저씨는 내게 모든 기계 세팅과 조작법을 속사포 랩하듯 알려주고는 황급히 자리를 떠났다. 지루하게 할 일도 없이 한참을 서 있던 나는 어리둥절했지만 기사 아저씨가 열심히 알려주기에 일단 배웠다. 바로 30분 후에 첫 예식이 있었다. 예기치 못한 기사 아저씨의 조기 퇴장 덕에 최신식 음향장비와 조명장비를 다룰 줄 아는 사람이 졸지에 나밖에 없게 되었다. 얼떨결에 나는 그 자리에서 즉시 채용됐다. 호텔 측에서는 미덥지 못한 20대 초반 남자애 하나를 제대로 검증조차 하지 못한 채 채용한 셈이라, 무더운 여름날 산

정상의 냉오이를 비싼 돈 주고 사 먹는 기분이 들지 않게끔 더 열심히 일했다.

그 예식장은 아르바이트비를 주는 방식이 좀 독특했다. 2014년 법정 최저시급은 5,210원이었다. 젊음의 한 시간이 고작 그것밖에 안 되나 싶었지만, 그걸 제대로 지키는 업체도 몇 없었다. 하지만 결혼 산업은 돈이 잘되는 모양인지, 나 같은 말단에게도 꽤 많은 액수가 들어왔다. 다른 데는 어떻게 주는지 몰랐지만, 일단 여기는 첫 예식이 5만 원, 그다음부터는 회당 1만 5,000원씩 추가되는 구조였다. 첫 예식 준비 작업은 한 시간 반쯤 걸리지만, 한번 세팅을 해두면 30분마다 다음 부부를 맞을 수 있었다. 시급으로 환산하면 약 2만 원가량의 돈이었는데 가난한 대학생에겐 큰 액수였다.

노동 강도도 세지 않았다. 다만 절대 실수를 해서는 안 됐다. '결혼은 일생에 한 번'이라는 일반적인 인식이 부담이었다. 조명을 신랑·신부와 혼주들의 걸음걸이에 맞게 적당한 밝기로 인상을 찌푸리지 않을 만큼만 쏴주어야 했다. 한복과 드레스는 특히 걸음걸이가 조심스러워서 더 많은 집중을 요했다. 모든 게 타이밍과의 싸움이었다. 드라이아이스로 분위기에 어울리는 강도로 연기를 피우고, 샴페인 분수의 수압을 결정하며, 식이 절정에 이르렀을 때 폭죽을 터뜨렸다. 자동식 커튼을 열어젖혀 바다를 보여주는 일도 내 담당이었다. 커튼을 너무 일찍 열어서도, 너무 늦게 열어서도 안 됐다. 신랑·신부마다 키스하는 타이밍이 제각각이라 외간 남녀의 입술만 눈에 힘 빡 주고 쳐다봤다. 유일한 남자 직원인 탓에 힘쓰는 일이나 청소와 같은 잡역을 도맡아 했다.

가장 만족스러웠던 것은 무려 3만 원 상당의 호텔 뷔페가 공짜라는 사실이었다. 신랑·신부가 식을 치르는 데 도움을 주는 스태프들에게 밥을 사는 게 관례라 했다. 그 덕에 종종 밥을 굶던 대학생은 부산 바다의 싱싱한 회와 육즙이 가득한 소고기 스테이크를 주말마다 배불리 먹을 수 있었다. 청춘에게는 3,000원짜리 학식으로 채울 수 없는 허기라는 게 있는데, 호텔밥이 젊은 위장에 기름칠을 제대로 해줬다. 신랑·신부가 두 손 모아 자르고 남긴 처치 곤란의 케이크도 내 몫이었다. 여덟 조각난 케이크는 락앤락 밀폐용기에 담겨 1,000원짜리 아메리카노와 함께 든든한 내 평일 점심이 되어주었다. 덕분에 점심 값도 굳었다. 눈요기와 귀 호강도 많이 했다. 어디서 본 듯한 군소 지방 방송 진행자나 리포터, 한물간 중년 연예인과 개그맨이 종종 사회자로 왔다. 현직 유명 가수가 와서 축가를 부르기도 했는데, 노래를 업으로 하는 사람이라 그런지 노래의 질이 달랐다. 저가형 마이크의 부족한 성능을 무시한 채 뚫고 나오는 성량과 독보적 음색. 여러모로 남는 장사였다.

100여 쌍의 남녀를 부부로 만드는 데 일조하며 수많은 결혼식을 지켜보았다. 규모가 웅장하고 구석구석 돈의 손길이 안 닿은 곳이 없는 화려한 예식부터 신랑·신부의 외모가 눈부신

균형을 이루는 선남선녀의 만남, 유전자의 또렷함으로 누가 누구의 하객인지를 명확하게 알 수 있는 경우, 다국적 하객이 한데 모이는 국제 커플, 주례 선생님과 하객을 모조리 아르바이트생으로 채운 자본주의형 예식, 지하세계 어깨들의 담배 냄새가 진동하는 결혼식까지. 세상 사람의 종류만큼 식도 다양했다. 여러 유형의 결혼식을 지켜보다 보니 '생김새가 닮고 경제력도 엇비슷한 사람끼리 결혼하는구나' 싶은 생각이 들었다. 그러다 가끔씩 스무 살가량이나 차이 나는 신랑·신부의 나이에 입이 떡 벌어지기도 했다.

그중에서도 유독 한 커플이 기억에 강하게 남아 있다. 혼자 식장에 남아 뒷정리를 하는데 신랑이 화장실 구석에서 너무나도 서럽게 울고 있었기 때문이다. 내가 휴지를 가져다주며 이렇게 기쁜 날 왜 우느냐고 물었더니 신랑이 울면서 답했다.

"프러포즈를 한참 전에 했어요. 가진 게 사랑뿐이라 결혼하는 데 3년이나 걸렸어요."

자세한 내막은 기억나지 않는다. 양가의 반대가 극심했다고 하는데, 이유는 남자 쪽이 가진 게 없고 일자리가 불안정했기 때문이라고 들었다. 가난한 부모를 둔 신랑은 어려서부터 혼자 벌어 대학까지 고학하며 여기저기를 전전했다. 같은 대학에서 만난 신부는 그 과정을 오롯이 기다려주었다고 한다. 신부는 교제 사실을 차마 자신의 부모에게 말하지 못하다가 본인이 안정된 자리를 잡은 후에 알렸다. 그러나 신부 측 부모는 아파트가 없이는 절대 결혼시키지 않겠다고 했다. 사랑은 두 사람이 하는데 결혼은 모두가 하는 것인지, 양가의 자존심 대결로 번진 모양이었다.

사회를 보던 신랑의 친형이 결혼 준비를 위해 동생이 얼마나 고생했는지 신랑의 공적을 은근하게 강조했다. 밤잠을 줄여가며 공부해 탄탄한 직업을 갖고, 근검절약을 통해 차곡차곡 돈을 모아 약간의 대출을 껴서 아파트를 하나 장만했다고 했다. 식을 계획할 때부터 일부러 보란 듯이 결혼도 풀옵션으로 꽉꽉 채워 치르고자 했던 이유가 있었다. 그렇게 몇 년을 바친 식이 끝나버리자 고생의 순간과 허무함이 맞물려 풀려버린 긴장의 틈새에서 서러움이 북받쳐 올랐던 것이다. 가진 게 사랑뿐이라는 말은 결혼하는 데 사랑 이상의 것이 필요하다는 것처럼 들렸다. 결혼은 계약이고, 특히 한국에서는 집안 간 인수합병에 가깝다는 내 편견은 아마도 이때 생기지 않았나 싶다. 신랑에게서 커팅 후 남겨진 웨딩케이크를 받았다.

신랑 측의 이야기를 듣다 보니 결혼을 위해 치러야 했던 그의 고난이 왠지 남 일 같지 않았다. '난 더러워서 결혼 안 해. 고구려만 해도 데릴사위제가 있었고, 모두가 공평하게 가난했던 시절에는 사람만 괜찮으면 단칸방이라도 출발시켜줬다는데, 이건 뭐 매매혼도 아니고 나 같은 무일푼은 결혼하지 말라는 거야, 뭐야!' 나는 이내 그 신랑에게 강하게 감정이입이 되었다. 신랑이 나와 처지가 비슷한 사람으로 보였고, 그의 어려움이 곧 나의 예견된 미래가 될 것 같았기 때문이다. 결혼은 사랑하는 두 사람이 미래에 대비하는 한 가지 방식이라 생각한다. 두 어른이 심사숙고해서 결정하고 그 결정을 시험하기 위해 오랜 기간 교제를 통해 서로를 탐색한 신뢰의 결과다. 그래서 부모는 철저히 응원자의 입장에서 신랑·신부의 자유의사를 존중해야 한다고 믿었다. '어른이 왜 자기 인생을 다른 어른에게 허락받아야 해?' 내 안에 퍼진 의문이었다. 그러나 족히 100번 넘게 식을 치르다 보니 하객은 부모의 하객이었고 축의금은 여태껏 부모가 뿌린 돈을 부모가 회수하는 것에 가까웠다. 여러 부부의 탄생 서사를 주워듣다 보니 결혼은 일종의 가족 사업으로 수렴됐다. 그래서 부모가 자식의 결혼에 왜 이리도 개입하고 간섭하려 드는지 약간은 알 것도 같았다.

결혼식 비용 견적을 낼 때면 예식 플래너는 끊임없이 "인생에 한 번"을 강조했다. 영업 비법은 인간의 심리적 약점인 허영심을 들추어 비교하는 것이었다. 플래너는 '하면 좋다'를 '해야 한다'로 바꾸는 데 능한 사람이었다. 예식 플래너의 세계에서는 가능성이 곧 필요성이었다. 고객이 쉽게 납득하지 못하면 필요성을 하나의 장면으로 바꾸어냈다. "선생님, 꽃 뿌려주는 아이가 신부님 곁을 따라간다고 생각해보세요. 정말 근사하지 않겠어요?" 어느 종교의 교주를 했어도 잘했을 타고난 이야기

꾼이었다.

 "요새 결혼식 다 공장에서 찍어낸 것 같은데 결혼식엔 이런 특별함이 있어야죠!" 보편과 특수, 그러니까 '남들도 이만큼은 한다'와 '남들은 이런 거 해본 적 없다'를 변화무쌍하게 오가며 고객의 넋을 빼앗는다. 그렇게 '일생한번교'의 전도를 받은 고객은 홀린 듯이 '□화동'란에 표시하기 마련이다. 그러면 수완 좋은 플래너는 말끝을 올리면서 재빠르게 "아이 섭외랑 아이 꽃값이랑 해서 20만 원 추가세요~!"를 덧붙인다. 지갑 사정에 따라 몇몇 옵션에서는 소소한 타협이 있었지만, 내가 지켜본 고객 대부분은 비교와 욕망에 이끌려 필요와 형편보다 크게 예식을 치르고자 했다.

 결혼은 사랑의 법적 표현이다. 우리 사랑이 주변의 인정과 축복을 받을 충분한 자격이 있다는 것을 법이 공인한다. 예식은 두 사람의 결합을 기념하고 축하하기 위해 치러지는 관습적인 증명과정이다. 그 증명에는 많은 비용이 든다. 식장을 알아보다가 대판 싸우는 커플도 많이 봤다. '스드메'(스튜디오·드레스·메이크업 비용)를 알아보는 피로감, 피팅비의 구질구질함, 타협과 양보가 깎아내리는 자존심, 그 깜깜한 웨딩 시장을 헤쳐 나가면서 체내에 축적된 피로감과 스트레스. 그들은 시도 때도 장소도 없이 물불을 가리지 않고 싸워댔다. 그 과정이 지지부진할 때면 '정말로 이 사람을 의지해도 될까?' 싶은 실금이 보이는 듯했다. 그들이 애써 쌓아 올린 애정의 공든 탑이 보기보다 견고하기를 속으로 응원했다. 동시에 일당 5만 원에 기뻐하던 나는 상대도 없으면서 결혼 비용 걱정부터 했다.

그러나 미래의 나에게서 저 정도 비용을 감당할 만한 가능성이 보이지 않았다. '아버지 자리엔 누구를 앉히지?' 친척 어른들을 머릿속으로 쭉 나열해보았다. 하객을 빌리고 주례를 빌리는 마음이 어느 정도 이해되었다. 나는 내 미래에 대한 자신감이 없어졌다. 과연 내가 어른이 되면 이런 걸 다 감당하고 돌파해낼 수 있을까? 장인어른을 보면 무슨 말을 해야 하지? 쭈뼛거리지 않고 당당할 수 있을까. 결혼 자금 모으기는 어렵겠는데……. 왜 모아둔 돈이 그것밖에 없느냐고 물으면……? 내향적인 물음표가 연달아 공격적으로 나를 찔렀다. 사람들이 왜 결혼을 단념하는지 알 것 같았다.

지갑이 아픈 것보다 내 몸이 아픈 게 더 나은 삶

누군가를 만나는 것이 피로로 다가올 때쯤, 한 번의 만남이 더 있었다. 대학원 석사과정 첫 학기였다. 어쩌다 나는 '내 방 거실'이 있는 금수저 집 딸과 이른바 '썸'을 타게 됐다. 처음엔 그 친구에게 관심이 없었다. 나이 차이도 아래로 여섯 살이나 났을뿐더러 별다른 접촉도 없었다. 그 친구는 나를 잘 알고 있었지만 나는 상대방을 전혀 알지 못했다. 어디선가 내가 발

표하는 모습을 보고 반해서 1년을 내 언저리에서 맴돌았다고 했다. 처음에는 SNS 계정을 엿보다가 술김에 과감히 팔로우 신청을 했는데, 내가 곧바로 맞팔을 해주었다고 한다. 나는 별생각 없이 누른 것이었을 텐데, 아마도 새벽에 잠이 안 왔던 모양이다. 개인 메시지로 수줍게 자기소개를 마친 상대가 만남을 요구했다. 그 정도 성의면 답례를 갖춰야겠다는 생각이 들었다. 여인의 패기에 놀란 나는 호기심이 일기도 했다.

학교 근처 카페에서 탐색전이 이루어졌다. 그녀는 원피스 차림에 화장과 향수를 버무려 한껏 꾸민 상태로 나왔다. 전투준비 태세가 완벽했다. 두 다리쯤 건너니 아는 사람이 있어서 그 사람 이야기를 매개로 대화를 풀어나갔다. 카페 이름은 기억나지 않지만 콜드브루를 시켰던 것은 기억이 난다. 대화와 몸짓에서 호감이 한가득 풍겨 나왔다. 모를 수 없었다. 밥 – 커피 – 술로 이어지는 코스 준비도 짜임새 있었다. 그녀가 저돌적으로 자신의 매력을 어필하고 그에 합당한 대답을 기대할수록 나는 당황스러워 뒷걸음질 쳤다. 분위기가 무르익기 전에 나는 잠깐 브레이크를 걸었다. 당시에 나는 연애를 시작하기에 심각한 결격사유가 있었다. 그건 위화도에서 회군하며 내세운 이성계의 '4불가론' 같은 것이었다. 나의 결격사유를 미리 공개했다. 그러나 그 친구는 나의 주장을 모조리 단칼에 튕겨냈다.

"나이 차이가 너무 많이 나는데?"

"오빠가 동안이라 상관없어요!"

"나 아직 군대 안 갔어."

"저 어리잖아요. 한참 기다릴 때죠!"

"내가 돈이 없다."

"우리 집 잘살아요. 상관없어요!"

상대의 당돌함이 내 마음을 약간 움직였다. 이것은 사랑이 계급을 초월하는 장면인가, 아니면 계급이 사랑을 장악하는 과정인가. '내가 보통 마음에 든 게 아닌 모양이네?' 구애자에 대한 예의로 잠깐 얼굴이나 보려 했던 나는 상대의 강한 신호에 조금씩 없던 호감이 생겼다. 본격적으로 초록 전구에 불을 켜기 전에 나는 몇 번 더 만나봐야겠다는 생각이 들었다. 만나는 동안 많은 배려를 받았다. 안정적이고 곱게 자라서 그런지 성품도 좋았다. 화를 잘 안 냈고 내가 무얼 하건 무난히 잘 맞춰주는 성격이었다.

그렇게 그녀의 구애를 받아주는 쪽으로 내 마음이 기울던 어느 날, 배가 아팠다. 급성 장염이었다. 전날 맛있게 먹은 선짓국이 잘못된 것인지 새벽에 자취방에서 영문 모를 복통으로 데굴데굴 굴렀다. 구토와 설사가 반복되었고 마지막으로 아무것도 말끔히 게워내지 못할 정도에 이른 끝에 화장실 바닥에 쓰러졌다. 일어나니 고열에 몸살까지 도졌다. 거의 기어가다시피 병원에 갔다. 엘리베이터 속 내 모습이 부쩍 핼쑥했다. 의사 선생님이 탈수가 심한데 약을 먹으면 일주일, 링거를 맞으면 하루 이틀이면 회복한다면서 링거를 권했다. 나는 약만 타왔다. 4만 원이나 하는 수액 가격이 부담스러웠기 때문이다. 지갑이 아픈 것보다 내 배가 아픈 게 낫다는 건 자취생 공통의 마음일 것이다.

아프다는 말에 그 친구에게 전화가 왔다. 속상하고 다급한 목소리였다. 그녀는 약만 타온 나를 이해하지 못하겠다는 듯이 타박했다.

"오빠! 링거 맞았어야죠! 그거 얼마나 한다고, 몸 버리지 마요!"
"링거 한 방에 4만 원씩이나 하는 게 너무 부담돼. 내 하루 일당 절반이야……."
"그래도 맞았어야죠! 나는 감기만 걸려도 그냥 맞는데 아프면 빨리 나아야지 그걸 왜 참아요?"
"음……."

이 대화를 끝으로 마음이 확 식었다. 그 속도가 급격해 나조차 적잖이 놀랐다. 정확한 이유는 나도 잘 모르겠다. 나에게 그녀는 이제 4만 원이나 하는 링거도 그냥 맞는 사람이었다. 과감한 지출이 고통의 시간을 아주 손쉽게 단축시킬 수 있다는 것을 너무도 자연스럽게 알고 있었다. 다만 그녀는 몸이 빨리 낫는 것보다 몇 푼의 돈을 지키는 게 나은 삶에 대해서는 아무

것도 알지 못했다. 그럴 수 있는 나이도 아니었고, 그럴 수 있는 배경도 아니었으며, 그것은 온전히 나의 결핍이었으므로 상대가 그런 고민을 해야 할 이유도 없었다. 그건 타고난 성품과 잘 가꾼 매력도 어쩌지 못하는 것이었다. 아마도 여기서 나는 서로에게 절대 이해할 수 없는 널따란 간극이 있다는 사실을 직감했던 것 같다. 그날 이후 나는 사랑에 국경도 민족도 나이도 없지만, 계급은 있는 것 같다고 내 믿음을 수정했다.

상대는 갑자기 왜 내가 호감을 거두어들였는지 이해하지 못했다. 나도 제대로 설명하지 못했다. 이후 그녀는 자신의 접근방법에 무언가 하자가 있는지를 고민한 듯하다. 마음을 정리한 그녀가 내게 자신이 무슨 실수를 했느냐고 물었다. 나는 아무 실수도 하지 않았고, 복잡하게 뒤틀린 내 마음을 설명하는 것이 곤혹스러웠으므로 오로지 내 문제이니 그만 잊어달라고 했다. 나쁘게 말하면 자격지심이고, 좋게 말하면 사는 세계가 달랐던 것 같다. 누군가는 '에이, 그게 뭐라고' 하며 넘어갈 수도 있는 문제거나 어쩌면 문제조차 아닐지 모른다. 하지만 그때의 나는 상대방의 배려보다 자신의 결핍이 우선이었던 어린 아이였다. 나 스스로가 가난에 대한 감수성을 중요하게 여긴다는 사실을 깨닫게 된 순간이기도 했다.

캠퍼스의 낭만을 꿈꿨다. 사랑 속에서 허우적거리며 젊음을 낭비해보고 싶었다. 덧없이 지나치고 말지라도 원 없이 사랑하고 싶었다. 하지만 나는 가난했다. 다른 사람들의 사랑을 보면 꼭 영화 같았다. 한없이 낭만적인 사랑을 꿈꿨다. 젊음과 사랑이 모이면 천하무적이라고, 상대도 없고 사랑도 해본 적이 없을 때에도 스스로가 만들어낸 환상에 도취된 적도 있었다. 어려서는 사랑 그 자체를 사랑했다. 돈 때문에 못 하는 건 결혼이지 연애는 아니라고 생각했다. 돈보다 중요한 것은 교감이라고 믿으며 어설프게 돌진했다. 하지만 청춘의 사랑은 계급이 성벽처럼 둘러싸고 있었다. 나는 생활비와 교제비 사이의 균형을 찾지 못했다. 먹는 게 다 돈이고 입는 게 다 돈이었다. 선물에는 정성만큼 값어치도 필요했다. 구애는 곧 적자재정이었고, 연애와 생계, 가슴과 배의 갈등에서 나는 늘 후자의 손을 들어주었다.

　　사람 만나는 게 다 돈이었다. 사랑은 가슴이 시키고 섹스는 맨몸으로 하는 것이지만 연애를 맨입으로 할 수는 없었다. 구애라는 행위는 필연적으로 '최상의 준비'를 요구하는 심리적 압박으로 이어졌다. 인물을 가린다 해서 안경을 버리고 콘택트렌즈를 샀다. 옷도 유행 안 타고 맞춰 입기 좋은 셔츠 위주로 여러 벌 샀다. 머리에 볼륨도 넣었다. 가르마를 6대 4로 나눴다. 꾸미는 것도 돈이었다. 몇십만 원이 금방 깨졌다. 관계의 시작은 무료일지 모르나 관계의 유지에는 적지 않은 돈이 들었다. 학식만 먹고 데이트하기는 어려웠다. 자판기 커피로 사랑할 수 없었다. 캠퍼스만 돌기에는 공간이 너무 좁았다. 분위기는 돈을 내고 사는 거였다. 한국의 연애 시장과 연애 문화가 고비용이라고 느꼈다.

사귀면 사귀는 거고 아니면 아닌 건데 '썸'이라는 애매한 단계가 생겨나자 그만큼 연애판이 내게는 불리하게 돌아갔다. 탐색의 시간이 길어진 만큼 비용과 심적 부담도 커졌다. 내 인생에 로맨스극을 한 번 찍으려면 영화제작비가 필요했다. 부모님이 주요 투자자였는데, 자체 조달 독립영화는 언제나 인기가 없이 외면받았다. 적어도 연애를 안정적으로 하려면 상대는 물론 그 상대에게 쏟을 사랑과 시간과 돈, 이 연애 삼각형 중에서 최소한 두 가지는 갖춰야 각이 나왔다. 한쪽이 경제력이 부족한 경우 얻어먹는 자의 부채감은 사랑도 어찌할 수 없는 것이었다. 무엇보다 자존심이 상했다. 현실감 없는 사랑은 모두를 지치게 할 뿐이라는 교훈을 얻었다. 한때 뜨거웠던 나는 장렬하게 연애 전선에서 이탈했다. 청춘기를 거치며 세상을 배워나갔다. 결핍과 가난이 나의 교사였다.

연애 결핍 시대의 증언

대학로의 한 카페, 회색조 옥스퍼드 셔츠가 잘 어울리는 어깨를 가진 남자와 여기에 봄옷이 있다 말하는 듯 하늘하늘한 원피스 차림의 여자가 마주 앉아 있다. 남자는 뒷모습으로 듬직함을 말하고 여자는 반짝이는 눈으로 그를 바라본다. 남자가 조곤조곤 무언가를 나지막하게 말하면, 여자는 귀를 덮은 머리카락을 쓸어 올리며 온 신경을 집중시킨다. 눈을 맞추고자 하는 끌림과 황급히 회피하고 싶은 부끄러움 사이에 몇 번의 망설임. 부끄러운 듯 초롱초롱한 눈빛은 턱에 닿다가 입술에 닿다가 결국 용기를 얻어 상대의 눈에 도달한다. 이것은 사랑에 빠진 눈이다. 사랑에 빠진 눈망울은 독특한 빛으로 반짝인다. 그녀는 눈빛에 감정을 담는다는 말을 몸소 증명하고 있다.

가끔은 계절이 아니라 인간이 만들어낸 봄볕이 공간을 가득 채우곤 한다. 사랑과 봄의 공통점은 누구도 그 방문을 막을 수 없다는 것이다. 카페는 봄으로, 간지럽게 돋아나는 청춘의 낭만으로, 그것을 바라보는 모든 이는 자신의 추억으로 분위기를 더한다. 사랑의 시작은 언제나 아름답다. 오늘도 세상엔 사랑이 피어나고 지기를 반복한다. 누군가는 이런 식으로 사랑을 시작한다. 아직도 이런 사랑은 꽤 유의미한 규모로 맥을 잇고 있다. 사랑이 곧 낭만이다.

하지만 누군가는 힘겹게 붙잡아온 사랑을 놓는다. 얼마 전 헤어진 후배는 술자리에서 자신이 사랑을 끝냈던 경험을 이렇게 표현했다. "선배, 연애가 영화라면, 저희 연애 6년 동안 엔딩 크레디트만 5년이었어요." 이별에 관해서 들었던 말 중에 가장 슬픈 말이었다. 고등학생 때부터 연애를 시작한 그들은 대학을 거쳐 마침내 사회인이 되었다. 시간의 무게라는 관점에서 서로가 서로에게 전부는 아니었어도 상대의 존재 없이는 설명할 수 없는 것들이 대부분이었다. 그리고 마침내 그들은 서로에게서 해방되었다. 한 번도 달아오르지 못했지만 차가웠던 적도 없는 사이. 누가 끝냈는지는 결코 중요하지 않다. 이미 끝나 있었음을 인정하는 데 한참이나 걸렸던 것이다. 어쩌면 엔딩 크레디트의 목록에는 사랑과 우정, 의리와 관계, 그리고 미련이 적혀 있던 건지도 모르겠다. 이들에겐 사랑이 곧 미련이다.

한참이나 사랑하지 않아 누군가가 마음에 들면 겁이 날 지경이었다. 네가 웃을 때마다 나는 무척이나 도망치고 싶었다.

골방에서 외로움을 앓던 나는 한때 이런 글을 썼다. 얘, 웃긴다. 지금은 제 짝을 찾았다고 올챙이 시절 생각 못 하고 가끔씩 어깨에 힘주며 동생들의 연애 상담을 해준다. 저마다의 고민이 있지만, 남자들이 하는 고민이란 다 거기서 거기다. 상대 쪽에서도 호감이 있다면 그렇게까지 헷갈리게 만들지 않을 텐데 괜한 의미 부여로 한세월이다. 그래도 희망의 끈을 놓고 싶지 않은 눈치인지, 자꾸만 쓸데없는 가능성을 늘어놓는다. 이들이 말하는 확률은 꼭 역전 가능성, 혹은 기적이 강림할 가능성을 묻는 것만 같다. 헛된 희망을 품지 않게끔 단칼로 끊어주는 데도 자꾸만 늘어진다.

"형, 제가 걔 인스타 팔로우했거든요? 근데 맞팔도 바로 해줬어요.

몇 번 만나서 밥도 먹고 시간 가는 줄 모르고 잘 놀았는데, 연락이 이상해요. 어쩔 땐 연락이 안 끊기고 계속 가는데, 가끔은 한나절 동안 답이 없어요. 얘 저랑 밀당하는 거죠? 아님 진짜 바쁜가?"

"바빠도 폰 볼 시간 없이 바쁠 리는 없지."

"잘 될 때는 안 끊겨요!"

"밤에 심심했나 보네. 친한 친구들 다 잤나 봐."

"만날 때 대화도 엄청 잘 통했어요."

"성격이 좋은가 봐. 잘 맞춰주고. 다른 사람이랑도 말 잘 통할걸?"

"형, 진짜 희망을 주세요. 솔직히 이거 각 나와요?"

"걔랑 내일 저녁에 영화 보자고 해봐. 딱 10분. 확답받을 수 있냐?"

"음……."

"봐! 그럼 아니라니까……. 앞으로도 아니야."

생긴 것과 덩치에 비해 꽤 섬세한 상상과 가슴앓이를 하지만 대개는 혼자서 진도를 너무 앞서 나간 자의 일방적 착각이다. 아는 동생의 빈 잔에 술병을 기울이면서 웃음기 가득한 얼굴로 현실을 직시하라며 놀려준다. 경험치가 늘어난 만큼 말도 번지르르하다. 그러나 가끔은 한때 나와 같은 고민을 하는 이들을 본다. 그때는 정말 장난을 칠 수가 없다. 진심을 꺼내기 어려운 사정을 누구보다 잘 알기 때문이다.

"외롭긴 한데 제 감정은 별로 중요하지 않아요. 지금은 바빠서 누구를 만날 마음의 여유가 없어요. 공부에 집중할 때인 것 같아요. 혹 누군가를 만나게 되면 지금은 아니었으면 좋겠어요. 괜히 소홀해져서 상처 줄 것 같아요. 그럼 미안하잖아요."

언젠가 마른 애들은 왜 말랐을까 생각해본 적이 있다. 처음엔 단순히 그냥 먹는 걸 싫어하나 보다고만 짐작했다. 하지만 알고 보니 그냥 귀찮아서 안 먹는 거였다. 세상에 먹는 걸 싫어하는 인간은 없었다. 이들의 삶에서 식사가 작동하는 원리는 배고픔이 귀찮음보다 클 때였다. 아침에 일어났는데 귀찮으면 아침을 거르지만, 또 먹는 게 귀찮지 않을 때면 컵라면 두세 개를 한꺼번에 먹으며 행복해한다. 좋아하지만 귀찮아하는 마음은 동시에 가질 수 있다. 그러나 문제는 사랑이란 본질적으로 '귀찮아하지 않는', '귀찮음을 무릅쓰고 나서야 하는' 관계에 해당한다는 점이다. 무언가를 목전에 두고 바쁘면 귀찮음에 대한 면역력이 급격하게 떨어진다. 그렇다고 사랑하지 않는 것은 아니다. 하지만 끼니처럼 연락을 거르게 된다. 연인의 귀찮음, 관계의 소홀함은 언제나 상처가 된다. 좋아하지만 귀찮은 마음을 아는 사람이라 스스로 연애 포기 선언을 하며 시험 세계 취업 전선의 외로운 참호로 홀로 뛰어들겠다는 것이다.

"형, 엄마한테 용돈 받으면서 사는데, 그 돈 공부하라고 준 건데 연애에 낭비할 수는 없잖아요. 사랑하면서 죄책감 들 것 같아요."

나 자신도 잘하지 못했으면서, 나는 철없이 후배들에게 사랑을 권하곤 했다. 인생에는 직접 해봐야 알 수 있는 것들이 있는데 그중에서 가장 중요한 게 연애라고 말이다. 연애는 자신의 바닥을 느끼게 해주고 여행은 인생의 가능성을 보여준다고 어디서 주워들은 이야기를 내 것인 양 일장연설을 늘어놓기도 했다. 좋은 상대를 만나면서 얻는 건강한 자극이 사는 데 큰 도움이 된다고. 무엇보다 서로 다른 세계가 하나로 합쳐지는 기분은, 이 사람이 아니었으면 생전 즐기지 못했을 또 다른 세계를 알게 되는 것은 정말 황홀한 일이라고. 지금 아니면 또 언제 걱정 없이 실컷 사랑해보겠느냐고. 지금은 그 말을 거두어들이고 싶다. 하고 싶어도 못 하는 건데 나 같은 게 권해봐야 무슨 소용일까.

수험생활, 취업 준비, 스펙 완성을 위해 연인과 관계를 정리하는 경우도 종종 보았다. 이별 사유가 공부고 취업이다. 그런 말도 안 되는 이유가 어디 있느냐며 격분하는 이도 있었지만 서로의 인생에 좋은 때가 맞물리지 못했다고 아쉬워하며 애써 잊는 친구도 있었다. 시간이 흘러도 내가 좀 더 여유가 있었을 때 상대방을 만났다면 정말 좋았을 텐데 하는 후회 섞인 푸념을 하곤 했다. 그러한 일방적인 통보가 없더라도 이런 관계는 점차 느슨해지다가 결국 서서히 말라갔다. 아르바이트를 하지 않고 자기 시간을 지키는 대가는 사랑의 단념과 상실이다. 사랑에 낭비라는 말이 붙는다. 연애는 무기한 휴업이다. 사랑을 쉬면서까지 해야 할 게 있다. 그만큼 다들 절박하다.

○ ● ○

　누구나 사랑을 말하지만 아무나 사랑할 수 없는 시대. 사랑이 산업이 되고 연애가 스펙이 되는 세상 한복판에 서면, 마치 이 세계가 사랑 중독자들의 연애 과잉 시대처럼 느껴진다. 하지만 청춘의 속은 보기보다 그렇게 촉촉하지 않다. 사랑밖에 갖지 못한 자들의 프러포즈, 고비용의 결혼 장사, 취업전쟁의 가담자는 곧 연애 전선의 이탈자가 되는 현실, 합격과 맞바꾼 사랑들. 사랑의 자격과 진입장벽이 무척 높아졌다. 높아진 허들 앞에서 많은 청춘이 사랑을 포기하고 좌절과 박탈감에 사로잡히는 반면, 사랑을 가진 자는 모든 것을 가진 듯이 만방에 자랑한다. 연애 리얼리티 프로그램은 전에 없는 인기를 누리는데, 실제 세상에는 다른 사람의 연애를 구경하는 사람만 남아 있다.

　그러나 사랑할 자원이 모자란 이들은 사랑을 떠올릴 때마다 자신의 삶이나 미래에서 포기할 것들부터 떠올린다. 지레 겁을 먹고 자신과 상대의 마음보다 경제적 현실과 갑갑한 처지부터 비관적으로 떠올리고 만다. 구애는 자존심을 버려야 하고 경험이 없으면 어설플 수밖에 없으며, 자신이 써 내려가는 창피한 역사를 딛고 일어서야 하는 일이다. 연애라는 행위의 좋은 점은 온전히 타자에게 나 자신을 내어줌으로써 스스로 자존심을 꺾는 방법을 배운다는 것인데, 지금은 꺾고자 내놓을 자존심도 없다. 학생 때만 할 수 있는 조건 없는 순수한 사랑이라는 서사 자체가 벼랑 끝에 놓여 있다. 그 벼랑에서 많은 청춘이 우정 대신 외로움을 택하고, 사랑 대신 서로를 미워하는 쪽을 선택하고 만 것이 아닐까. 그래서 나는 생각한다. 분노는 겁에 대한 방어본능이고 혐오의 기저에는 외로움이 있다고. 상실의 아픔은 젊어서 더욱 생생한 것이라고.

사랑은 낭만이더라도 결혼은 계급의 문제다. 이 시대의 결혼은 이제 자신이 어느 정도 안정된 상태에 있음을 증명하는 계급 지표 중 하나가 된 듯하다. 폭등한 부동산 가격이 많은 청년의 인생 계획을 10년 뒤로 후퇴시켜놓았고, 급여소득만으로는 결코 벌어진 그 10년을 메울 수 없으며, 10년이 지나면 강산도 변하고 혼기도 놓치고 만다는 사실을 너무나 명확하게 자각하고 있다. 이 세계에서 월급생활자와 자산보유자 사이에는 넘어설 수 없는 경계선이 그어지고 말았다. 청년실업과 주거 난민의 시대. 이런 시기에 무자산자가 자녀를 낳는 것은 가장 빠르게 빈곤해지고 피곤해지는 길이며, 그와 반대로 결혼을 했다는 것은 높은 확률로 자신의 사랑을 영위할 '보금자리'를 얻었다는 증거가 되니 말이다. 그것을 인지하고 있는 우리 시대의 청년들은 큼지막한 사랑의 문턱 앞에서 지나치게 솔직하고 지나치게 합리적이었을 뿐이다.

그래서 이 시대 청춘의 사랑은 불황기의 구직과 닮았다. 불황기에 구직자와 실업자 사이의 삶의 격차가 극단적으로 벌어지듯이 말이다. 사랑이 산업이라면 원치 않는 실업과 마찬가지로 원치 않게 사랑을 단념당한 삶은 산업재해다. 청춘靑春은 글자에 봄을 품고 있고 봄은 사랑에만 집중하기 좋은 계절이지만, 지금 청춘들은 삶에 치여 사랑을 포기하는 산업재해를 겪고 있다. 벽이 높아질수록 성공한 소수의 용기는 과대평가되고, 실패한 다수의 무기력은 과소평가된다. 우리 시대 청춘들이 앓고 있는 '낭만실조'는 개인의 실패로 국한하기엔 이미 많은 사회적 파장을 일으키고 있다. 외로움을 견뎌 생존해내겠다는 결기 대신, 청춘의 앞날에 연애의 낭만이나 이별이 알려주는 순수한 미련만 가슴에 품어도 충분했으면 좋겠다. 사랑 외에 별다른 고민이 없는 한 시기가 누구에게나 찾아오길 빈다. 누군가 그걸 청춘만의 특권이냐고 힐난한다면, 나는 사랑이야말로 청춘의 기본권이라 옹호할 것이다. 이것은 연애 결핍 시대의 증언이다.

마트 보이가 대신
다쳐서 참 다행이야

"아휴, 그래도 네가 대신 다쳐서 다행이지……."

"예?"

"하마터면 손님이 맞을 뻔했잖니.
네가 맞아서 망정이지 손님이 맞았어 봐. 정말 큰일 났지~!"

세상에 대신 다쳐서 다행인 존재가 있는가.

내 젊음의 값은 얼마였던 걸까.

내 젊음의 값은 얼마였을까

한창 학비를 마련하기 위해 아르바이트를 하던 시절이었다. 주변 사람들은 내게 학원강사나 과외를 추천하면서 편하게 돈도 벌고 자기 시간도 적당히 챙기라고 조언했다. 합리적인 의견이라 여겼지만 어째서인지 나는 육체노동을 고집했다. 이유는 많다. 남들보다 2년이나 길었던 수험 기간 때문에 입시 공부에 염증을 느끼고 있었고, 잠깐 일했던 영어학원에서 깜깜해질 무렵까지 갇혀 있는 초등학생의 불행한 얼굴을 계속 볼 자신이 없었다. 두뇌의 집중력에는 총량이 있기 마련인데, 나는 활자 중독자라 그런지 머리 쓰는 일에 그걸 다 써버리면 나중에 책 읽을 힘이 빠져버릴까 봐 생각만 해도 싫었다.

떠오르는 대로 꼽아보면 이 정도 적을 수 있겠는데, 이유를 적어놓고 보니 개혁 욕구가 강한 정치 신인의 스토리텔링 같다. 지금에서야 드는 생각인데, 나는 힘들게 일하고 어렵게 공부했다는 매력적인 자기 서사를 '노동'을 통해 갖고 싶어 했던 것 같다. 아마도 그때의 나는 나이에 비해 성숙해 보이고 의젓해 보이려는 욕구가 강했던 모양이다. 일종의 겉멋이었다.

뭐, 젊음은 항상 자기만의 '폼'으로 밀고 가는 거니까.

　　내 젊음의 일부를 소모시켜 학비로 환전해낸 곳은 마트였다. 그때는 노동 시간과 최저임금 간의 환율이 현저히 불공정했지만, 육체노동은 그럭저럭 참아줄 만한 수준은 되었다. 마트에서 내가 맡은 일은 공산품 진열이었다. '축산'과 '수산'은 고급 칼질을 갖춘 장인들의 전문영역이었고, '청과' 또한 손으로 몇 번 두드려 과일의 당도를 알아채내는 경지의 득음이 필요한 분야였다. 공산품은 간단했다. 이미 보기 좋은 포장지를 한껏 차려입은 데다 브랜드와 쓰임새를 가슴팍에 대문짝만하게 새겨놓았다. 그래서 진열 사원에게 요구되는 능력은 크게 안 다치고, 열심히 하고, 잘 웃고, 결근 안 하고, 원기회복력이 좋고, 특정할 수 없는 잡다한 일에 제일 먼저 달려와 일손을 빌려주는 일이다. 나는 새파래서 괜찮았다.

　　마트의 일상이란 항상 분주한 데다 바쁘게 쏟아지고 곧바로 비워내고 채우는 것의 반복이다. 여기저기서 발주한 물건을 받고 나르고 옮기고, 물품 수량과 상태를 확인하고, 그것을 한참 동안 현장 용어로 '까대기치며' 진열하다 보면 밥때가 온다. 보통 동네 김밥집 장부에 외상을 달고 식사를 마친 뒤 담배를 한 개비씩 피우거나 비흡연자는 간단히 커피를 마시며 숨을 돌린다. 오후 일과는 주로 재고정리와 다음 날 행사품목 준비로 이루어진다. 사람이 몰리는 퇴근 시간대를 피해 미리 저녁을 먹는다. 계산대 줄이 밀리면 정신없이 바코드를 찍는 걸 보조하고 상품 보충 진열과 정산 시간을 끝으로 셔터가 내려간다. 하루가 정말 빨리 타버린다. 유통업계에서 일하는 사람들은 하나같이 시간에 빨려 들어가는 기분 속에서 산다고 말했다. 매장 내부는 항상 하얗고 매끈한 타일에 사시사철 밝은 형광등이 반사되어 모든 상품이 반짝거린다. 빛이 항상 밝게만 감싸니 시간 가는 걸 몸으로 알아차리기 어렵다. 계절의 변화도 엔드매대의 주력 행사상품 교체로 깨닫는다며, 매장 직원들은 하나같이 어느새 남들보다 빠르게 겉늙어 있다고 하소연했다.

모두가 좋은 사람이었다. 점장, 매니저, 축·수산 담당자, 청과 담당자, 배달원, 계산원, 진열 담당자 할 것 없이 모두 좋은 사람처럼 느껴졌다. 사람 보는 눈이 아직 여물지 못한 어린 날에는 경계심이 옅어 같은 울타리에 있는 사람은 일단 좋게 느낀 것일지도 모르겠다. 어쨌건 마트 사람들은 대체로 굴러들어온 '마트 보이'에게 친절했다. 일터에서 나는 막내였고 막내는 조금만 성실해도 예쁨을 받았다. 내가 일하는 모양새가 답답할 만도 한데 어설픈 손놀림조차 귀엽게 봐주는가 하면, 말귀가 어두워 두 번 세 번 되물어도 인내심 있게 다시 설명하고 기다려주었다. 그러다 보면 차차 '짬'이 좀 차서 일의 리듬도 찾게 되고 웬만한 일을 '대충' 다 할 줄 알게 된다. 함께 작업을 하면 슬슬 합이 맞기 시작한다. 그리고 매장의 분위기 주도권을 쥔 여사님의 인정을 받으며 그렇게 마트의 정식 일원이 되는 것이었다.

마트는 온종일 바쁜 곳이지만, 그렇다고 숨 돌릴 틈도 없이 바쁘기만 한 곳도 아니다. 사람이 친해지는 데는 여러 가지 방법이 있겠지만 역시 정치관이 비슷하거나 '뒷담화' 상대가 같거나 자식 이야기를 하는 것이 장땡이다. 짬이 날 때마다 나는 한때 학생 운동권이었던 매니저 형과 정치 이야기를 하면서 온 세상만사에 대한 불만을 쏟아내거나, 화려했던(?) 그 시절 운동권의 무용담을 듣곤 했다. 매니저 형이 비번일 때는 계산원, 청과 담당자들이랑 친하게 어울렸다. 그분들이 대개 학부모였던 터라 수다 주제는 주로 자녀의 입시였고, 그 분야에서는 내가 할 말이 많아서 꽤 수요가 있었다. 특히 수준별로 참고서나 문제집, 인터넷 강의를 고르는 기준, 수행평가 고득점 요령은 인기 있는 주제였다. 내 말을 잘 받아 적어 가던 그분들은 종종 내가 아들 같다며 밥도 사주고 과자나 아이스크림, 제철 과일도 나눠 주셨다.

그러다 보면 정 같은 게 생긴다. 나는 자전거로 출퇴근을 했는데 내 바구니에는 직원들이 챙겨준 음식이나 영업사원들이 챙겨준 사은품 등이 늘 가득했다. 나는 두 손 무겁게 퇴근하며 개선장군처럼 의기양양하게 집 현관문을 열었다. 그게 뭐랄까, 일의 보람 같은 거였다. 다치지 않게 조심하라는 걱정 어린 말에 괜히 감동도 받곤 했다. 마트에서 다치는 일 중 사소하고 빈번한 것은 상자 모서리에 긁히고, 과자봉지에 쓸리고, 커터

칼에 베이고, 유리병 따위를 깨 먹는 일이다. 가끔가다가 트럭에서 물건을 내리다 힘의 대칭이 맞지 않아 도로에 쏟거나, 물건을 나르다 엎어지거나, 몸을 제대로 풀지 않고 급하게 쌀마니를 들다 허리가 삐끗하는 경우도 있다. 모쪼록 다치지 않는 것이 모두에게 좋다. 다친 사람이 걱정되기도 하지만 그 사람의 빈자리만큼 내 일이 늘어나기 때문이다.

　나도 덤벙대는 성격과 무딘 손끝 탓에 종종 다쳤다. 반팔 유니폼을 입는 여름엔 과자나 봉지라면이나 상자 따위에 자주 긁혔다. 팔뚝에 쿨토시를 끼고 있어도 조심성이 모자라 매대 모서리에 자주 그었다. 내 팔은 성미가 고약한 고양이를 키우는 집사마냥 여기저기 붉게 부풀어 오르거나 자주 딱지가 앉았다. 매대 깊숙한 곳에 머리를 집어넣고 무아지경으로 진열에 몰두하다, 고개 위치를 잠시 잊고 천장에 쿵 하고 부딪혀 혹이 나는 건 예사였다. 롤테이너에 손가락을 끼이거나 L카에 무리하게 상품을 싣다 몸에 쏟기도 했다. 몸에 쏟아 망정이지 주차된 외제차에 쏟지 않은 것에 크게 안도하는 날들이었다. 쌀 포대로 가득 채운 롤테이너가 미끄러지는 것을 제동하다 그만 롤테이너에 정강이가 찍혀 한동안 쩔뚝거렸던 게 가장 큰 부상이었다. 보통은 내 부주의 탓이었고, 업무 속도를 맞추려다 발생한 일들이었다. 소독약과 밴드, 뿌리는 파스 정도면 금방 낫는 일이니 잔부상 정도는 크게 신경 쓰지 않고 일했다.

여느 때처럼 늦지 않게 출근한 날이었다. 내 교대자는 당시 샛노란 샤기컷을 고수하던 미혼의 30대 형이었다. 꼼꼼한 성격은 아니었지만 무던했고, 호리호리한 체형에 비해 제법 힘을 쓸 줄 아는 몸을 가지고 있었다. 일 재주가 좋은 편은 아니었지만 적어도 남에게 떠넘기는 스타일은 아니었는데, 이상하게 그날따라 형은 급해 보였다. 내 인사도 받는 둥 마는 둥 건성으로 머리만 까딱하더니 헐레벌떡 퇴근을 했다. 그냥 바쁜 일이 있나 보다 하고는 유니폼과 장갑을 착용하고 보충 진열을 시작했다.

창고가 헐렁하니 뭔가 이상했다. 분명 새로 물건이 들어왔을 텐데, 창고가 군데군데 비어 있었다. 보통 어느 매장이나 창고는 소화불량이다. 팔릴 양까지 어림잡아 넉넉히 발주를 넣기 때문인데, 애매하게 덜 팔리는 것들은 그대로 창고에 기약 없이 수감된다. 물품이 들어오면 어떻게든 공간을 창출해서 밀어 넣어야 한다. 하지만 그날은 그렇지 않았다. '오늘 좀 바빴나?' 물건이 오지 않았을 리는 없으니 낮에 많이 팔렸나 보다 하고 나는 아무런 의심 없이 돌아섰다.

라면을 세일하는 날이라 그런지 매장이 붐볐다. 빈자리에 라면 몇 개를 채워 넣고 고개를 젖혔다. 아뿔싸! 매대 꼭대기에 라면 상자 몇 단과 그 위로도 다섯 개들이 멀티팩이 무너지기 직전 상태로 아슬아슬하게 쌓여 있었다. 앞 시간 형이 창고에 밀어 넣기 귀찮았던 모양인지 에라 모르겠다 하고 매대 꼭대기에 잔뜩 얹어놓고 간 것이었다. 원래대로라면 안전과 미관상의 이유로 두 단을 넘지 않게 레고 블록처럼 잘 쌓아야 한다. 내심 저렇게 올려둔 것도 대단하다 싶은 순간 레고 블록이 테트리스로 변했다. 라면 탑이 버티고 버티다 한꺼번에 와르르 내게 무너져 내렸다. 나는 아무 반응도 하지 못한 채 그대로 쏟아지는 라면 상자 더미에 깔리고 말았다. 매장에 정적이 흘렀다. 다행히 손님은 단 한 명도 라면 코너에 있지 않았다.

불행 중 다행으로 나는 크게 다치지 않았다. 라면 한 박스는 5킬로그램에서 약간 모자랐고, 본능적으로 팔뚝으로 얼굴을 막아서 우박처럼 쏟아져 내리는 상자 더미를 잘 튕겨낼 수 있었다. 팔과 등이 조금 뻑적지근했다. 조금 놀라 어안이 벙벙해서 아수라장이 된 매장을 맹한 눈으로 둘러보았다. 무언가 잔뜩 쏟아지는 소리에 소란스럽던 넓은 매장에 일순간 정적이 감돌았다. 경쾌한 매장 공식 노래가 도드라지게 흘러나왔다. 이내 계산원과 매니저 형이 괜찮으냐며 후다닥 뛰어왔다. 나는 괜찮다고 말하면서 직원들과 난장을 수습했다. 놀란 손님들도 잠시 이목을 집중하다 이내 발길을 돌려 계산대에 줄을 섰다.

저녁을 먹는데 매니저 형이 내가 좋아하는 콜라를 한 캔 따주면서 괜찮으냐고 또 물었다. 별일 아니라고 말하며 콜라를 시원하게 목으로 넘겼다. 김치찌개 짠맛에 콜라가 더해지니 곱절은 달게 느껴졌다. 몸에서 파스 향이 났다. 나는 파스 냄새와

락스 냄새를 좋아하니 괜찮았다. 식사를 마치고 매장으로 돌아오는데, 계산원 한 분이 또다시 내게 괜찮은지 물었다. 나는 너털웃음을 지으며 괜찮다고, 아무 일도 아니라고 손사래를 쳤다. 그때 갑자기 계산원 아주머니가 웃으며 말했다.

"아휴, 그래도 네가 대신 다쳐서 다행이지……."
"예?"
"하마터면 손님이 맞을 뻔했잖니. 네가 맞아서 망정이지 손님이 맞았어 봐. 정말 큰일 났지~!"

세상을 많이 아는 어른에게는 논리적으로 아무런 하자가 없는 말이다. 손님이 맞았다면 문제가 크고 복잡해졌을 것이다. 연배가 있는 손님에게 떨어졌다면 큰 부상으로 이어졌을지 모른다. 법적 분쟁이 발생했을 테고, 의사의 진단만큼 피해 금액을 배상해야 하는 게 보통이다. 또 동네 상권에서 마트의 이미지가 추락했을 것이다. 이 사고를 빌미로 본사 직원이 점검 나와 매장 여기저기를 들쑤시며 모든 직원을 피곤하게 만들 것이며, 점장과 매니저의 인사고과에 큰 영향을 미쳤을 것이다. 다 안다. 하지만 그걸 다 알면서도 그 당시 나는 그 말이 너무나도 서운했다. 그럼 나는 다쳐도 된다는 말인가?

집으로 돌아가 자리에 누워 깜깜한 천장을 바라보며 고민했다. 세상에 대신 다쳐서 다행인 존재가 있는가. 내 젊음의 값은 얼마였던 걸까. 나를 뭐라고 생각하고 있었던 것일까. 결과적으로 모두에게 다행인데 왜 나는 앙금이 남아 궁상맞게 잠들지 못하고 있는 건가. 마음이 상했으면 상했다 면전에다 말했어야지 왜 그냥 웃고 넘겼을까. 좋지 않은 운수가 하필이면 '운 좋게' 내게 떨어져 그것이 모두의 다행으로 변하는 순간, 잔돈을 던지는 손님이나 반말과 욕으로 나를 대하는 사람을 상대할 때보다 나는 더 큰 모욕감을 느꼈다. 그때 나는 이 기분을 정확히 표현할 말을 찾지 못해 남에게 설명하지 못했다. 언제고 기회를 잡으면 꼭 글로 쓰리라 마음을 먹었다.

○ ● ○

군에서 작두질을 하다가 내 손을 썰어 피가 조금 났다. 잠시 한눈을 팔며 딴생각을 하다가 미처 손끝을 빼지 못해 작두날이 파고들었다. 날이 손에 들어오는 순간 '아, 늦었다'라는 탄식이 뒤따라왔다. 남은 생을 왼손 검지 없이 살 뻔했다는 자각은 곧바로 하지 못했다. 그저 '아, 오늘 하루 재수 없네' 하고는 밴드 바르고 와야겠다 생각했는데, 모두가 괜찮으냐며 달려왔다. 피를 흘리는 손가락에 응급처치를 해주고, 일은 본인들이 알아서 할 테니 의무대부터 빨리 다녀오라고 했다. 의무대에 다녀왔더니 단 과자 몇 개가 내 책상에 놓여 있었다. 다들 걱정스러운 눈빛이었다. 가벼운 잔소리와 함께 내 어깨를 툭 쳤다.

그 가벼움에 짜증이 씻겨나갔다.

　　그래, 이게 정상이지. 나는 오랜만에 내게 쏟아졌던 라면 상자 더미를 떠올렸다. 순간의 말 한마디로 판명된 마트 보이의 몸값. 대신 다쳐줘서 고마운, 누구에게나 해롭지 않고 건강해서 다쳐도 금방 아무는, 값싼 일회용 청년. 나는 상자 더미에 깔린 게 아니라 가볍게 던진 말 한마디에 눌린 것이다. 10년 가까이 지난 일이라 가물가물해질 줄 알았는데, 생각은 그다지 정리되지 않고 그때의 불쾌함만 또렷하게 기억이 난다. 큰 걸 바랐던 건 아니었는데, 그냥 세상에 대신 다쳐서 괜찮은 사람은 없다고 말하고 싶었을 뿐이었는데, 그 말을 제때 하지 못해 대신 글로 남긴다.

그 메리는
몇 번째 메리인가

누군가의 한국행은 세계화일 테지만
어떤 이의 세계화는 다문화인 현실에 그런 게 무슨 의미일까.
살고자 시골구석까지 온 이들을 보고 나는 생각했다.
관광은 며칠이지만 노동은 몇 년이다.
자랑은 순간이고 삶은 평생이 아니던가.

시골 개와 도시의 와이파이

설 연휴를 맞아 부산 사상 터미널에서 버스를 타고 전라남도 강진으로 이동했다. 강진 터미널 화장실에서 소변을 보는데, 웬 강아지 한 마리가 노끈으로 어설프게 대충 묶은 목줄을 하고 쫄래쫄래 화장실 안으로 기어들어 왔다. 표정이 맹하니 귀엽고 순하게 생긴 게 영락없이 족보 없는 시골 똥강아지였다. 자신 있게 들어올 때는 언제고 주변을 두리번거리다 갑자기 겁이 났는지 금세 꼬리가 축 처진다. 그 모습이 귀여워 손바닥 한가득 들어오는 볼살과 이마를 부드럽게 쓰다듬어주니, 건성으로 꼬랑지를 두어 번 흔드는 것으로 답례를 갈음한다. 귀여운 녀석, 벌써 사회생활을 깨우친 걸까?

다시 마량행 버스로 갈아탔다. 까막섬이라고 브로콜리 모양으로 풍성하게 부푼 섬 두 개를 지나치면 완도군 고금 석치 터미널에 도착한다. 여기엔 이 동네에서 쉽게 찾아보기 힘든 젊은 기운이 모여 있다. 편의점이 무려 두 개나 존재하는 덕이다. 시골에서 편의점은 많은 역할을 대체한다. 이곳에서도 목줄 풀린 똥강아지 한 마리가 내 가랑이 사이를 분주하게 오가며 반갑게 인사를 건넸다. 나에게 시골이란 도시의 반의어라기보다는 트럭과 SUV가 많은 곳, 그리고 무엇보다 개가 목줄을 풀고 다녀도 별로 무섭지 않은 곳이다. 시골 개들은 사람을 드문드문 봐서 그런지 사람만 보면 일단 친한 척부터 하고 본다.

엄마가 소녀 시절에 석치 터미널에서 외갓집까지 먼 길을 보따리 싸 들고 걸으며 통학했다는 레퍼토리를 귀에 못이 박이도록 들었다. 그래서 나도 40년 전 엄마처럼 괜히 이 길을 따라 걷고 싶은 충동이 들었다. 자식에게는 언제고 한 번 부모의 과거를 상상해보는 때가 찾아온다. 그 과거를 머리로 대강 그려보는 것만으로도 그동안 품어온 오해가 누그러들고 이해심이 커진다. 5킬로미터 남짓한 거리는 두 다리 튼튼한 젊은 남자가 걷기에 딱 좋았다. 남도는 겨울도 빨리 풀어져 날도 적당했다. 내륙에 뿌옇게 가득하던 미세먼지도 섬에 들어서자 말끔히 사라졌다. 날씨는 한낮 14도, 설이 아니라 봄이 일찍 왔다고 믿어도 무방할 정도였다. 철모르는 파리와 벌이 1월 말과 2월 말을 헷갈린 듯이 설렁설렁 저공으로 날았다.

전라남도 완도군 고금면 충무리 섬마을은 나의 외가다. 이곳의 이름이 충무리인 이유는 충무공 이순신 장군 때문이다. 정유재란 당시 이순신 장군은 여기 고금에서 마지막 삼도수군 본영을 꾸리며 약 7개월가량 머물렀다. 이어 도착한 명나라 도독 진린과 함께 조·명 연합군을 이끌고 일본 수군을 크게 물리쳐 바람 앞의 등불 같던 조선을 구해냈다. 이곳의 월송대에 이

순신 장군의 시신이 약 80여 일간 안치되기도 했다. 아주 먼 훗날 이를 기리는 이들 덕에 충무공의 묘당이 들어섰다. 사적 제114호로 지정됐는데, 우리 외할아버지가 마을의 일원으로서 이 묘당을 관리하기도 했다. 깔끔한 설명이었다. 명승지 소개 팻말을 꼼꼼히 읽는 버릇을 들이길 잘했다.

　　꼬맹이 시절 부자가 되겠다는 야망을 품고 생애 첫 저축통장을 만들자마자 IMF 외환위기로 나라가 망해서 예금을 돌려받기 위해 긴 줄을 섰던 기억이 있다. 그러다 얼마 뒤 나는 외가로 보내져 거기서 몇 달 살게 됐는데, 이 두 사건 사이에 어떤 인과관계가 있었는지는 아직 규명되지 않았다. 아무튼 그때 나는 시골살이에 굉장히 잘 적응했다. 할아버지, 할머니께서 손주 귀엽다고 과자니 음료수니 잔뜩 사다 주고 신선한 생선과 고기를 잔뜩 먹이는데 어찌 불행할 수가. 바다를 가르는 통통배의 경쾌한 소리와 바위에 부딪혀 갈라지는 파도와 물보라. 잔소리와 구박 없이 뛰놀다 가끔은 '뻘', 그러니까 갯벌에 발이 빠져 허우적거리다 흰옷에 머드팩을 덕지덕지 바르고 돌아오는 '뻘짓'을 하고 와도 "이쁘다, 이쁘다" 해주는 이곳은 내 유년기의 천국이었다. 집에 돌아가는 날, 엄마 집에 가기 싫고 할머니랑 평생 살고 싶다며 닭똥 같은 눈물을 흘리면서 폭탄 선언을 한 덕에 그 후로도 나는 쭉 외할머니의 총애를 받게 되었다. 그때가 생각나 웃음이 났다.

한참을 여기저기 사진을 찍으면서 걸었다. 군데군데 공간이 익숙한 듯 기억이 나는 듯 아리송하면서도 시간여행을 같이하는 기분이 들었다. 외가 코앞 도로에서 큰삼촌의 SUV가 내 앞에 멈춰 섰다. 마중 나온 삼촌이 창문을 내려 손을 흔들자 내가 물었다.

"큰삼촌! 딸은?"
"딸내미는 와이파이가 없어서 시골에 안 온단다!"
"오호! 그럴만하네!"

이제 막 사춘기에 접어든 초등학교 6학년 소녀에게 와이파이는 명절에 혼자 있을, 도시에 남을 권리를 주장할 강력한 명분이었다. 그 나이대에는 또래와 연결되어 있다는 느낌이 마음과 정신세계에 강력한 영향을 미친다. 이야기를 듣던 내가 바로 납득했다. 정보화 시대 와이파이는 인간의 기본권이다. 나는 시골과 도시를 개의 목줄로 구분하는데, 사촌 동생은 시골과 도시를 와이파이로 구분한다. 개는 목줄이 풀려야 자유롭고, 인간은 와이파이에 묶여야 자유롭다. 나 어릴 적에도 스마트폰과 와이파이가 있었다면, 아마 나도 시골 가기 싫어하지 않았을까.

누군가의 세계화와 어떤 이의 다문화

대학에서 정치학을 전공했다. 세계화는 우리 시대 정치학이 당면한 뜨거운 이슈였다. 교과서에는 주로 서구 선진 자본주의 국가가 자국의 우월한 금융 시스템을 이용해 후발 개발도상국에 자본을 침투시켜 은근한 우위를 지속적으로 누리는 것, 그리하여 신생국가의 기초 산업을 초토화함으로써 제국주의 시대의 우열관계가 그대로 재현되고 있는 것에만 집중하고 있었다. 은근히 경제학에 대한 콤플렉스라도 있는 것처럼, 정치학은 현대 경제학을 황소개구리같이 큼직하게 그려놓고 그들이 자랑스럽게 내세우는 '비교우위'니 '세계적 분업' 따위의 개념이 갖는 윤리적 부당함에 잔뜩 날을 세우고 있었다. 가슴이 뜨거웠을 때라 책을 읽으며 대체로 납득하기는 했지만 왠지 모르게 석연치 않은 구석이 있었다. 지나치게 백인들의 세계화, 아니 백인 자본의 세계화에서 눈을 떼지 못하는 것만 같았달까. 약자에 동정적인 백인이 쓴 역사적 부채감, 그 눈높이가 지나치게 높은 곳에 있었다.

터미널에서부터 외국인이 많다고 느꼈다. 걸으면서 시골을 직접 둘러보니 체감할 만한 변화가 눈에 보였다. 새로 들어선 요양원, 장례식장의 큼지막한 간판이 시야에 먼저 들어왔다. 노인이 이 세상을 떠나고 남긴 집들에는 외국인 인력소개소가 들어섰다. 촌에서 발생하는 노동이란 늙은 한국인을 보살

피는 돌봄노동과 그들이 하지 못하는 육체노동의 이분二分이었다. 물에 젖은 그물을 널어 말리고, 미역과 매생이 공장에서 품을 판다. 도시 사람들이 '잡역'이라 부르는 그런 일들이다. 시골은 늙은 구세대 한국인과 젊은 신세대 외국인이 한데 모여 사는 곳으로 변하고 있었다. 한국의 기성세대와 젊은 세대조차 이루지 못한 세대 간 융합이 3D 업종과 코리안 드림이라는 중간 타협점에서 이루어지고 있었다. 노령화와 이촌향도로 생산가능 인구가 점점 줄어들자 외산 젊음을 싸게 수입해 채운 것이다. 축구에서는 '용병'이라고 부르는데 우리는 보통 '외노자'라고 줄여 부른다. 노쇠한 민족과 저렴한 세계화가 어정쩡한 지점에서 균형점을 이루고 있었는데, 이걸 조화라 불러야 할지 대체라 불러야 할지 아직은 잘 모르겠다.

세상의 중심부에 세계도시가 있다면 변두리에는 세계농촌과 세계어촌도 있다. 중심의 세계는 비행기가 하늘을 활공하는 느낌이지만, 변두리의 세계는 지하세계 같은 느낌도 든다. 중심의 백인은 '외국인'으로 불리지만, 변두리의 유색인은 계급성이 부각되어 '외노자'로 불린다. 주로 남방계다. '-스탄'계 사람이나 몰락한 슬라브계 동구권 출신들도 자신의 흰 피부색을 인정받지 못하고 변두리에 섞여 있다.

같은 외지인 처지였지만 지도 애플리케이션 없이는 방향조차 잡지 못하는 나보다 그들이 당목, 약산, 석치와 같은 주변 지리에 더 밝았다. 엄밀히 말하면 이곳에선 그들이 현지인이고 내가 이방인이었다. 그들에게는 여기가 집이다. 편의점 야외 파라솔은 그들의 커뮤니티이자 주점이었다. 요새 편의점 아르바이트생은 빵 굽기부터 닭튀김까지 가능한 만능 인재일 만큼 편의점이 못 하는 게 없다. 그 덕에 그들은 그곳에서 대부분의 서비스를 해결할 수 있다. 편의점은 깨끗하고 시원하고 따뜻한 데다가 돈은 사람의 국적을 차별하지 않으니까.

한국인들이 명절을 쇠는 동안 외국인 노동자들도 덩달아서 한국 명절을 쇠게 된다. 그래서 그들도 이때만큼은 짬을 내먼 곳의 가족을 만나기도 하는 모양이다. 오랜만에 만난 사람과의 시간은 유독 짧게 느껴진다. 수학적으로 거리는 시간과 속력의 곱인데, 장거리인 경우 같은 시간이면 속력이 클 수밖에 없다는 엉터리 증명을 내놓아볼 수 있겠다. 터미널 어귀에서 가족과 짤막하게 만나 눈물을 머금고 헤어지는 외국인 몇몇을 보았다. 아기도 울었고 아내도 울었다. 한국 사람이 아닌 갓난아기가 한국식 포대기에 돌돌 싸매져 있었는데 그게 신기해 보였다. 나는 가족과 헤어진 외국인 몇몇과 한국인 노인들과 함께 같은 버스를 탔다.

마트에서 일할 때가 생각났다. 열여섯 살 차이가 나는 베트남 신부와 늦장가에 든 운전기사 아저씨가 조심스레 내게 부탁을 했다. 본인은 기계치라 스마트폰을 쓸 줄 모르는데, 부인도 한국어가 서툴러 스마트폰 언어 설정을 하지 못하고 있다는 것이다. 같은 동네에 살아 퇴근길에 종종 태워준 소소한 은혜도 갚을 겸, 이 동네 최고 족발 맛집에 데려가겠다는 말에 혹해 조수석에 덜컥 올라탔다. 부인은 20대 중후반쯤으로 보이는 베트남 여성이었다. 베트남어로 스마트폰 기본 언어 설정을 바꾸고, 구글 번역기를 알음알음 돌려 연락처를 옮기고 페이스북 계정을 만들어줬더니 아이처럼 방방 뛰며 좋아했다. 어떻게든 고마움을 표현하고 싶었던 모양인지 연신 고개를 숙이다가 결국 나에게 절까지 했다. 내가 어쩔 줄 몰라 하고 있을 때 아저씨가 내 어깨를 감싸 안으며 술 마시러 가자고 말했다.

술잔을 따라주던 아저씨가 자신의 인생사를 들려주었다. 적당히 취기가 오르면 왁자지껄하던 술집의 소음이 자연스레 배경으로 가라앉고 상대방의 목소리만 또렷하게 떠오른다. 집이 가난해 정신없이 일만 했더니 마흔 줄을 훌쩍 넘어 혼기를 놓쳤다고 했다. 부지런히 덤프트럭을 몰아 밤낮없이 전국을 오갔더니 기울었던 집안은 일으켰는데 한국에서는 자신을 만나주는 사람이 없어서 국제결혼을 택했다고 했다. 돈 버는 것보다 연애가 어려웠다고 말했다. 돈은 벌 만큼 벌어 집도 차도 부족한 게 없으니 이제는 행복한 가정을 꾸리는 애처가가 되고 싶은 게 오래된 꿈이라고 했다.

현모양처가 낡고 이질적으로 느껴지는 요즘 시대에 애처가라는 단어를 들으니 왠지 모르게 어감이 어색했다. 어린 신부는 한국어가 부족해 어디 나다니진 못하고 남편이 돌아올 때까지 집에만 머무는 지겨운 시간에 우울해했다고 한다. 그러다 모국어로 설정된 스마트폰을 얻어 고립에서 벗어나 친구와 가족과 실시간으로 연결된다는 기쁨을 되찾으니 얼마나 기뻤을까. 역시 와이파이는 이 시대 인간들의 기본권이다.

이주여성의 삶에 관한 기사를 접할 때마다 종종 나는 이때가 생각난다. 아저씨가 내게 했던 말처럼 아내를 여전히 사랑하며 잘살고 있는지는 알 수 없다. 가정사라는 것은 민감한 영역이고 언어장벽이라는 게 말처럼 쉽게 넘을 수 없으며, 한국 사람이 베트남어를 먼저 배우는 시대가 오려면 아직 멀었지만 어떻게든 시간은 좋은 쪽으로 답을 주었길 바랄 뿐이다.

카자흐스탄에서 건너와 부천의 '○○정밀'에서 숙식하고 있던 이름 모를 형도 기억난다. 그는 매주 수요일 7시면 쾨니히스베르크의 칸트처럼 어김없이 마트에 나타났다. 식료품과 생필품 구매 목적으로 매번 마주차다 보니, 점차 얼굴을 트고 반말을 하다가 나중엔 한국식 나이 정리 끝에 내가 형이라고 불렀다. 처음엔 한국어가 거의 미취학 아동 수준이었다. 하필이면 재주 좋게 바쁠 때만 찾아와 구매 목록이 적힌 종이를 건넸다. 꼭 찾는 우유가 있었는데 그 우유에서만 고향 맛이 난다나! 그 제품이 없으면 다른 품목으로 바꾸는 데만도 한세월이 걸려 참 성가시다고 생각했다. 그래도 5분이고 10분이고 종종 대화를 나눴다. 나중엔 토막 대화가 쌓여 한국어가 많이 늘었다. 그래서 자기 이야기도 신나게 할 수 있게 되었다.

그가 다니는 곳이 기계 제조업체여서 원래부터 몸 쓰는 일을 했냐고 물었다. 자신은 공부를 곧잘 해 모국의 인문계 국립대학을 졸업했으며, 하고 싶은 게 있어 목돈 벌러 한국에 잠시 왔다고 했다. 공부를 잘했다는 말이 놀랍게 느껴졌다. 앞으로 하고 싶은 게 뭐냐고 물었더니, 본국에서 한국어 학원과 한국 취업소개소를 차릴 거라고 했다. 분명하고 꾸준한 수요가 있는데 제대로 된 업체가 없는 것 같다고 덧붙였다. 돈이 아까워 기숙사 밖으로 잘 나가지 않는다고도 했다. 창업을 위해 틈틈이 시간을 쪼개 법과 세무, 경영을 공부한다고 했다. 한국어 자격증이 있다는 사실을 그때 처음 알았다. 내심 그를 무시했는데 미래를 계획하고 꾸준히 자기관리를 하는 모습에서 형다움을 느꼈다.

사실 매번 꾀죄죄한 작업복 차림으로 와서 당연히 무학無學이거나 자국 기술학교를 나온 줄 알았다. 차림새만으로 학력수준을 가늠하고 출신학교에 어울리는 현업을 찾고자 하는 것도 지극히 한국적인 습관이다. 태어난 곳과 사는 곳이 달라도 무방하듯, 대학 나온 것과 기술을 업으로 삼는 것도 하등 상관이 없다. 당연한 말이지만 카자흐스탄에도 대학이 있다는 말이 낯설게 느껴졌다. 그럴듯하게 자기 비전을 술술 풀어내는 어투에서 자신감이 느껴졌다. 남자의 허풍은 만국 공통이라 어디까지 믿을 수 있을진 모르겠지만, 외국인의 인생계획 청사진을 진지하게 들어본 건 그때가 처음이었다.

한때 외국인을 데려와 한국에 대해 이야기하는 텔레비전 프로그램이 큰 인기를 끌었다. 나는 그것을 조금 보다 말았다. 방송 화면은 잘사는 국가의 백인이 한국의 이곳저곳을 돌아다니며 눈부신 한국의 발전상에 입을 떡 벌리고 감탄사를 연발하는 모습을 연신 비춰주었다. 그 모습에 입꼬리가 올라가는 한국인들은 뿌듯함과 자부심을 끝내 감추지 못한다. 타인과 타국, 자신과 자국을 끊임없이 비교하며 자신의 현 위치를 실시간으로 확인해야만 하는 불안한 삶이 그런대로 보기 좋게 연출되어 있었다. 부러워하는 시선 그 자체에 카타르시스를 느끼며 작은 우월감이라도 확인해야만 자신이 잘 가고 있다고 믿는 방향감각이 피곤해 리모컨을 돌렸다.

내가 정치학 교과서에서 느꼈던 것과 같은 피곤함이었다. 동정적인 백인의 부채의식 못지않게 백인을 초대해 융숭하게 대접하고 좋은 것만 보여주며 인정을 획득하고 열등감을 해소코자 하는 모종의 접대 문화, 어쩌면 이 또한 세계화 시대의 민족주의 포르노에 가까울지 모른다. 누군가의 한국행은 세계화일 테지만 어떤 이의 세계화는 다문화인 현실에 그런 게 무슨 의미일까. 살고자 시골구석까지 온 이들을 보고 나는 생각했다. 관광은 며칠이지만 노동은 몇 년이다. 자랑은 순간이고 삶은 평생이 아니던가. 도대체 검은 세계화와 그들의 생명력은 미국인이 쓴 정치학 교과서에 언제쯤 실리려나. 나는 헛웃음을 지었다.

메리라는 이름의 숙명

시골 섬마을은 까치설에 차례상을 올린다. 여태껏 까치가 새를 말하는 줄 알았더니 까치산이 작은 동산이듯, '작은'이라는 뜻이란다. 작은설에 차례를 지내는 이유를 섬은 육지보다 하루 일찍 설이 도착해서 그렇다고 들었는데, 그 출처가 할아버지였는지 삼촌이었는지 기억나지 않는다. 인터넷에 검색을 해보니 서남해 일부의 섬에만 그런 풍습이 있다고 한다. 『완도신문』의 기사에는 조선 시대에 천하게 취급받던 뱃사람과 무속인 등은 예법상 설에 차례를 올릴 수 없어서 그랬다는 설과 장보고 시대에 추석에 군대를 출병시키고자 그 전날에 군의 복을 빌 겸 차례를 지냈다는 설이 나와 있다. 제사 음식을 차린 당일 후딱 제사를 지내버리는 게 속 편해서 그렇다는 이야기도 있었다. 큰 절을 두 번 반 올리고 술을 한 잔 올렸다. 음복으로 전과 생선, 육고기를 푸짐하게 먹었다.

우리 시골에는 개가 두 마리 있다. 이 둘은 모녀지간이다. 시골 잡종치고 다리도 길고 늘씬하다. 둘 다 흉통이 좁고 갈색과 흰색의 털 배합을 가지고 있는데, 먼 옛날 영국의 소형 견종

잭 러셀 테리어와 조상을 공유한 건 아닐까 하는 의구심이 든다. 어미는 전반적으로 연한 갈색이다. 짙은 갈색 털이 땅이고 하얀 털이 바다라 했을 때, 마치 넓은 뭍과 큰 섬 사이를 가르는 바다를 그린 지도 모양을 몸에 가지고 있다. 딸의 몸은 전반부는 흰 털인데 엉덩이 부분부터는 쭉 갈색이다. 양쪽 눈을 기준으로 대칭인 갈색 마스크를 꼭 턱시도 고양이처럼 하고 있다. 둘 다 이등변 삼각형 모양의 뾰족 귀인데, 어미의 귀는 접힌 반면 딸의 귀는 쫑긋 서 있다. 성격은 어미가 좀 더 친화적이고 붙임성 있다. 딸은 더 겁이 많고 소심하다. 어미의 이름은 메리고, 딸의 이름은 똑같이 메리라고 부르는 방문객과 '째깐이'라고 부르는 견주 외삼촌이 있는데, 최근에는 '째깐이'로 굳어지고 있다고 한다.

첫 만남에서 메리 모녀는 자신들이 아주 제대로 밥값을 하고 있다는 것을 과시하기라도 하듯 길목을 막고 사납게 짖었다. 하지만 성인 남성이 전혀 개의치 않고 지나치자 아무 저항 없이 순순히 길을 내주는 것은 물론 막상 다가가니 망설임 없이 꼬리를 내리며 창고 문턱 뒤로 몸을 숨긴다. 메리가 민망한 듯 소리를 줄여가며 으르렁대는데 그 모습이 귀여워 짓궂게 손을 내밀어 힘껏 쓰다듬었다. 메리가 고개를 뒤로 내빼며 짖긴 짖는데 또 사람 손길이 좋긴 한지 꼬리도 열심히 흔든다. 짖거나 흔들거나 둘 중에 하나만 하지! 딸 메리는 아예 구석에 숨어서 쳐다보지도 못하고 자기 눈을 가리고 있다. 그 모습에 그만

웃음이 터졌다. 기선 제압에 실패한 하룻강아지의 말로로구나.
너희, 집 못 지키겠다!

　메리 모녀는 자주 나를 까먹었다. 내가 지나칠 때마다 쭈
뼛쭈뼛 눈치를 보면서 내 정체가 뭔지 서로 궁리하는 것 같았
다. 나 혼자 조금 친해졌다고 생각하면 그건 나의 일방적 착각
이라며 원 없이 짖어댔다. 아직은 내 체취나 발걸음 소리가 익
숙지 않은지 내가 집 밖을 나갔다 돌아올 때마다 나를 알아보
지 못했다. '뭐, 얼마나 만났다고' 하면서도 내심 섭섭한 마음이
들었다. 그러나 역시 동물과 친해지는 비법은 참을성을 갖는
것이다. 동물은 인내심 없는 사람과 거리를 둔다. 초면에 사로
잡아 단숨에 절친이 되고자 하면 오히려 멀어진다. 동물이 틈
을 보여 내게 매력을 발산할 기회를 내주면, 그 순간을 놓치지
않고 정신 차릴 새 없이 훅 파고들어 갔다가 적당히 아쉬울 때
빠지는 걸 잘해야 한다. 미련을 두면 매력 없다. 나를 아쉬워하
게 만들어야 한다.

　메리가 피아식별을 마치고 뒤늦게 죄의식의 꼬리치기를
할 때면 나도 슬금슬금 맞눈치를 보며 다가갔다. 처음엔 부드
럽게 살살 쓰다듬고, 점점 아귀에 힘을 넣어 볼에 담긴 귀여움
을 강하게 쥐어주었다. 나중에는 눈이 똥그래지도록 야무지게
이마를 쓰다듬어주고 얼굴 찐빵도 한 번씩 해주고 돌아섰더니
경계심을 많이 풀었다. 어미가 경계심을 푸는 것을 멀찍이 지
켜보던 딸 메리도 근처로 다가왔지만 몸을 내주지는 않았다.

어미 메리를 보면서 다시금 길이 든다는 게 무슨 말인지 그 유래를 알 수 있게 되었다. 손길이 자주 오가면 서로 친해진다. 손길에 마음이 열리는 것은 비늘을 벗고 털을 선택한 포유류에게는 어쩔 수 없는 운명이다. 쓰다듬고 비비며 친밀감과 애정을 건넨다. 내가 다시 귀성할 때쯤 메리는 아예 배를 발라당 뒤집어 까거나, 깡충깡충 앞발로 내 가슴께까지 뛰어올라 벅차오르는 반가움을 표시해주는 사이가 되었다. 배를 쓰다듬자 헥헥거리는 메리를 보고 잠시 후회했다. 나는 곧 갈 사람인데. 정 주지 말 걸.

내가 본 메리는 항상 묶여 있었다. 짧은 목줄에 늘 묶여 있는 시골 개야말로 가장 불쌍한 개라더니, 언제쯤 마지막 산책을 나갔을까. 메리는 까끌까끌한 돌바닥에 턱을 괴고 앞발을 쭉 뻗어 무료하게 시간을 죽이고 있었다. 길어야 15년 남짓을 사는 개의 시간을 떠올리니, 메리가 안쓰러워 바깥 공기를 쐬어주러 나갔다. 목걸이는 시중에서 쉽게 찾아볼 수 있는 평범한 제품인데 목줄은 비닐을 꼬아 만든 밧줄 노끈이었다. 나는 노끈을 내 허리춤에 감아 리본 모양으로 거듭 묶었다. 마을 한 바퀴를 도는데 그 자세가 마치 개 네댓 마리를 동시에 산책시키는 미국의 유명인사 같았다. 걷는 길에서 풀냄새와 바닷가 짠내가 섞여서 났다. 개는 더 깊은 냄새를 진하게 맡겠지 생각하는 순간, 메리가 똥 한 무더기를 쌌다.

개는 걸으면서 배변 욕구가 자극된다. 또 배변에는 영역표시 기능이나 동네 개들과 소식을 주고받는 송수신 기능이 있다고 들었다. 그래도 그렇지, 그 작은 몸에 똥이 한가득했다. 헨젤과 그레텔은 과자와 사탕을 흘리면서 걸어온 길을 표시했다는데, 메리는 목 좋은 길가만 보이면 활처럼 등을 구부려 엉거주춤 똥을 누었다. 똥개가 분명했다. 오랜만에 하는 외출이라 그런지 메인 목줄이 그리는 범위 정도로 걸어서는 절대 배출할 수 없었던 깊고 묵은 똥을 항문이 작정한 듯 내뿜었다. 도저히 그냥 눈감고 지나칠 수 없어 앞의 몇 덩이는 삽으로 퍼 논에 거름으로 주었고, 뒤의 몇 덩이는 바닷물에 고기밥으로 던져주었다. 경량화에 성공한 메리는 갑자기 뜀박질을 시도했다. 부둣가를 개와 함께 달리니 새삼 내 몸에 군데군데 살이 붙은 게 느껴졌다. "헥헥" 부단한 숨소리에서 신남이 느껴졌다. 집으로 돌아와 다시 말뚝에 묶어주었다. 메리는 만족한 듯이 드러누웠고, 작은 메리는 그걸 부러운 눈으로 쳐다보면서도 여전히 구석에서 눈치만 살폈다.

저녁에 접어들 무렵부터 식사를 준비하느라 분주해졌다. 때맞춰 막내 이모네 식구가 몰고 온 SUV가 도착했다. 삼촌은 큼지막한 담벼락용 벽돌을 사각으로 쌓아 화덕을 만들었다. 그 위에 격자처럼 촘촘한 철판과 매끈한 돌판을 각각 얹어, 해 뜰 때 미리 해온 나무에 불을 피워 달궜다. 열이 오른 돌판 옆엔 선홍빛 돼지고기와 붉은 소고기가 지층처럼 쌓여 있고 철판 옆에는 상자에 굴이 한가득 있다. 불가에 온 식구가 옹기종기 모여 앉았는데, 불을 쬐는 앞은 따뜻하고 등은 시린 오묘한 느낌이 좋았다. 탁탁 불티가 튀는 소리와 고기가 노르스름하게 익는 소리, 잘 익은 굴이 입을 열어젖히는 장면이 자아내는 분위기가 낭만적이었다. 고기 기름으로 입이 텁텁할 때마다 헹궈주는 술맛도 깔끔했다. 오랜만에 만난 친척끼리 그동안 어떻게 살았고 무슨 일이 있었는지 도란도란 나누는 이야기도 좋았다. 마무리로 잔불에 구워진 고구마가 더할 나위 없이 달았다.

메리 모녀도 고기 냄새에 잔뜩 흥분해 있었다. 야생의 개가 처음 인간을 만나 사냥터를 따라다녔을 때는 개밥과 인간의 밥이 같았을 것이다. 함께 사냥하고 함께 나눠 먹고. 그러나 문명이라는 게 생기면서 개 사료와 인간의 식사가 구별되었을 것이다. 그때마다 인간들은 자기들끼리만 맛있는 음식을 실컷 먹지만 개는 항상 소외된다. 배달 음식을 시킬 때면 개들은 보통 접근금지 처분을 받는다. 그때마다 개는 식욕과 복종이라는 두 가지 본능 사이에서 갈등하고 번민한다. 메리 모녀가 낑낑거리며 누구라도 들으라는 듯이 아쉬운 소리를 내뱉었다. 고개를 갸우뚱거리며 귀를 쫑긋, 혹시나 하는 기대감에 두 발로 곧게 서서 있는 힘껏 목줄을 당긴다. 발톱으로 땅바닥을 긁는 소리가 쉴 새 없이 들렸다. "옛다" 하고 두툼한 삼겹살을 한 덩이씩 던져주었다. 숨도 한 번 안 쉬고 챱챱 소리를 내며 허겁지겁 먹었다. 개들이 먹는 모습을 보고 작은삼촌이 말했다.

"쟤 이름도 메리인데, 몇 번째 메리인지는 모르겠다."

"푸하하! 얘도 메리고 그 앞도 메리고. 메리도 순번이 다 있네."

"원래 시골 개 이름은 그냥 다 메리야."

개 이름은 이번에도 메리였고 저번에도 계속 메리였다. 요새 도시에서 유행하는 '콩이'나 '까미', '보리' 같은 귀엽고 사랑스러운 이름도 많지만 메리는 그냥 메리다. 이쯤 되면 시골의 암캐를 뜻하는 방언 같은 것인데, 이름에 별 뜻은 없다. 별 뜻 없는 이름을 피 한 방울 섞이지 않은 잡종견들이 족보 없이 대대로 알음알음 물려받아 같은 자리를 늘 지키고 있다. n번째 메리는 항상 젊었고, 개장수에게 팔려 가지 않는 이상 어떻게 죽었는지 전해지지 않았으며, 드문드문 방문하는 사람들은 다음 메리의 등장을 의아해하지 않는다. 사람보다 목숨 줄이 짧은 메리는 드문드문 기억된다. 그것이 메리라는 이름을 받은 개들의 숙명이다. 메리의 삶이 슬픈 목줄에 묶여 있는 것인지 고민해보았다. 삼겹살을 먹는 그 순간만큼은 행복해 보였다.

이운진 시인의 「슬픈 환생」이라는 시를 좋아한다. 시는 기르던 개가 죽으면 꼬리를 잘라 묻는다는 몽골의 장례 풍습을 소재로 쓰였다. 그 의식에는 죽은 개가 다음 생에는 사람으로 태어나기를 바라는 유목사회의 축복이 담겨 있다고 한다. 그러나 시 속에서 시인은 자신의 윤회로 시선을 돌리며 인간의 슬픔을 마주한다. 주인의 축원 덕에 사람으로 환생한 자신이 마주한 슬픔이란 개보다 긴 수명을 가진 인간의 태생적인 외로움이다. 동시에 그것이야말로 개에서 인간으로 다시 태어난 자의 상실이다. 나는 종종 사람 구실을 하기가 버거울 때마다 이 시를 읽으며 스스로를 달래곤 한다.

개들은 부쩍 빨리 자란다. 강아지는 한 해 한 해 쑥쑥 자라나 순식간에 늠름한 성견이 된다. 개들의 장점은 어른이 되어서도 감정에 솔직하다는 점이다. 어른이 된다는 것은 감정을 조절하고 잘 참아내는 건 줄 알았는데, 행복만큼은 제때 누리고 그 자리에서 마음껏 기쁨을 발산하는 법을 알아야 어른이 되는 것만 같다. 어쩌면 개들은 남은 시간이 짧아 찾아온 행복을 놓치지 않는 것을 타고났는지도 모른다. 개들처럼 누렸던 행복을 금방 잊는 것도 현명한 방법이다. 과거에 매이지 않아야 주어진 명줄에서 자유롭게 다음 행복을 기다릴 수 있다. 시인의 말처럼 개들의 삶보다 사람의 삶이 더 슬픈 것만 같다.

얼마 전 작은삼촌이 배 두 척을 샀다. 배 이름은 메리 1호와 메리 2호. 메리 모녀의 이름은 드디어 의미를 얻어 배의 마스코트로 각인되었다. 마스코트의 자리는 다음 메리에게도 대를 이어 계속될 것이다. 새벽에 작은삼촌과 그 배를 타고 나가 함께 장어를 낚았다. 장어는 초보나 바보에게 잘 낚인다는데 내가 엄청 낚았다.

할머니께서 치매 판정을 받았다. 자신이 배 아파 낳은 8남매 전원 중 몇몇의 이름, 아니 존재를 잊어버렸다. 치아를 잃고 턱이 말렸으며, 같은 말을 되풀이하며 기억과 자아를 잃어버리고 있다. 그렇지만 여전히 자식들과 손주들의 어릴 적 사진이 액자에 담겨 벽에 걸려 있다. 그것은 개였던 시절, 초원에 묻힌 잃어버린 꼬리와 같은 것이다. 다음 세대의 축복을 빌어주는 고귀한 마음이 담겨 있으므로.

집으로 돌아가는 버스 안에서 차창 밖을 바라본다. 이름 없이 지나쳐간 사람들과 이름 없이 머무른 개들을 생각한다. 익명의 사람들이 다투는 현실과 무명의 사람들이 건너와 일구는 삶의 터전들을 떠올린다. 그 안에서 치열하게 살아가는 각자의 인생과 저마다의 사연을 떠올린다. 그리고 자식의 이름마저 잊은 할머니를 생각한다. 사람이 되기 전 개들의 사소한 행복을 떠올리며 나도 내 퇴화한 꼬리뼈를 의식해 더듬어본다. 그 메리는 몇 번째 메리인가.

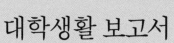

대학생활 보고서

고등학생의 공부법이
대학에서도 효과적으로 통한다는 것은
취급하는 지식의 품질이나
선호하는 학생의 유형을 잘 보여준다는 측면에서
대학이 고등학교보다 별반 나을 게 없다는 것을 방증했다.
대학은 게으르고 느슨하고 비싼 고등학교였다.

장발족의 오리엔테이션과 경상도 어미 '-노'

재수를 결심하고 머리를 밀었다. 대학에 붙을 때까지 절대 자르지 않겠노라 결의를 다졌다. 그 시절에는 삭발이 무언가 결기를 표하는 상징이었다. 어차피 군에 간 친구들도 나처럼 빡빡이일 텐데, 군대 간 셈 치고 시원하게 밀었다. 대학 낙방의 불효를 저질러 집에서 공부하는 처지에 머리 차림까지 신경쓸 여유가 없었다. 그런데 삼수를 하게 될 줄은 꿈에도 몰랐다. 미용실에 가지 않는 것도 습관이 되다 보니 세 번째 수능을 끝낸 겨울에 내 머리칼은 어깨에 늘어뜨릴 수 있는 수준으로 자랐다. 머리카락이 선천적으로 가늘고 힘이 없었던 탓에, 납작하게 꽉 가라앉은 것이 지저분하고 볼품없어 보였다. 볼륨 파마라도 했으면 예술가 느낌으로 제법 괜찮았을 텐데, 꾸밀 줄 몰랐던 그 당시 내 머리에 '파마'라는 단어는 없었다.

내 머리가 거지꼴이라는 것을 대학 오리엔테이션 날 자각하게 되었다. 새벽부터 기차를 타고 부산역에 내리면서 소변이 급해 화장실에 갔다. 손을 씻으며 거울을 바라보는 순간, 아차 싶은 마음과 함께 머리 좀 자르고 올 걸 하는 후회가 밀려왔다. 아침이라 미용실 연 곳도 없고 시간도 촉박해서 그냥 가기로 했다. 튀어 보일 게 확실했다. 같은 신입생이라 해도 나이가 두 살이나 많기도 했고, 부산에서 서울 말씨를 쓰며, 거기에 머리도 비틀스 아니면 잘해야 80년대 대학생급 장발이었으니 말이다. 부끄러웠다.

오전 9시, 집합장소인 사회관 301호에 도착했다. 강의실은 단상에서 와이파이 아이콘 모양으로 올라가는 계단식 구조였다. 입을 꽉 다물고 한껏 얼어붙은 새내기들과 호기심이 가득하지만 제법 속내를 감출 줄 아는 선배들이 적당한 거리를 두고 군집해 있었다. 두 살 터울의 복학생 남자 선배와 헌내기(2학년) 여자 선배가 각각 조장, 부조장을 맡아 5~6명의 새내기들을 한 조로 이끌었다. 캠퍼스 지리를 익히기 위해 조별로 미션을 수행했다. 오리엔테이션을 준비한 집행부 선배들은 높고 넓기로 유명한 캠퍼스 건물마다 곳곳에 배치되어 새내기들에게 미션을 주었다.

재미없고 피곤하기만 했다. 같은 조가 된 새내기들끼리 우선 친해지고, 겸사겸사 막 제대한 복학생들도 잘 섞여보라고 선배들이 노력해서 프로그램을 기획했을 텐데 꽤 구시대적으로 느껴졌다. 선배들은 여자 동기를 등에 앉힌 채 팔굽혀펴기를 하라거나, 공주님 안기로 "동기 사랑! 나라 사랑!"을 외치며 앉았다 일어났다를 반복하는 식의 벌칙을 주었다. 다들 수능 끝나고 겨울을 보내느라 살이 붙은 모양인지 허리가 좀 아팠지만, 허벅지 힘으로 버텼다. 어색하게 안겨 있는 쪽도 심히 이 상황을 부담스러워했다. 싸해지는 분위기를 억지로 끌어올리고자 다들 온갖 노력을 했다. "오늘 같은 날 눈도장도 찍고 그래야지"라며 '꼰대' 같고 구시대적인 말을 하는 선배가 있는가 하면, "이런 건 솔직히 안 했으면 좋겠다"라며 새내기들에게 공감해 주는 부드러운 선배도 있었다. 간단히 점심을 먹고 조별로 아이돌 댄스 추기와 같은 엉터리 재롱잔치를 벌였다. 뒤이어 짧게나마 자기소개 시간도 가졌다.

하이라이트인 뒤풀이 시간이 되자 숨을 좀 돌릴 수 있었다. 꾀죄죄하고 바글바글한 게 매력인 대학가 주점에 갔다. 대학생을 단체로 받는 데 익숙한 술집이었다. 드럼통 의자가 꽉꽉 들어선 큰 테이블이 세 줄이었는데, 공교롭게 오리엔테이션 날짜가 겹친 다른 학과 사람들로 가득했다. 지역마다 즐겨 찾는 소주가 다르다는 것을 그 자리에서 처음 알았다. 뭘 좀 얻어내 볼 수 있을 것 같은 잘나가는 선배, 현재 주도권을 쥐고 있는 동기 라인, 벚꽃이 피기 전까지 잘 보이고 싶은 매력적인 잠재적 구애 상대에 이르기까지, 저마다 치열한 탐색전을 벌이며 술잔을 기울였다. 캠퍼스를 분주히 돌아다녀 배가 고팠던 모양인지 어묵탕이나 두부김치, 두루치기 같은 술안주는 물론 공짜로 주는 뻥튀기 기본 안주까지 순식간에 동이 났다.

다들 연애 사업을 가장 궁금해했다. 대학은 곧 자유면서 사랑이라는 환상이 있었기 때문이다. 선배들은 학과 안에서는 절대 연애하지 말라며, 멀찍이 다른 테이블에 흩어져 있는 전 여친과 전 남친들을 가리켰다. 다들 너털웃음을 지었다. 선후배 관계에 대한 걱정도 많았다. "마, 그래도 페이스북이라서 친구 맺고 땡이라 다행이지, 나 때는 임마, 선배 싸이월드 일촌명 정하는 데 하루 죙일 고민하고 그랬어. 쟤는 그냥 이름인데 왜 내한텐 성 붙이냐, 막 갈구고"라던 사투리가 구수한 선배의 이야기에 웃음바다가 되었다.

학과생활, 동아리 활동, 학과교수의 스타일, 학점 따는 방법 같은 생활 밀착형 질문이 많았다. 수시로 왔는지 정시로 왔는지 입시에 관한 이야기도 줄을 이었다. 다들 자신이 왕년에 한가락 한 사람임을 입증해 보이려 했다. 개중에는 '원래 이 학교 올 성적이 아닌데, 수능 당일 가장 최악의 성적을 받고 이 학교에 온' 경우라 주변을 낮추고 본인을 치켜세우는 이도 있었다. 비슷한 수준이니 다 같은 학교에 모인 거지 뭐, 겸상이라도 해주겠다는 건가? 아무튼 그는 초장부터 '아싸'(아웃사이더)의 길을 걷게 될 운명으로 보였다. 한 여학생은 아버지가 허락하지 않아서 서울의 사립대를 포기하고 점수를 낮춰 집 근처 지방 거점 국립대에 울며 겨자 먹기로 입학했다는 말을 어렵게 꺼내기도 했다. 부산 탈출이 꿈이라는 그 친구의 말에 공감하는 선배들이 꽤 있었다. 짙은 체념의 정서가 느껴졌다. 진지한 이야기가 오가는 와중에도 여기저기서 축배를 드는 요란한 소리가 들려왔다.

조금 전까지만 해도 억세게 느껴지던 부산말이 술 좀 들어갔다고 친근하게 다가왔다. 다들 경계심이 누그러지고 서로에게 익숙해지는 듯했다. 낯가림이 심한 친구들도 자세히 보면 최선을 다하는 게 보였다. 벌써 평생 단짝을 얻은 애들도 있었다. 붙임성이 좋고 기가 잘 죽지 않는 스타일의 친구들이 술자리를 주도했다. 다들 말로는 일찍이 술을 배웠다고 허세를 부렸지만, 경험 부족으로 주량 조절에 실패한 티가 났다. 취기가 벌써 임계점에 다다른 듯했다. 첫 만남에 망신살이 끼지 않기 위해 정신력으로 버티는 것만 같았다. 주량 자랑하던 몇몇은 일찌감치 화장실에서 구토를 시작했다. 그러면서도 2차, 3차를 외쳤다. 소변과 날숨에서는 삭은 알코올 냄새가 났다.

여자 동기들이 "오빠야는 어디서 왔냐"라고 물어서 경기도 부천이라고 했다. 거기가 어디냐 묻기에 서울과 인천 사이에 붙어 있는 위성도시라고 답했다. "에이, 그럼 그냥 서울이네"라는 답이 돌아왔다. 내 서울말이 다정하고 부드럽게 느껴진다고 해서 내심 기분이 좋았다. 솔직히 나는 적잖이 놀란 상태였다. 부산 사람들은 '손투리'라고 메신저나 온라인에서도 사투리를 썼다. 구어체는 부산말이라도 문어체는 표준어일 줄 알았던 것은 순전히 서울 촌놈인 내 착각이었다. 구어와 문어의 일치는 서울 촌놈의 편협한 시야에서나 존재했다. 솔직히 그때 나는 '‒노'라는 말이 무서웠다. 당시에 사회적으로 논란을 빚고 있던 일베 유저들이 어미에 '‒노'를 아무 데나 함부로 붙여

경상도 말을 오염시키고 있었기 때문이다. 수도권 사람들은 그 둘을 잘 구분하지 못했다.

나도 마찬가지였다. 안 그래도 부산행을 결심할 때부터 주변에서 부산은 보수색이 강한 지역이라고 잔뜩 겁을 주었다. 다소 진보적인 나는 정치 성향 차이로 초장부터 부딪힐까 봐 잔뜩 긴장하고 있었다. 물론 정치학과니까 몇 명쯤은 나와 이념 지향이 상극일 수도 있겠다고 미리 생각해둔 터였다. 그런데 단체 채팅방에서 너나 할 것 없이 '−노, −노' 하는 게 아닌가. 그 '노'라는 어미가 술자리에서도 종종 들려왔다. 한두 명이면 몰라도 대다수가 그런 식으로 말하니 점차 나는 의심에 사로잡혔다. '애들이 혹시……?' 순간 나는 내 인생에 놓일 험난한 앞길이 그려져 심란했다. '여기선 내가 소수파구나.' 나는 내 성향을 숨기기로 마음먹었다. '절대 정치 이야기는 하지 말아야지!' 하고 있었는데, 술기운이 좀 더 오르고 할 말이 부족해지자 나는 궁금증을 참지 못하고 동기들에게 조심스레 물었다.

"혹시…… 너희…… 그…… 일베 하니?"

"뭐 일베? 이 오빠야가 초면부터 미쳤나!"

"아니……, 아까부터 자꾸 −노, −노거리길래…….”

"노? 갸들 하는 말이랑 우리 말이 같나! 갸들은 그냥 암데나 다 갖다 붙이는 거고. 자, 오빠야 봐라. 부산말 '−노'에는 한탄이나 짜증 같은 감정이 들어가야 한다!"

"감정?"

"어 맞다. 오빠야 봐라, '니 와이라노!'는 맞는데, '니 그거 했노?'는 일베다."

"어렵네⋯⋯."

정말 다행이라는 안도감과 함께 무안한 마음이 들었다. 물론 그때의 죗값으로 나는 한 달쯤은 동기들에게 경상도 어미 '-노'를 제대로 분간할 수 있는지를 평가받았다. 가끔은 환희나 놀라움도 경상도 어미 '-노' 안에 담길 수 있다는 응용 문제까지 풀었다. '2의 2승'과 'e의 2승' 따위를 구분하는 놀이에 끼게 되었다. 땡초가 무엇인지, 짝지가 무엇인지에 대해서도 배웠다. 등산로 입구에 있는 기숙사에 들어가서 짐 정리를 마쳤다. 낯선 사람과 삶을 함께한다는 게 굉장히 두려웠는데 다행히 경북 영천에서 온 룸메이트 형은 착하고 마음이 넓은 사람이었다. 코골이도 없고 잠버릇도 없었다. 피자도 잘 사줬다. 대학에 오니 다양한 배경을 갖고 여러 지역에서 모인 사람을 만날 수 있다는 사실이 만족스러웠다. 개강 후 머리를 단정하게 정리하고 오자 그때 인사를 나눴던 동기 몇몇이 나를 몰라봤다. 대체로 속이 시원하다고들 말했다. 여자 동기들은 내게 선크림의 중요성과 제품을 고르는 법, 안경을 벗고 렌즈를 삽입하는 법, 그리고 피부 톤에 어울리는 머리카락 색을 비롯해 전반적으로 꾸미는 법을 알려주었다. 여자 동기들과 시간을 보내면 문화체

험의 범위가 늘어나는 듯한 기분이 들었다. 삼수한다고 2년을 집에 있다가 나온 나는 대학생활을 기숙사에서 록 밴드 부활의 전집을 들으며 제법 만족스럽게 시작했다.

극단적 육식주의자들의 갈림길

정말 내가 대학생이 되었다고 실감하게 된 건 서점에서 교재를 살 때였다. 다들 전공 필수 과목인 헌법 교재를 마음에 들어 했다. 단조롭고 고리타분한 디자인에 하드커버 갑옷을 입어 두껍고 꽉 찬 근육이 느껴지는 벽돌 한 권, 『憲法學』이라 적힌 그 붓글씨체 한자가 너무나 멋있게 느껴졌다. 법학 서적은 뭐랄까, 풍기는 포스부터 뽐내고 싶은 새내기의 욕구를 충족시켜 주었다. 가방에 넣기보다 옆구리에 끼고 다녀야 할 것 같았다. 나는 등판에 '政治外交'(정치외교)라고 적힌 '과 점퍼'에 수줍은 자부심을 느끼며, 헌법 책과 엇비슷한 두께의 『서양철학사』를 끼고 다녔다.

대학생의 식습관은 한마디로 '극단적 육식주의'라고 칭할 만하다. 그중에서도 닭의 피해가 가장 컸다. 많을 때는 일주일에 여섯 번쯤 치킨을 먹었던 것 같다. 동기·선배·동아리·기숙사 친구들과 지내다 보면 최소 격일마다 한 번은 꼭 치킨을 먹게 되었다. 돈이 많아서 치킨을 먹었던 게 아니라 그 반대였다.

닭은 단체주문 시 할인혜택이 커서 시킬수록 양이 많아졌고 1인당 가격도 저렴해졌다. 서비스로 탄산음료도 딸려왔다. 호불호도 적어 합의 보기 좋고 배달이나 홀 상관없이 죽치고 앉아서 먹기에 가장 무난한 음식이 치킨이었다. 어제 튀긴 거 먹었으면 오늘은 구운 치킨을, 내일은 또 파닭을 먹는 식으로 돌려먹었다. 자연히 남기는 치킨도 많았는데 대학생들은 대개 그대로 봉지에 싸서 일반 쓰레기통에 몰래 버리곤 했다. 학교 건물에 숨어 사는 바퀴벌레는 남겨진 고단백 치킨을 먹고 자라서 그런지 덩치가 크고 잔뜩 살이 올라 포동포동했다. 미화원분들은 벌레 끓는 치킨 상자를 치우는 데 굉장히 애를 먹었지만, 학생들 앞에서 굳이 그 어려움을 내색하지는 않았다.

경험상 대학생활 1년만 해도 서서히 건강을 잃는다. 생체리듬부터 급격히 꼬이는데 늦잠을 자거나 낮잠을 자도 뭐라 할 사람이 없어서 졸리면 자고 잠이 안 오면 안 자기 때문이다. 일찍 일어나야 할 이유도 없다. 9시 수업이라는 조기 기상의 이유를 만드느니 차라리 그 수업을 피하고 만다. 그때 하루를 시작하면 그냥 온종일 피곤하다. 대학로는 커피값도 싸서 졸릴 때마다 늘 찾게 된다. 그 결과 낮에는 카페인 수혈로 근근이 버티는 좀비가 되었다가 밤에는 누구보다 또렷한 정신으로 SNS 세계를 떠돌며 밤을 지새우는 네트워크의 망령이 된다. 생기 잃은 얼굴에 다크서클이 한가득하다.

식습관은 더 말할 것도 없다. 싸고 맛있고 기름지고 자극적인 음식은 항상 칼로리는 과잉이고 식이섬유는 모자라다. 풀은 전혀 먹지 않고 위장에 치킨과 액상과당이 가득한 탄산음료만 때려 붓다 보면 식사량은 산술급수적으로 늘어나는데 뱃살은 기하급수적으로 찐다. 이따금 대변이 딱딱하게 굳어 나와 건조한 항문이 배출을 버거워하며 유혈 사태를 일으키거나 그냥 묵혀두는 파업이 발발하기도 했다.

생각보다 캠퍼스 생활에서 채소 공급은 빈약한 편이다. 어렸을 땐 나도 풀떼기를 먹느니 차라리 맨밥에 물 말아 먹겠다며 반찬 투정을 일삼았는데 치킨과 탄산음료에 물리다 보니 그 풀떼기가 너무나 간절했다. 그런데 무지하게 비쌌다. 아삭아삭한 채소와 탱탱한 새우나 깍둑썰기를 한 소고기에 드레싱으로 입맛을 돋우는 볼 샐러드는 국밥 두 그릇 가격이었다. 그래서 말인데 이제 막 대학의 학식으로 도입되기 시작한 '비건 식단'을 이념이나 가치 측면으로 접근하기보다는, 실용적인 목적에서 대학생들의 극단적인 영양 불균형을 해결할 수 있다고 부각하는 게 더 나은 접근법이라고 생각한다. 자취방에 저렴한 값으로 채소를 조달하는 것은 쉽지 않으니까 말이다.

아무튼 새내기 시절이야말로 신체의 충전효율이 가장 떨어지고 쉽게 방전되는 시기라 말해도 부족함이 없을 것이다. 낮에는 열 시간씩 자도 졸리고 피곤하며, 새벽에는 야식이 유혹한다. 카페인으로 깨우고 알코올로 재우는 나태한 삶을 반복하다 보면 몸 여기저기가 금세 축난다. 고등학교 때처럼 체육 시간이 없어 남는 칼로리는 고스란히 몸 여기저기에 쌓이고, 그 몸은 다시 술에 절어 몸져눕게 된다. 여기에 흡연을 더하면 완성이다. 모든 면역력을 소진한 채 잔병치레하며 골골거리는, 인생 최대 몸무게를 가진 표준형 대학생으로 진화할 수 있다. 적어도 식습관에 있어서만큼은 대학이 절제되지 못한 자유의 공간인 것은 확실한데, 자신의 몸이 고된 수험생활에 대한 보상을 이런 식으로 치를 줄은 미처 알지 못했을 것이다.

　여기저기서 부르는 족족 술자리에 나가고 나면 눈 깜짝할 사이에 3월이 지난다. '신입생 환영 엠티'를 기점으로 이 극단적 육식주의자들은 학과를 벗어나 자유의 공간을 활보하며 각자의 갈림길을 찾기 시작한다. 다른 학과 이성들과 '과팅'을 몇 번 성사시킨 이후에 학과생활은 전공수업 듣는 곳 정도로 급속하게 시들고 만다. 지금은 부농들의 유료 농촌체험 관광 프로그램 정도로 변질된 여름방학 농활 시기엔, 정말 소수의 인원만 참가한다. 다수는 이미 소수에게 형성된 친목의 벽을 넘지 못하거나 여타 이유를 대며 불참한다. 농활을 통해 돈독해진 사이마저도 내부인원이 연애하다 틀어지면 관계는 결딴이 나게 되어 있다. 물론 나는 이 시대에 농활보다는 '체험 삶의 현장' 격인 공장의 '공활'이나 콜센터의 '콜활'이 필요한 것 아니냐는 삐딱한 시선으로 불참을 선언하고 대형 마트에 아르바이트를 하러 갔다.

첫 학기가 끝나면 내가 이 학교에 더 머물러야 할지 말지가 결판난다. 이유는 여러 가지다. 학교가 자신의 수준에 맞지 않는다고 느끼거나 학과에 실망했거나 학과 구성원과 틀어졌거나 다른 곳이 더 재밌어서다. 전공이 맞지 않거나 학교가 싫은 친구들은 일찌감치 정을 떼고 은둔하면서 반수를 준비한다. 문제는 대부분 실패해서 돌아온다는 점이다. 탈출에 성공할 요량으로 학점관리를 포기했기 때문에 전과도 쉽지 않다. 마지막 퇴로인 복수전공마저도 선발 시 요구하는 평균 학점이 높아서, 그 간격을 좁히고자 칙칙한 표정으로 구석진 자리에서 한 학년 아래 후배들과 마음 떠난 전공수업을 따라간다. 어쩌다 동기들과 마주치면 그렇게 어색할 수가 없다.

남는 이들은 여러 유형이었다. 먼저 고등학교에서 기계처럼 내신 점수를 챙기던 모범생들은 대학에 가서도 비슷했다. 모든 강의 내용을 빼곡하게 적고, 끊임없이 자신의 불완전한 기억력을 의심하면서 강의 녹취록을 청취했으며, 선배나 기수 강자들에게 집요하게 교수의 스타일을 캐물었다. 정답은 최대한 교수의 성향에 맞춤으로써 자신의 의견을 최소화했다. '자신의 관점에서 해당 사항을 논하라'를 요구하는 과목을 가장 멀리했다. 이들은 대부분 대학에서도 고득점에 성공했다. 고등학생의 공부법이 대학에서도 효과적으로 통한다는 것은 취급하는 지식의 품질이나 선호하는 학생의 유형을 잘 보여준다는 측면에서 대학이 고등학교보다 별반 나을 게 없다는 것을 방증했다. 대학은 게으르고 느슨하고 비싼 고등학교였다.

일찌감치 삶의 모든 유희를 삭제하고 스펙 관리에 매진하는 친구들은 1학년 때부터 학교가 열어주는 취업 박람회와 특강에 빠짐없이 참석했다. 공강 시간도 알뜰하게 활용해 어학 성적 획득에 전념했다. 일찌감치 어학원에 등록해 제2외국어 교습도 놓치지 않았다. 온갖 종류의 스터디에 참여한 뒤 막차를 타고 귀가한다. 이들의 동선은 집과 학교, 공부 모임으로 되게 단순하다. 아마 2학년 2학기쯤 영미권 대학에 교환학생으로 떠나는 것이 유일한 동선 이탈이자 이게 그들 인생에서 마지막 휴가였을지도 모른다. 그곳의 버디들과 SNS에서 영어로 안부를 주고받는 모습이 종종 노출된다. 귀국 후 한결 유창해진 어학 실력으로 영어 강의만 골라서 듣는다. 원어 강의는 대부분 유학생 위주의 절대평가라 50퍼센트가 A 학점을 받을 수 있다. 상대적으로 경쟁도가 덜 치열해 시간도 아낄 수 있다. 이윽고 4년 과정을 쉼 없이 마쳐 최우등으로 졸업하고 곧바로 취직에 성공해 사회인이 된다. 거친 숨을 몰아쉬며 전력을 다해 설계대로 완벽히 진행된 뿌듯한 인생이다.

이들과 삶에 열심인 점에서는 비슷하지만 좀 더 모험을 감행하는 유형이 있었다. 2학년을 마친 뒤, 학업은 잠시 접고 곧바로 노량진이나 신림동 학원가로 옮겨가 고시 공부로 직행하는 것이다. 보통 부모의 기대가 큰 집안의 자제다. 아버지가 고

위직이나 전문직이라 '7급 공무원 초시 합격' 정도로는 성에 차지도 않을뿐더러 오히려 가문의 수치쯤으로 여기는 집안 분위기 탓에 심한 압박감에 포위되어 살게 된다. 성공과 실패, 그 영광과 오욕을 끊임없이 상상하며 수험 기간을 견뎠을 테지만 대개는 후자의 운명을 맞는다. 5급, 7급, 9급으로 점차 도전하는 급수를 낮추지만, 결국 실패한 고시(공시) 낭인이 되어 쥐도 새도 모르게 복학한다. 이따금 학과 술자리에 출몰해 후배들에게 자신의 학과가 얼마나 취업에 불리한지, 공무원 시험 준비에 어떻게 과목이 하나도 겹치지 않을 수 있는지 분개하곤 했다. 그러나 이들은 후배들에게 그리 좋은 평판을 얻지는 못했던 것 같다. 패배주의라는 것은 전염성이 있어 기피하고 싶었기 때문인 듯했다.

그 밖에도 많은 분화가 있었다. 대학에서 만난 연인과 영화 같은 사랑을 뽐내며 착각 속에 들어앉은 유형, 학과생활에 전념하며 뼈를 묻는 유형, 언제 올지 모를 정분을 위해 무수한 동아리를 찾아 헤매는 방랑자 유형, 입대를 앞두고 목적 없이 젊음을 불사르는 유형, 공모전이나 대외활동에 미친 듯이 매진하는 유형, 마지막으로 총학생회나 노동·시민 단체와 같은 정치·사회 커뮤니티에 투신하는 유형까지 참 다양한 방식으로 각자의 대학생활을 정의했다.

전쟁 같은 수강신청을 하는 이유

수강신청은 전쟁이었다. 다들 어디서 알아낸 것인지 꿀강의와 명강의는 아주 야무지게 찾아냈다. 디지털 시대에도 입소문이 가장 무서웠다. 시간대별로 '희망과목 담기'한 강의를 잘 배치해 플랜 A를 만들고, 자칫 클릭 실수로 첫 번째 플랜이 헝클어질 때를 대비해 플랜 B까지 짜두었다. 모든 경우의 수를 따져본 이들은 전날에 동네 피시방을 물색해서 알아두고, 한 시간 일찍부터 기다리고 있겠노라 결연한 마음을 먹고 잠을 청했다. 그러나 한 시간 반쯤을 일찍 와도 학교 앞 피시방은 이미 포화상태였다. 뛰는 놈 위에 나는 놈 있다고, 거기서 밤새는 애들이 미리 진을 치고 있었기 때문이었다. 애초에 이길 수 없는 자리싸움이었다는 것을 피시방 아르바이트를 하며 뒤늦게 깨달았다.

아침부터 피시방은 제대로 씻지도 않은 대학생들로 북적였다. 그들은 익스플로러와 크롬, 두 가지 브라우저에 시크릿 탭까지 열어 학번과 비밀번호를 미리 입력해두고 수강신청 서버 시계를 바라보며 초조해했다. 보험용으로 스마트폰 접속까지 해두며 예비작업을 마쳤다. 오차범위 10초까지 계산해서 7시 59분 50초부터 분주한 딸깍 소리가 들려왔다. 이윽고 접속에 성공한 이들과 실패한 이들의 희비가 엇갈렸다. 30초도 안 되어 서버는 동시접속자 수 과다로 터지고 말았다. 탄식과 환호, 욕설이 난무했다. 계획대로 깔끔하게 수강신청에 성공한 이는 재빨리 인증사진을 찍은 뒤 귀가했고, 열심히 대비했는데도 하나도 건지지 못한 이들은 불평을 쏟아냈다. 이렇게 사람 몰릴 거 알면서 서버 용량은 왜 이렇게 작게 만들고, 내 돈 내고 다니는 대학에 수업은 왜 이리 적게 열리느냐 말이다! 전부 타당한 비판이었다.

예비 플랜까지 모조리 실패한 경우는 2차 수강신청 기간과 정정 기간까지 수강신청 지옥에 갇히게 된다. 그 과목 듣지 못한다고 죽는 건 아니지만, 계획이 무너지는 삶에 대한 스트레스를 머리에 이고 다녀야 하기 때문이다. 무엇으로 그 과목을 대체할지, 대체하려는 과목의 수강후기는 어떤지, 평가과목이 나에게 유리한지, 시간대는 적절한지를 새로 따져야 한다. 적절하지 않다면 새로 수강해야 할 과목에 맞춰 도미노처럼 흩어진 시간표를 다시 수습해야 하고, 그 과정에서 부득이하게 염두에 둔 학원 수강이나 아르바이트 같은 것을 놓칠 수 있었다. 그러다 보면 아예 한 학기 계획 전반이 틀어져 총체적으로 원점부터 재검토해야 할지도 모른다. 한마디로 빽빽한 삶에서는 나비 한 마리가 일으키는 기회비용이 컸다.

틈나는 대로 서버를 들락날락하며 부지런히 손품을 팔다 보면, 이따금 희망했던 과목에 갑자기 결원이 생겨 빈자리를 낚아채는 행운이 뒤따르기도 했다. 서로가 신청한 과목이 엇갈려 맞아떨어지는 사람을 알음알음 찾아내 과목을 맞바꾸는 '수

강과목 교환'도 일어났다. 동시에 한 장소에서 만나서, 한쪽이 수강취소를 하자마자 상대방이 수강신청을 하는 방식으로 서로의 강의를 교환했다. 어떤 이들은 로비력을 발휘해 수강권을 쟁취해내기도 했다. 집요하게 전화로 학과사무실 조교를 괴롭히고, 담당 교수에게 밥 먹듯 메일을 보내고, 수강정정 기간에 찾아가서 애걸복걸하는 방식이 종종 먹혀들었다.

대학생들이 그 비싼 등록금을 내고서 원하는 과목 하나 들으려고 이렇게까지 해야 하는지 아직도 의문스럽다. 상당한 돈을 내고 을이 되는 곳은 세상에 몇 군데 없다. 그런 곳은 시장이 잘못 작동해 거래관계가 뒤틀렸거나 행정 부작위가 발생하는 곳이다. 대학은 학생의 수강권을 충분히 보장해야 했지만, 대학 행정은 수요와 공급을 적절히 맞출 만큼 유연하지 못했고, 서버 증설이나 희망과목을 늘리는 대신 하루 서버접속 횟수에 제한을 걸어두는 미봉책으로 일관했다. 매 학기 반복되는 문제였지만, 개선은 졸업 때까지 찾아보기 힘들었다. 그때쯤이면 체념하고 적응하는 게 더 빨랐다. 하지만 그럴 때마다 대학생활에 대한 회의감이 찾아왔다. '도대체 그 비싼 등록금은 다 어디로 간 거야?'

좋은 시간표를 갖고자 너도나도 예민해지는 데는 각자 나름의 이유가 있었다. 아이러니하게도 대학생은 대학에 너무 많은 시간을 뺏겨서는 안 됐기 때문이다. 대학에서 보증하는 학점이 구직 시장에서 신뢰를 잃어가는 추세에 발맞춰 그것을 보완하거나 대체할 만한 다른 스펙을 마련해야 했다. 대학에서는 주 4일만 학교에 가는 '주사파'가 유행했다. 극단적인 변형 버전으로 '주삼파'나 '주이파'도 있었지만, 시험 기간에 과목이 몰려 한 과목씩 벼락치기 각개격파가 불가능하다는 치명적인 약점이 있었다. 이는 자연히 학점 누수가 발생할 위험이 컸으므로 피치 못할 사정이 있지 않은 한 선호되지 않았다. 주사파의 장점은 목요일 마지막 수업 이후부터 일요일 자정까지 무려 3.5일의 자유시간을 확보할 수 있다는 점이었다.

그러나 그렇게 얻은 자유시간을 학내 자치활동과 동아리 활동에 쓰는 이들은 드물었다. 수업이 끝나는 대로 학생들은 곧바로 썰물처럼 캠퍼스를 빠져나갔고, 버스정류장과 지하철은 떠나가는 인파로 혼잡했다. 주된 행선지는 집, 학원, 스터디룸, 독서실, 피트니스센터, 봉사활동 단체였다. 학생은 학교에 머무르지 않았다. 젊음이 넘쳐야 할 캠퍼스는 항상 휑한 분위기가 감돌았다. 자연히 학과생활이나 동아리 활동이 위축되었고, 총학생회 활동처럼 취직에 별로 도움되지 않는 일은 점차 인력 부족에 시달리며 메말라갔다. 총여학생회는 투표로 해산을 결의하기 시작했다. 가장 타격이 큰 곳 중 하나는 학내 언론사였는데, 수습기자를 구하지 못해 기존 기자들이 입대나 졸업까지 미뤄가면서 근근이 명맥을 잇고 있었다. 지면을 대폭 축소하고 객원기자 제도를 도입하고 원고지 매당 단가를 올려도 소용이 없었다. 종이매체가 대학생 커뮤니티인 '에브리타임'

보다 힘이 없는 시대였다. 개개인의 희생을 바탕으로 운영하는 것도 한계에 다다르자 학내 언론사는 존폐의 갈림길에 섰다.

　서서히 학교 다니는 기간이 늘어지는 게 눈에 보였다. 학점 외 여타 스펙을 더 보유해야 한다고 해서 대학이 전공수업 부담을 줄여주면서까지 학생들의 편의를 봐줄 이유는 없었다. 자기 시간을 많이 확보한 만큼 학사 일정이 빡빡해졌고, 대학의 커리큘럼을 충실히 따라가 높은 학점을 얻는 것은 거저 주어지는 게 아니었다. 학점이 최종 목표가 아닌 기본 스펙이 되자 오히려 경쟁은 더더욱 치열해졌다. 그렇게 열심히 살았는데도 재수강의 늪에서 학점을 복구하기 위해 허우적거렸다. 그것도 부족하게 느껴지면 복수전공과 부전공, 교직 이수와 같은 온갖 것들을 위해 9학기, 10학기까지 학생 기간을 늘렸다. 의도적으로 졸업 여건을 피해 수료자 상태로 버티다, 그것도 여의치 않으면 졸업 유예를 신청하는 추세였다. 졸업하는 사람이 드물어 합동 졸업식이 자취를 감출 정도였다. 그래서 4년제 대학을 4년 만에 졸업하면 마치 조기 졸업을 한 듯한 착시효과가 발생했다.

　내가 새내기 때는 스물셋에서 다섯쯤 되는 3~4학년 여자 선배들이 종종 정장을 입고 수업을 들었다. 직장 면접이나 인턴십을 병행하기 위해서였다. 그러나 지금 스물너넛은 그렇게 살 수 없다. 사회가 요구하는 기초 스펙을 갖추는 데 상당한 시간이 소요되었고, 이제는 기업에서 자기 철학이나 의미 있는 경험까지 묻기 시작했기 때문이다. 이런 것들은 맨입으로 때울 수 없어서 어떻게든 자기소개서에 적을 만한 이야기를 만들어야 했다. 화려하고 이국적인 것들은 이야기를 만들기에 좋았지만 대체로 비용이 많이 들었다.

성적이 되는 친구는 학기와 방학을 잘 활용해 일찌감치 외국행을 준비했다. 대학의 대외교류 프로그램 선발에 전념해, 어떻게든 어학연수나 교환학생 기회를 잡아 해외로 나갔다. 대학생 다수는 주로 휴학한 뒤 여러 군데서 바짝 아르바이트를 해서 끌어모은 돈으로 해외여행을 준비했다. '인생의 전환점'이라는 여행의 낭만화가 출국을 부추겼고, 주변에서 한두 명씩 가기 시작하자 안 가면 뒤처질 것 같은 분위기도 흘렀다. 무엇보다 외국행은 자랑과 질투로 수놓은 '픽셀의 세계'에 올릴 사진을 제공해주었다. 그 공간 속에서 꿀리지 않는 존재감을 갖는 것도 상당히 중요한 문제였다. 여행은 기를 세워주는 아주 귀중한 데이터 조각이 되어주었다. 이 시기부터는 노는 것의 목록도 열심히 의미 있게 살았다는 사실을 증명할 수 있을 법한 것들로 꾸려졌다.

남학생들은 대학 정규과정 4년, 군 복무에 2년, 군에 간다고 말아먹은 학점 복구에 1년, 휴학에 1년 정도를 썼고, 취업 준비 기간이 늘어지고 시험 도전이 틀어지면 훌쩍 서른을 넘었다. 상대적으로 교환학생이나 어학연수가 남학생들에게는 크게 선호되지 않았다. 군 복무 기간으로 나이가 차버린 것도 있고, 비교적 공대생이 많았기 때문에 어학연수나 교환학생의 이점이 크게 줄어서였다. 여학생들은 군 복무 2년을 제외하니 스물일고여덟 줄이었다. 개개인의 역량에 따라서 학점 복구와 취업 준비를 병행하거나 휴학 시기를 잘 활용해 그 기간을 단축할 수는 있더라도, 예전보다 대학을 떠나지 못하는 기간이 확실히 길어졌다는 사실만큼은 분명했다.

부모 입장에서는 양육 기간이 늘어난 만큼 자식을 독립시키기까지의 비용도 크게 상승했다. 학비와 학원비, 주거비와 통신비, 식비와 용돈을 챙겨주는 것이 버거울 법한데 부모님들은 어떻게든 그것을 감당해냈다. 최근에는 인구 구조가 변화해 막내나 외동의 비중이 높아졌다. 그 말은 자식 둘에게 각각 30만 원씩 나눠줄 것을 하나에게 60만 원을 몰아줄 수 있게 되었다는 뜻이다. 그래서 상대적으로 '엄카'를 지닌 대학생들이 유복해 보이는 인상도 주었다. 그러나 위로는 자신의 부모를 챙기고 아래로는 자식의 학비를 감당해야 하는 경제적 부양의 샌드위치에서 부모들은 유물론적으로 고통받았고, 과한 투자를 받았다는 부담감과 불효하고 있다는 죄책감의 샌드위치에서 자식들은 관념론적으로 고통스러워했다. 그래서 친구, 선후배, 이성 교제 같은 관계 비용을 모조리 삭감해 그 죄책감을 덜어내고자 했다. 친구들 사이에선 그것이 일종의 '잠수'로 통용됐다.

모범생의 몰락

대학원까지 7년을 캠퍼스에 있으면서 정말 많은 사람과 함께했다. 그중에서 내가 가장 눈여겨본 이들은 항상 무언가에 쫓기듯 자신을 압박하는 친구들이었다. 더 정확하게 말하면 이들이 '번아웃burnout'에 빠지는 과정, 그러니까 최종적으로 '모범생의 몰락'이 가장 눈에 띄었다. 대개는 성품이 훌륭한 친구들이었다. 싹싹한 데다 항상 예의 바르게 웃는 얼굴을 하고 매사에 의욕이 넘쳤다. 상황 파악과 센스 발휘가 뛰어난 이들을 볼 때면 '저 친구 학교에서 예쁨 많이 받았겠네. 어떻게 하면 예쁨받는지 잘 아네'라는 감탄이 절로 일었다. 한편으로는 포기하는 법이나 잊어버리는 법은 잘 모르는 듯해서 앞으로 좀 피곤할 것 같다는 느낌이 드는 것도 사실이었다.

주말도 방학도 없이 학점, 스펙, 특히 대외활동에 매진하는 이들의 삶을 바라보며 처음에는 그냥 성취욕이 강한 것으로 생각했다. 그러나 알고 보니 잃는 게 두려웠던 거였다. 그들은 규칙적인 시간 관리를 통해 빼곡한 고정 일정을 소화하는 것은 물론, 갑자기 쏟아지는 과제를 해치우거나 변칙적으로 공고되는 공모전과 장학금 지원 기회를 놓치지 않기 위해 언제든 잠을 줄일 준비가 되어 있었다. 불확실성의 세계에서 자기 나름대로 최선의 대응책을 마련하려고 안간힘을 쓴 것이었다. 이런 유형의 친구들은 인간관계도 놓치지 않아서 바쁜 와중에도 경조사를 비롯해 주변을 꼬박꼬박 챙겼고, SNS마저 열심히 했다. 주로 대외활동에서 얻은 자연스러운 B컷들과 함께, 그곳에서 어떤 의미를 찾아내었는지가 길게 기술되어 있었다. 글에는 남들과는 다르게 살겠다는 의지가 은근하게 풍겼다.

그러나 갑옷의 두께는 두려움과 비례했다. 쉽게 상처 입는 사람일수록 보호구에 예민하기 때문이다. 이들이 두려워했던 것은 아무것도 채워지지 않은 빈 시간이었다. 보통 대학은 자유를 이념으로 삼는 경우가 많다. 그러나 그 자유에는 정해지지 않았다는 미완성의 의미도 담겨 있었다. 여백을 남겨두면 불안이 차올랐기 때문에 모범생들은 일정에 공란을 허용치 않았다. 그러니까 정말 불가항력적으로 바빠서가 아니라 어떻게든 바쁠 이유를 만들어서 바빴던 것이다. 그들은 자신을 소진 직전까지 빡빡한 일정에 몰아넣어야, 산더미처럼 쌓여 있는 일더미에 둘러싸여야 안심을 했다. 더러는 오히려 기진맥진한 상태 그 자체를 즐기는 쪽으로 변하는 경우도 있었다. 이 지경까지 오면 파죽지세로 몰아치듯 일을 해치우는 쾌감을 느끼면서도, 그 일이 차지했던 빈 시간을 쉬는 데 쓰기보다는 오히려 새로운 일감을 물어오며 더 두껍게 자신을 에워싸기 마련이었다.

이 세계관에서는 '열심히 살면 결국엔 성공할 것이고, 그렇지 못하면 실패가 찾아올 것'이라는 믿음이 기저에 있었다. 번아웃과 만성피로가 왔다는 것은 그만큼 자신이 열심히 살았다는 증거였다. 따라서 그 증거가 있어야 불안하지 않을 수 있었다. 무엇보다 지금 바쁘면 미래를 당장 고민하지 않을 수 있었다. 시간이 비면 고민이 파고들었고, 한번 침투한 고민은 마구마구 불안을 낳았다. 불안은 마음의 여백을 갉아먹고 자라나 인내의 용량을 줄이고 시야마저 비좁게 만들었다.

따라서 열심히 산다는 건 진취적인 행동이 아니라 철저히 방어적인 행동이었다. 열심의 증거를 강박적으로 쌓고 그 증거로 쌓은 옹벽 뒤에서 안도감을 느끼려 하지만, 불안을 두려워하는 사람의 눈에는 자꾸만 증거의 탑이 위태롭고 빈약하게만 보인다. 미래의 성공을 보장할 법한 조금 더 견고하고 확실한 증거를 찾고자 혈안이 된다. 그러다 보면 더욱 자신을 강하게 몰아세우는 쳇바퀴에서 내릴 수 없게 되는 것이었다. 멈춤은 곧 실패를 의미했기 때문이다. 그래서 그것은 더 고난도의 도전이라기보다는 더욱 철저한 방식의 회피였다.

인간인 이상 어쩔 수 없이 자신의 한계를 마주하는 순간들이 찾아오기 마련이다. 진행 중인 모든 프로젝트가 성공할 수는 없었다. 그럴 때마다 몰려드는 회의감에 크고 작은 내상을 입었고, 방어기제가 더욱 맹렬하게 작동했다. 존재 증명에 타인의 위로와 보증이 필요했다. 하다못해 '너는 열심히 살았으니까 무조건 잘될 거야'라는 성의 없는 빈말이라도 필요했다. 바쁨이 '혼밥'의 부끄러움을 잊게 만들더라도 결국 인간이란 외로움을 타게 되는 감정의 동물이었다. 그럴 때면 밀린 채무를 청산하듯, 친구들과 날 잡아 놀며 우정의 빚을 한꺼번에 갚았다. 그런 날의 저녁이면 SNS에 세피아 톤의 감성적인 사진과 함께 장문의 글이 올라왔다. 나 이렇게나 열심히 살고 있지만 흔들린다고, 하지만 눈물을 딛고 더 단단해질 내 모습을 기대한다고 말이다. 다들 평소 안타깝고 대견한 눈으로 그들을 바라보고 있는 탓에, 댓글 창엔 위로와 응원의 메시지가 쏟아진다. 그것을 두 눈으로 직접 확인하고 나서야 조금이나마 마음을 부여잡고 최대출력의 삶을 연장할 수 있었다.

그러나 체력적인 한계는 어쩔 수 없는 것이었다. 소화할 수 없는 일정을 무리하게 이어가다 보면 결국 탈이 나게 되어 있다. 그 정도면 기계도 고장이 난다. 일이라는 게 골고루 분산되어 오기보다는 이때다 싶어 왕창 몰려오는 성질이 있어서, 잠을 줄이고 시간을 쪼개도 처리 용량에 과부하가 걸리기 시작한다. 미래의 힘을 너무 과하게 끌어다 쓴 나머지 수면 빚을 제때 갚지 못해 신체가 채무 이행 불능 상태에 빠져버린다. 각자의 바쁨이 정도가 다르고 종류도 다르다 보니 자연히 비중을 두는 수업도 달라서, 조원들 중 누가 아프기라도 하면 상대적으로 덜 중요한 조별 과제부터 구멍이 났다. 대개는 무책임하게 이탈하거나 염치없이 무임승차했기 때문에, '왜 너의 바쁨이 우리의 손해가 되느냐'며 분노한 나머지 조원들과 영영 관계가 틀어지고 만다.

하지만 모범생 유형은 조별 과제도 도맡아서 주도하기 때문에, 진통제를 몇 알씩 털어 넣더라도 어떻게든 임무를 완수해냈다. 그러나 안타깝게도 결과물은 자기 기준에도 불만족스러울뿐더러 대개는 타인의 기대도 충족시키지 못했다. 그뿐만 아니라 책임감 때문에 비중이 낮은 과제에 너무 무리한 힘을 쓴 나머지 정작 중요한 시험 대비는 허술해졌다. 분기 말이면 공모전 결선 발표 같은 것들도 남아 있어서 회복에만 전념할 수도 없었다. 마지막까지 힘을 쥐어짜 철야 전술로 전환하는 것만이 유일하게 남은 수였다. 시험 기간을 하얗게 불태우고 마지막 답안 제출을 마친 뒤 장렬하게 응급실에 실려가 수액을 맞고 안정을 취하는 엔딩도 종종 벌어졌다.

안타깝게도 가장 중요하고 기본이 되어야 했던 학점은 하락했다. 학점의 가치는 낮아졌어도 경쟁의 강도는 더욱 치열해졌기 때문이다. 바깥 사업을 정도 이상으로 많이 벌이면 고득점 확률이 대폭 하락했다. 결국 하나도 손에서 놓지 못하다 보니 커다란 것부터 잃기 시작했던 것이다. 받아들일 수 없는 성적표를 보고 망연자실해 있는 것도 잠시, 영리한 노력을 하지 못했다며 자책하고 자신을 갉아먹기 시작했다. 남들이 보기에는 그다지 크게 망하지도 않은 평균적인 학점이었다. 그러나 가장 열심히 살아놓고서는 정작 중요할 때 힘이 달려서 만족스럽지 못한 성과를 얻게 된 것을 본인이 순순히 받아들이기는 어려운 일이었다. 중요한 순간에 필요한 노력만 딱딱 집중해서 실속을 챙겨가는 사람이 근처에 있으면 자책감은 더욱 심해졌다.

이들은 누구보다 성실한 만큼 누구보다 성실히 자신을 괴롭힐 수 있는 친구들이었다. 자신의 매끈한 대학생활에 금이 가기 시작했다는 위기감과 성공에서 멀어졌다는 익숙지 않은 거리감이 몰려들었다. 무엇보다 성적표에 찍힌 알파벳이 그저 자신의 평범함을 가리키고 있을 뿐이라는 것을 받아들이지 못했다. 자신에게 몰려드는 배신감이 끊임없이 마음을 어지럽혔다. 나 이렇게 열심히 살았다고 스스로 안도하게끔 만들었던 증거의 옹벽이 무용지물로 판명되면서 일대 혼란에 빠지고 말았던 것이다. 오점 없는 인생 없고 흉터 없는 얼굴 없다는 사실을 알더라도 그것을 인정하는 일은 항상 별개의 문제였다.

성찰이란 것의 힘은 인생이 순항할 때는 체감하지 못하다가 고꾸라질 때 진가를 발휘한다. 넘어지면 다시 털고 일어날 힘, 무엇보다 방향을 다시 설정해줄 힘이 거기서 나오기 때문이다. 나의 심리적 취약점, 잠복해 있어 알기 어려웠던 또 다른 자기 모습에 관한 고민은 주로 실패가 데리고 온다. 어쩌면 그게 자신의 오류를 수정할 수 있는 보기 드문 기회일지도 모른다. 어쨌거나 그 과정은 꽤 고통스럽다. 어떠한 확증도 주지 못하는 미래가 두려워 중독적으로 일과 공부에 매달렸던 것은 사실 불안에 대한 회피 반응에 가깝다. 더욱이 그것을 인정하는 일은 결코 쉬운 게 아니다. 그러나 어렵다는 이유로 도망칠 거라면 단 한 번도 지치지 않고 넘어지지 않을 각오로 재빨리 뛰어야 한다. 하지만 나는 그렇게나 빨리, 그렇게나 오래 뛰는 사람을 아직 보지 못했다.

차라리 그보다는 공포라는 놈이 덩치가 커지기 전에, 인생에서 치러야 할 값이 저렴할 때 해결하는 편이 낫다. 그렇게 자신의 한계와 내려놓기에 대해 순순히 수긍하고 나면, 그 순간 내 마음은 조금 비루해지고 초라해지겠지만, 그런 상처는 자신을 몇 번 다독이면 쉽게 아무는 것들이다. 하지만 마음이 조급해지고 불안한 상태에서는 항상 안 좋은 선택을 하게 된다. 인간의 심리는 자신의 실패를 쉽사리 인정하게끔 되어 있지 않다. 실패한 방법을 재검토하기보다는 기존 방법에서 강도만 올리거나 재료를 바꾸는 쪽으로 기운다. 그러니까 고통의 해법으로 마취제 농도를 높이거나 종류를 바꾸는 식으로 진행된다는 것이다. 이렇게 "노력은 절대 나를 배신하지 않는다"를 신조로 삼았던 이들은 '노력'에 된통 배신당한 이후 새벽을 틈타 메신저 상태 메시지를 바꾼다. "이 또한 지나가리라." 그러고선 역전승을 꿈꾸며 더욱 기어를 올리겠다고 의지를 다잡는다.

이들은 항상 선두에 서던 중·고등학교 때와 달리 또래 사이에서 결과로 두각을 드러내지 못했다는 사실이 두고두고 콤플렉스가 되었던 듯하다. 대학의 강의실이 더는 자신이 돋보일 수 있는 공간이 아니라는 사실을 깨우치고부터는, 학점이 곧 '열정으로 하는 본전치기'에 불과하다는 계산에 사로잡혔던 것 같다. 이 마이너스 계산을 메워줄 다른 기회는 주로 대외활동이었다. 내로라하는 대기업이나 국가기관에서는 큰 상금과 함께 표창장을 수여했으므로 실적이 명확히 드러났다. 트로피를 쓸어 담는 것은 자신의 SNS가 타오르기에 아주 좋은 땔감이 되어줄 수 있었다. 나아가 '나는 학교라는 좁은 우물에서 벗어나 일찌감치 사회에 진입한 특별한 사람'이라는 우월감을 목마른 자의식에 부어주기도 했다. 수상실적은 주요 경력으로 인정받기도 쉬우니 아무래도 학점 바깥의 우회로에서 만족감을 얻는 최선의 방식이었던 것 같다.

학교를 벗어난 이들은 여기서까지 물러서면 뒤가 없다는 사생결단의 각오로 대외활동에 임했다. 조급한 기색이 역력해 보였고 정말 이거 아니면 인생에 답이 없어진다는 식의 태도는 쉽게 주변의 피로감을 자아냈다. 조금이라도 부족하면 없는 것과 마찬가지였다. 대충 하느니 하지 않으니만 못하다며 매사에 깐깐한 기준을 들이댔는데, 이게 조원과 불화의 원인이 되는 경우가 잦았다. 대외활동은 보통 속칭 '뽀록'(뜻밖의 행운)을 노리고 발이나 한번 담가보자는 식으로 지원하는 곁다리 참가 인원들이 많았기 때문이다.

대외활동 기간에 이 실적이 간절한 일부 모범생과 크게 개의치 않는 나머지 학생들은 대개 '의욕의 불균등'을 사유로 몹시 다투게 되었다. 실적은 같이 얻는 데 반해, 기여도는 제대로 측정되지 못했기 때문이다. 모범생은 1등을 위해 사소한 것이더라도 빈틈없이 준비했고, 헐렁하게 준비해오는 다른 조원을 못마땅해했다. 다른 조원들은 모범생이 지나치게 까다로운 기준을 들이대고 보상에 비해 과한 노력을 요구해오는 걸 언짢아했다. 누군가에게는 일부였지만 다른 누군가에겐 전부인 문제였다.

결국엔 목마른 사람이 우물 판다고, 조원이 맡은 나머지 영역까지 자신이 직접 손을 대더니 결국엔 개인 과제화되어 나머지 조원의 역할은 거의 미미한 수준으로 전락하게 된다. 필요하면 걸려 있는 상금, 그것의 n분의 1로 떨어질 자기 몫보다 배는 더 큰 사비를 들여 자료를 준비하고 설문조사를 돌렸다. 결국 이 드라마의 끝은 '원맨쇼 단독 캐리'로, 나머지 조원들은 '푹신한 버스를 공짜로 타는' 방식으로 수상경력을 쌓게 되었다.

안 그래도 자신에 대한 기준이 엄격한 이들인데, 타인이 자기 기준에 못 미치는 경우를 마주했을 때, 그리고 그 기준 미달의 인간들과 결과물은 물론 보상까지 공유해야 했을 때의 경험은 이들에게 상당히 부정적으로 다가왔던 것 같다. 어려서 조금 미숙한 친구나 나이가 어린 동생은 '깍두기'라는 예외규칙을 적용해 함께 놀아주곤 했다. 그러나 그 깍두기들과 결과를 공유하는 상황은 상상해보지 못했던 것이었다. 이들과 조금만 대화를 나눠보면 어떻게 성공할 수 있었는지 자신이 쏟아부은 노력의 서사와 함께 어떤 '빌런villain'을 마주했는지가 세트 메뉴로 빠짐없이 딸려온다. 요새는 공짜 탑승을 방지하고자 기업에서는 증빙자료 외에도 참여 비중과 기여도를 구체적으로 따로 묻기 시작했다고 한다. 그러나 여러 번 공모전을 반복하면서 '조별 과제' 시스템이 낳는 무임승차에 대한 혐오, 타인과의 협력에 대한 부정적 효능감, 1인분을 하지 못하는 무능한 이들에 대한 불만과 피해의식이 쌓여가는 것은 당연한 결과였다.

그러나 도망친 곳에 천국은 없다고 대외활동에는 취준생들이 우글거렸고, 절박한 사람들은 한 트럭이었다. 그만큼 경쟁이 치열해 꽃길을 걷는 이는 여기서도 소수였다. 이런 진 빠지는 과정에서 매번 성공만 거둘 수는 없었다. 아니 어쩌면 성공이 실패의 예외적인 결과였을 것이다. 자기 세뇌의 끝은 자기 모멸이라고 했던가. 이곳에서마저 패배를 거듭한 이들은 정말이지 깊은 내상을 입고 은둔해버렸다. 언젠가 내게도 잠수 상태의 몇몇이 와서 열심히 살수록 불안해 죽을 것 같다고 눈물을 흘리며 하소연을 한 적이 있다. 아마도 모범생의 '대2병'을 앓고 있었던 듯하다. 이렇게 살면 안 될 것 같다며, 의사도 아닌 나에게 따끔한 말 좀 해달라고 말이다.

그런데 도무지 그렇게 할 수 없었다. 나는 진심으로 위로해주지 않았다. 어차피 다음 날이면 어제 하루를 그냥 버렸다는 자책감에 더욱더 자기를 채찍질할 것임을 잘 알았기 때문이다. 처음에는 독한 사람인 줄 알았는데, 지금 생각해보면 여린 거였다. 그래서 그가 무슨 말이든 골라 들을 테니 그냥 평소에 듣고 싶어 하는 말을 무책임하게 해주었던 것 같다. 넌 열심히 살고 있고 이런 점에서 특별하니 언젠가 좋은 결과가 뒤따르리라고. 당장에 안심이 되는 그 이야기가 결국 독이 될 걸 알지만 중독은 독을 선호하는 현상이므로 별수 없었다.

○ ● ○

이상은 '노력 인플레이션' 시대가 낳은 청춘 군상의 한 단면이다. 모두가 이런 식으로 살지는 않는다. 전적으로 일부의 이야기다. 다만 어디선가 비릿한 감정을 느낀다면 이 글의 절반 정도는 바쁜 세상에 반응하는 '나'에 관한 문제를 다루고 있기 때문이리라. 다들 한 번쯤은 지나치게 자신을 몰아세웠던 기억이 있을 테니까. 스펙 쌓기를 하다 보면 결국 완벽주의로 기울게 된다. 그러나 이따금 완벽주의는 누구보다 완벽하게 자신을 괴롭히는 기제로 작용하기도 한다. 조급하게 나를 바꾸고 싶다는 마음은 순식간에 자신을 잃게 만들지도 모른다. 물론 인생은 그것들을 감당해가며 성숙해지는 것임을 잘 안다. 하지만 동시에 선택을 업보로 만드는 재주는 경계해야 한다는 것을 잊지 않고 싶다.

여전히 나는 설레는 마음으로 대학에 들어왔던 많은 이의 앳된 얼굴을 기억한다. 그러나 원하는 것을 이뤄 지금까지 행복한 얼굴을 유지하는 이들은 얼마나 남았을까? 실패가 두려워 감추려 애썼던 우리의 얼굴에는 실패가 남긴 자국들이 여러 군데 남아 있다. 좀 지저분한 머리로 사진을 찍히면 어떻나. 시간표가 좀 꼬이면 어떻고, 1년쯤 아무런 이유 없이 쉬면 어떻나. 왜 자잘한 것들은 자꾸만 우리를 독촉하며 못살게 구는 걸까. 오늘은 왠지 질릴 때까지 치킨을 먹으며 생각 없이 살던 그때가 그립다. 그때 했던 실없는 소리들이 사는 게 힘들 때면 굉장한 위로로 내게 다가온다. 힘들어하고 싶지 않아도 충분히 힘든 세상이다. 그러니 구태여 자기 자신을 힘들게 하지 않길 바란다.

입대 대란의
한복판에서

입대 경쟁에 지친 청년들에게 무엇보다 부족했던 건
그 불만에 귀 기울여주는 어른이었다.
여전히 세상을 '이기고 지는 것'으로 바라보게끔 유도하면서도,
내 의지와 상관없이 지기만 하는 판이 계속된다고 느끼는 것,
그것이 바로 최근 젊은 남성을 포위하고 있는
'상대적 박탈감'을 폭발시킨 기폭제라고 할 수 있다.

입대 칠수생들의 비애

한풀이하듯 놀아댔던 새내기 남정네들의 마음 한구석이 죄어오기 시작한다. 단풍잎이 붉게 물들 즈음이면 슬금슬금 입대라는 단어가 기어 올라와 자꾸만 신경이 쓰인다. 마음의 준비뿐만 아니라 정말 정자세로 고쳐앉아 제대로 지원 준비를 해야 한다. 입대에도 그 나름의 선발 절차가 있는데 그것이 상당한 노력을 요구하기 때문이다. 군대가 어른들의 생각처럼 마음대로 가기 어려운 것은 물론 자칫하면 떨어질 수도 있다. 심한 경우 거듭된 탈락으로 입대 준비로만 7~8개월을 쓰는 일도 비일비재하다.

이렇게 되면 군인도 대학생도 되지 못한 어중간한 자리에서 자기 인생이 자꾸만 뒤로 밀리는 것을 속수무책으로 바라만 봐야 한다. 더 중요한 사실은 어른들은 군대에 떨어진다는 말을 전혀 이해하지 못한다는 점이다. 떨어지면 정말이지 자존심도 많이 상한다. 부모마저 그 사실을 이해해주지 못하고 한심하게 바라보는 순간 자괴감이 몰려온다. 내가 정말 누구나 때 되면 다 가는 군대도 못 들어갈 수준인가 싶어서 말이다.

군대 가는 것도 스트레스지만 가는 과정도 정말 어려워졌다. 정확히 말하면 원하는 때에 좋은 보직으로 가기가 어려운 것이다. '징병제'가 어설프게 '장병의 선택권 보장'이라는 시장의 경쟁 방식을 끌어안자 입시와 유사한 '입대 경쟁'이 일어나고 말았다. 사람에게는 누구나 다 계획이 있고, 보통 미래 계획은 단계별로 최단거리를 설정해놓는다. 따라서 보통 대학교 1학년을 마치고 '칼복학'이 가능한 시기에 입대 지원자가 몰려 병목현상이 일어난다. 자칫 복학 시기가 꼬이면 학기와 방학을 아우르는 반년 정도의 공백기가 발생하기 때문이다.

　　그 시간에 아무것도 남기지 못해 이력서의 공란을 떠 안은 채 요즘처럼 극심한 취업 경쟁에 뛰어들 수는 없는 노릇이었다. 제대하면 꽃다운 20대가 7년밖에 남지 않았다고 생각하니 덜컥 조바심이 느껴졌으므로, 남은 시간은 조금의 인생 손실도 없이 채우고자 했다. 이 땅은 단 한 번이라도 스텝이 엉켜 삐끗하면 그대로 최단경로에서 이탈해 먼 길로 돌아갈 수밖에 없다는 것을 모두가 알고 있었다. 정상궤도를 바삐 쫓아가기에도 지나치게 빠른 사회였다.

　　시기 못지않게 적성도 중요했다. 어떤 부대에 들어가는지, 다시 그곳에서 어떤 부류의 인간을 만나서 자신의 군생활이 천당이 될지 지옥이 될지는 순전히 운수에 맡길 영역이었다. 그러나 보직은 경쟁자를 물리치면 충분히 고를 수 있었다. 맞지 않는 보직을 받아 조직의 부적응자가 될 불상사를 미연에 방지할 수도 있었다. 물론 가장 쉬운 방법은 영장이 날아오는 대로 국가가 부를 때 그냥 가는 것이다. 하지만 그러자니 안고 가야 할 리스크가 너무 컸다. 전역자들은 꼭 한두 마디씩 보탰다. "그 보직 손가락 잘리기 딱 좋아", "그거 들고 행군하다가 도가니 나가서 나 아직도 무릎 전다. 조금만 미리 고생해서 편한 데 가라", "너처럼 무특기자는 최전방에 춥고 힘한 데로 골라 보낼걸?" 이 말에 덜컥 겁이 나지 않는 사람이 어디 있을까. 그래서 대체로 실내에서 일하는 행정병과를 선호했다.

그러니까 입대 시기를 계획하고 조절해서 들어가는 친구들은 기본적으로 성실한 이들이었다. 군대를 자기 인생의 전환점으로 삼고 싶은 이들, 그리고 어차피 갈 군대 이왕이면 힘든 곳에 가자고 마음먹은 이들은 해병대에 지원했다. 군기가 동기부여에 도움이 된다는 전통적인 기대에 이끌렸던 것 같다. 영어에 자신 있는 친구들은 어학 성적을 획득해 카투사에 지원했다. 짧은 복무 기간, 정기적인 외출, 지속적인 영어 사용, 맛있는 밥, 비교적 자유로운 주말, 미국과 한국의 공휴일을 함께 쉬는 중복 혜택에 이르기까지 조건이 정말 매력적이었다. 카투사는 경쟁 과다를 예방하고자 어학 성적별 급간을 나눠 뽑았고, 인생에 단 1회로 지원 횟수에 제한을 두었다. 공정성을 확보하기 위해 부모를 초청한 뒤 공개적으로 복권 추첨기를 돌렸다. 다들 밑져야 본전이지 싶어 어학 점수를 만들어 지원했다. 불운한 나는 떨어졌다.

복무 기간 단축 전까지만 해도 사병 중 가장 긴 군생활을 자랑하던 공군이 꽤 인기가 있었다. 공군은 조종사를 중점으로 부사관들이 두텁게 부대를 이끌어간다. 병사들은 육군과 달리 비전투 병과에 주로 편성되었고 플레이스테이션 기기 보유와 태블릿 PC 반입 허용 등 상대적으로 장병 복지에 열려 있다고 알려져 있었다. 복무 기간은 길지만 휴가를 정기적으로 자주 나갈 수 있었고 일과 외 독서 시간, 동아리 시간을 비롯한 자기계발 시간을 많이 주어 고학력자들이 선호한다는 평판도 있었다. 특기병 선발에 약식으로라도 서류지원과 면접 선발 과정을 거쳐 입대 의지가 부족한 인원을 걸러냈다. 공군 같은 경우는 훈련소 내부시험 성적순으로 자대배치와 보직 선정에 우선권을 줬기 때문에 내부시험이 치열했고 명문대생 고학력자들은 기피 보직인 '헌급방'(헌병·방공·급양)을 피해 좋은 자리를 선점했다.

가장 인기가 좋았던 곳은 의무경찰이었다. 대대적으로 부조리가 척결된 이후, 의경은 복무 기간이 짧고 사회와 가장 가까이 있어 워낙 인기가 좋았다. 의경이 폐지된다는 이야기가 돌자 막차를 타기 위해 입영 지원자들이 몰렸다. 나도 그중 하나였다. 선발 두 달 전쯤 홈페이지에 공고가 났던 것으로 기억한다. 온갖 번거로운 인증 절차를 거치면서 짜증이 솟구쳤다. 공인인증서는 왜 이리 자주 인증에 실패하고 설치하라는 보조프로그램은 어찌 그리도 많은지, 설치하고 새로고침하고 다시

입력하고 또 설치하는 그 모든 과정에서 답답함을 느꼈다.

　힘겹게 지원서를 내고 팔굽혀펴기 평가 준비에 매진했다. 아침부터 선발심사를 맡은 경찰서에 찾아가니 사람이 바글바글했다. 강당에 주저앉아 인성검사를 마치고 나서 선발 담당자의 간략한 소개를 들은 뒤 순차적으로 팔굽혀펴기 시험을 봤다. 푸시업 스무 개면 그냥 앉은 자리에서도 쉽게 할 것 같지만, 생각보다 의경식 기준은 파울과 카운팅 책정 기준이 까다로운데다 사정을 전혀 봐주지 않았다. 정석으로 팔굽혀펴기를 하는지 살피고자 금속 감지 센서까지 설치한 곳도 있었다. 가슴에 클립을 달고 흉근이 바닥을 찍어 소리 반응이 나야 한 개로 쳐줬다. 솔직히 이렇게까지 해야 하나, 좀 치사하다 싶은 생각도 들었지만 기회의 문이 좁고 경쟁이 극심한 곳에서는 자연히 공정 담론이 힘을 얻게 되는 게 순리였다. 내가 지원했을 때 경쟁률은 무려 31대 1이었다. 80퍼센트가량이 팔굽혀펴기에서 탈락했고, 탈락자는 아무도 신경을 써주지 않았다. 그냥 짐을 싸서 집으로 돌아가면 그만이었다.

　윗몸 일으키기, 제자리 멀리뛰기 등에 합격한 사람은 추첨을 기다렸다. 의경은 카투사와 달리 지원 횟수에 제한이 없었다. 나는 중간에 포기했는데, 내 친구는 7수 끝에 의경에 붙어 좋아했다. 준비하던 시험이 있는데 공부 흐름이 끊기지 않겠다 싶어 다행이라는 소박한 안도감이었다. 하지만 드러내놓고 좋아할 수 없는 초라한 기쁨이었다. 입대 경쟁의 잔인한 측면은 그렇게 노력해서 들어간 곳이 고작 군대라는 점이었다. "아버지, 저 군대 일곱 번 만에 합격했어요!"라고 말하면, "그래, 장하다, 내 아들!" 하며 노력을 치하하는 게 아니라 "한심한 놈"이라는 반응이 돌아오기 때문이었다. 이해받지 못할 노력이 낭비로 인식되는 것은 당연한 일이었다.

나는 학업 문제로 군대에 10년쯤 늦게 간 터라 입대 경쟁의 잔인함과 치열함을 더 생생하게 목격할 수 있었다. 코로나19와 함께한 군생활이 끝나갈 무렵, 전역을 5일 앞둔 말년 병장 시절에 신병이 들어왔다. 골키퍼를 잘한다기에 축구를 좋아했던 나는 후임들과 함께 신병을 데리고 나가 공을 찼다. 슈팅에 자신이 있었던 내가 발목에 순간 힘을 주어 좌하단으로 공을 강하게 후렸다. 그 즉시 신병이 돌고래처럼 몸을 날려 오른손을 뻗어 멋지게 공을 튕겨냈다. 눈앞에 그토록 우리 팀이 바라마지 않던 특급 골키퍼가 있었다. 아, 이 친구만 있었어도…….
우승에 미련이 남았던 나는 아쉬운 마음에 신병에게 말했다.

"친구야, 너 딱 석 달만 일찍 오지 그랬냐!"
"나호선 병장님, 저도 일찍 오고 싶었는데 지금 온 것도 추가모집 아홉 번 지원해서 겨우 온 겁니다."
"아홉 번? 진짜 군대에 사람 모자란 거 맞냐? 여전하구나!"

좋은 시기에 '꿀보직'으로 가기 위해 노력하면 좋다는 것

은 모두가 안다. 자기 인생에 발생할지도 모르는 붕 뜬 기간을 대수롭지 않게 넘길 수도 없는 시절이었다. 다만, 가기 싫은 곳을 억지로 온갖 노력을 쥐어 짜내서 가야 하는 심정은 한마디로 처참했다. 그것은 아무도 알아주지 않았을뿐더러 의욕이 전혀 생기지 않는 노력이었다. 속되게 말하면 끌려가는 것도 기분 나쁜데, 그럴듯하게 나의 쓸모까지 포장해야 했다. 번거로운 신원 증명 절차를 거쳐가며 몇 번씩 거듭 지원하고 낙방하는 스트레스, 가기 싫은 곳에 제발 나 좀 데려가달라고 사정해야 하는 심정은 느껴본 사람만이 안다. 병무청 자유게시판을 확인해보면 "군 지원을 계속하는데 자꾸 떨어지기만 하고 이거 군대를 가라는 건가요? 말라는 건가요? 군대 좀 가게 해주세요"와 같은 하소연이 줄을 잇는다. 모집병으로 군에 못 가 '안달이 난' 청년들은 계속되는 탈락에 지치고 만다. 그러면 '일단 빨리 들어가고 보자'라는 자포자기의 심정에 빠져 좋지 않은 조건이 예상되는 징집을 받아들일 수밖에 없게 된다. 그렇게 시작한 군생활이 과연 어떠할까?

그 시기에 병역 의무가 없는 이들이 교환학생이나 어학연수를 하며 스펙에서 한 발짝 앞서 나가면서 이국의 풍류까지 즐기고 오는 모습을 보면, '내가 보고 오는 건 전방의 허름한 북한 초소와 휴전선을 얹은 산등성이인데……' 하며 자연스럽게 비교가 되기 마련이었다. 조금이라도 입대 점수를 높이기 위해서 헌혈증을 수십 장씩 모으고, 없는 시간을 만들어 봉사활동까지 했던 기억이 떠오르면 무척이나 허무해진다. 그럴 때면 정말 '피까지 뽑아가며 어렵게 군대에 들어가 나에게 남는 게 뭔가?'라는 생각이 저절로 들곤 했다. 군생활의 고생담에 이제 군 지원과정의 고생까지 얹어졌으니, 군 복무 환경 개선과 무관하게 상대적으로 젊은 남성의 불만이 가득한 것은 지극히 당연한 일이었다.

청년에게 주어진 기회가 점차 메말라가고, 그만큼 경쟁의 강도가 극렬해져 이제는 경쟁이 없었던 곳에서까지 경쟁하게 되었다. 복무 기간이 줄고 여건이 제법 개선되었어도 그 이상으로 입대의 기회비용이 더 높아졌기 때문이다. 모두가 머리가 가장 말랑하고 총명한 때를 놓쳤다는 위기의식에 사로잡혔다. 대비되는 것들은 특히 눈에 잘 보이므로 그 분노와 불만은 대개 군대에 가지 않은 자들, 공익 근무로 빠진 이들, 그리고 여성에게로 향했다. 미필자에게 가혹한 분위기를 만들어 박탈감을 조금이라도 해소하려는 사적 제재의 현장들을 목도하는 것은 우리 사회에서 이미 익숙한 이야기다.

남들 다하는 군 복무에 대해 징징거리기만 할 수는 없었다. 그럴 때일수록 사회에는 이들의 불만을 대신 정리해주는 무언가가 있어야만 했다. 하지만 목소리를 수렴해서 정책개선을 일으킬 청년 정치는 부재했고, 대신 정리해 실어줄 공론장도 없어서 이들은 자구책으로 온라인 커뮤니티에 매달렸다. 그 커뮤니티 속 분노의 댓글들을 우리는 이제 실제 현실로, 성 갈

등과 세대 갈등으로, 투표의 형태로 목격하게 되었다. 불행마저 경쟁하는 이 시대의 한 축을 여기서 발견하게 된다.

입대 경쟁에 지친 청년들에게 무엇보다 부족했던 건 그 불만에 귀 기울여주는 어른이었다. 아버지는 군대에 떨어지는 자식을 한심하게 바라보았고, 형들은 요즘 군대는 캠프 수준이라고 무시했다. 청년들은 자신이 입대 준비를 하는 동안 군에 가지 않을 이들이 어학연수를 준비하고, 복무를 하는 동안 경쟁자들은 온갖 경험들로 자신의 이력을 말끔히 채우고 있다는 그 대비된 장면 속에 사로잡혔다. 취업 경쟁이 심해질수록 공백에 잃을 게 많아지고, 이해받지 못한 노력이 쌓일수록 어떻게든 이 손해를 메우겠다는 보상심리가 강해진다. 여전히 세상을 '이기고 지는 것'으로 바라보게끔 유도하면서도, 내 의지와 상관없이 지기만 하는 판이 계속된다고 느끼는 것, 그것이 바로 최근 젊은 남성을 포위하고 있는 '상대적 박탈감'을 폭발시킨 기폭제라고 할 수 있다.

○ ● ○

입대 대란 속에서 경쟁에 지쳐가는 한 청년은 오늘도 중복 합격자가 던지고 간 공석을 잡기 위해 추가모집 페이지를 들락거린다. 사회 전체가 융통성과 탄력성이 부족해서 생긴 일을 개인이 자신의 시간과 노력을 들여가며 메워야 할 때, 요즘 젊은 놈들은 남자가 되어서 도전정신이 없다는 말이 어떻게 들릴까. 군대에도 두세 번씩은 떨어지게 만드는 세상에서 스무 살 청춘들에게 손가락질하기 전에, 어른으로서 한 번쯤 진지하게 품어주길 바란다. 당신도 군대에 아홉 번 떨어지고 제정신일 수 있을지. 청년의 자존감이라는 것도 상당한 사회적 자산이라는 사실을 깨달을 수 있을지 말이다. 결국 어떻게든 해소되지 못한 박탈감은 자기 자신을 갉아먹게 되기 때문이다.

자기소개서

나는 내 인생의 나이테를 글과 책으로 그리는 사람이고 싶다.
두어 문장의 희열을 글자로 새겨 소중한 사람들에게 나눠주고 싶다.
나는 글이 좋고 글로 쓰인 내 생각과 역사와 인생이 좋다.
삶이 글이 되는 인생을 가졌다는 축복에 하루하루가 감사하다.
죽을 때까지 나는 문장이고 싶다.
내 인생, 비문이면서 미문이기를 바란다.

어느 ㅗㅇ대의 인생 프롤로그

목이 두툼한 폴라티와 검정 코트를 입고 약국에 갔다. 인간은 항온동물이라는 생물학의 판정이 무색할 정도로 나는 추위에 약하다. 영하에 가까워질수록 골골대는 빈도가 높아진다. 이번엔 목감기다. 간단히 증상을 말하고 약을 받았다. 계산은 카드로 했다. 쌀쌀한 기온에도 아랑곳하지 않는 보온성 강한 털실들이 묘한 포근함을 자아냈다. 영수증을 건네받았다. 아, 약값은 이제 엄마 카드의 범위가 아니구나. 이 정도는 스스로 지불하고 산 지 오래였다. 철없는 아들은 별것 아닌 일에 문득 어른이 된 것만 같은 기분이 들었다.

나는 대단한 인생을 살지 않았다. 그렇다고 초라한 삶도 아니었다. 나는 이제 막 20대 후반에 다다른 풋내기니까. 드러내놓고 주장할 업적도 없었지만, 덮어두고 부정할 실책도 저지르지 않았다. 가난한 집의 장남으로 자랐다. 항상 많은 것을 양보했고, 바라는 것을 바라기를 포기하며 살았다. 어려서부터 못사는 집 중에서 가장 못산다는 사실을 깨닫고는 크게 기대하지 않는 습관을 지니고 살았다. 그렇지만 비행과 음지의 유혹에 물들지 않고 올곧게 자라고자 노력했고, 어려운 환경에 맞서 공부하는 길은 어려웠지만 크게 불평하지는 않았다.

스물하나부터 혼자 벌어 썼다. 아니 '스스로 벌어서 쓸 수밖에 없었다'가 더 정확한 표현일 것이다. 고등학교 때는 돈 안 드는 게 공부랑 축구밖에 없어서 그 둘을 열심히 했다. 공부 못하는 학교에서 전체 석차로 수석이나 차석을 했다. 그때까지만 해도 나는 스스로를 개천의 용이라고 생각했다. 그런데 삼수를 했다. 내 예정에 없던 일이었다. 수험 기간 2년 동안 부모의 이혼소송과 아버지에 대한 접근금지 가처분 신청을 해야 했다. 유일하게 어려운 글을 읽을 줄 아는 내가 소송을 떠맡았다. 변호사 선임비 같은 게 있을 리가. 어머니와 법률구조 공단에 아쉬운 소리 해가며 겨우 작성했다. 자식 된 도리로 부모의 이혼에 발을 깊이 들인다는 건 무척 잔인한 일이었다. 이때부터 나는 아버지와 관련된 모든 것을 부정하며 살았다. '그 반대로만 살면 훌륭한 인생일 거야' 하며. 그래서 나는 건국의 아버지도 싫어하고, 가부장제도 싫어한다. 오이디푸스를 사랑하고, 가끔은 사도세자를 연민한다. 아직도 아버지가 밉기 때문에.

그 뒤론 닥치는 대로 일을 했다. 안 해본 아르바이트가 없었다. 편의점, 마트, 이삿짐센터, 예식장, 뷔페, 학원, 피시방 등등. 매 학기 근로 장학생을 했고, 상금이 걸린 대회만을 기다렸다. 경제적 자립은 고통스러운 동시에 자랑스러웠다. 벌이는 적고, 남들 다 가는 해외여행 한 번 못 갔어도 항상 떳떳하게 품을 키우고자 했다. 없이 살았던 나는 마음만큼은 부자였다. 내 주변엔 항상 사람이 끊이지 않았고, 웃음이 그치지 않았다. 인복은 타고났다. 친구들은 기꺼이 나를 위해 돈과 시간을 썼다. 국가와 학교를 비롯한 공동체는 약간의 잔재주를 갖춘 나에게 격려와 장학금을 아끼지 않았다. 학교에 다니는 동안 국가로부터 학비와 생활비를 받았다. 그 덕에 외롭지 않게 지낼 수 있었다.

인생의 불행을 몇 가지 타고났지만, 그 못지않은 행운을 가졌다. 나에겐 '쾌가 넘치는 웃음소리'가 있었고, 그 웃음소리는 '의기투합이 가능한 친구'를 데려왔다. 친구들은 나보다 속이 깊었다. 한 놈은 나보고 돈 때문에 공부를 포기하지 말라며 20만 원을 보내놓고는 군대로 가버렸다. 또 한 놈은 문제집 살 돈이 없던 내게 당해 EBS 문제집 전권을 사서 우리 집 문 앞에 두고 갔다. 또 다른 친구는 자기 일처럼 내 어머니의 교통사고 수습을 그냥 도와줬다. 콜라 귀신인 거 알고 기숙사에는 콜라가 몇 상자씩 보내져 있기도 했다. 책과 외투를 사준 대학 선배와 양복을 선물해준 동갑내기 친구까지. 이른바 내 인생은 자랑스러운 협찬 인생이었다. 나를 늘 지지해주는 동료와 선후배들에게 매번 살갑게 연락하지 못해 미안한 마음이 든다. 그래도 나 사람 장사는 참 잘했다는 자아도취를 여기서 안 하면 어디서 한번 해볼까. 뭐, 여하간 그건 돈으로 살 수 없으니까.

늦잠을 자는 바람에 도서관에 자리가 없어 근처 카페로 밀려 나왔다. 삶을 돌이키게 된다. 내가 존경하는 한 작가의 책을 읽으면서 자연스레 내 인생을 반추해본다. 나는 누구인가? 나는 무언가를 읽고 이야기를 들려주는 걸 좋아하는 사람이다. 그래서 항상 사람을 찾는다. 동안의 외모에 애늙은이 같은 정서를 가졌고, 본인 스스로 외모에 꽤 만족하고 산다. 키까지 컸으면 사회 불평등을 심화시킬 뻔했다. 삶이 아름다워서라기보다는 사람이 좋아서 산다. 아마 나는 개의 방정맞은 꼬랑지를 가진 늑대의 일족이 아니었을까. 자기소개 끝.

살면서 조금씩 알게 된 것들

앞의 글은 스물여섯쯤 쓴 자기소개서로 기억한다. 오랜만에 다시 읽어보니 글에서 어설프고 설익은 냄새가 나 부끄럽다. 겨울이었다. 구직이나 진학을 목적으로 쓴 글은 아니었다. 그냥 그날따라 내 인생을 한번 정리해보고 싶은 충동이 마음에서 몸으로 퍼져나갔다. 누구에게나 한 번쯤 찾아오는 그런 날이었다. 술 한잔하지 않고도, 슬프고 힘든 일 하나 없더라도 왠지 모르게 촉촉해지는 날에는 뭐라도 쓰고 싶어진다. 내 인생의 한 장면이 영화처럼 느껴져서, 그리고 그 영화의 끝이 무엇일지 상상하며, 영화의 끝에서는 나의 축축하고 또 눈부셨던 과거를 초연히 회상하고 싶은 느낌이 들었다. 기왕이면 널리 알려지고 많이 사랑받는 영화가 되기를 바라면서.

어느덧 30대가 되었다. 체감할 만한 변화는 볼에 살이 쉽게 붙고 조금만 방심하면 배가 나온다는 점이다. 이제는 잘생김보다 귀여움 쪽을 어필하기로 했다. 건강검진을 받았는데 당수치가 경계 부근까지 올라왔다며 의사 선생님께서 관리요망 판정을 내렸다. 콜레스테롤 수치도 정상의 끄트머리를 압박했다. 왜 그런지 모르겠는데 한동안 먹는 게 맛있는 것을 넘어서 너무나도 재미있었다. 몸무게의 앞자리가 바뀌었는데도 여전히 내 사랑 콜라를 끊을 순 없었다. 그렇다고 대학원까지 나와놓고선, 객관적 통계수치와 전문가의 조언을 무시할 수도 없었다. 그래서 나는 이번에도 타협했다. 액상과당을 줄이고자 콜라는 제로칼로리로, 커피는 무가당 아메리카노나 콜드브루로 바꿨다. 예전에는 고무줄 몸무게라며 금방 원위치시킬 수 있다고 자신했다. 그러나 지금은 불어난 체중에 삶이 잠기고 있다. 이 추세가 점차 가팔라질 텐데, 걱정거리가 늘어났다.

약간의 근력을 얻은 대신 지구력이 눈에 띄게 떨어졌다. 부등가교환을 극복하고자 천변을 뛰고 맨몸운동을 하고 자색고구마를 챙겨 먹으며 두 배의 노력 끝에 겨우 봐줄 만한 수준으로 돌아왔다. 그마저도 20대 시절 최고 몸무게가 지금의 최저 몸무게다. 축구를 하면서 몸이 많이 굳었음을 깨닫는다. 뛸 때마다 부쩍 숨이 차서 예전 같지 않다는 느낌이 들었는데, 그렇다고 예전에도 잘 뛰었던 것 같지는 않다. 조금 덜 지쳤을 뿐. 쿠션감 좋은 비싼 운동화의 필요성을 쿡쿡 쑤시는 왼쪽 무릎으

로 배우게 되었다.

물도 하루 2리터씩 꼬박꼬박 마신다. 물이 보약이라는데 건강에 효과가 있는진 잘 모르겠고 화장실을 정말 자주 가게 된다는 점만 확실하다. 손을 자주 씻었더니 살이 트기 시작해 핸드크림을 사시사철 휴대하게 됐다. 왠지 모를 피부의 칙칙함과 다크써클을 가리고자 BB크림이 함유된 선크림을 바르고 덧바른다. 수정 화장이 귀찮은 이유와 이런 것들의 꾸밈에서 매시간 자유롭지 못한 여성의 삶을 조금 더 이해하게 되었다. 최근엔 미세먼지와 코로나바이러스로 마스크가 가린 부분만 또렷하게 하얘졌다.

언젠가부터 듣는 노래만 듣게 되었다. 다시 들어도 여전히 좋은 노래들이지만 영문 모를 권태감이 느껴졌다. 어려서는 아이돌 음악이 미웠다. 팬덤 문화가 가장 싫었다. 타인의 맹목적 사랑이 불쾌했다. 저들의 사랑 탓에 내가 좋아하는 가수는 매대에 앨범 하나 꽂지 못하고 튕겨 나간다고 믿었으므로. 나는 아이돌 바깥의 음악을 듣는 것에 자부심이 있었다. 대형 기획사 소속 아이돌이 음악 시장을 점령해버린 세상에서, 그들의 음악을 거부하고 내 취향을 펴 보이는 것이 나를 특별한 사람으로 만들어준다고 믿었다. 실력으로 승부하는 알짜 가수를 미리 알아보는 눈이 있다는 과장된 자의식, 한편으로 이것은 또래에게 꿀려 보이지 않고자 했던 나의 고집이기도 했다. 하지만 이제 나는 어쩌다 알게 된 옛노래를 원래부터 즐겨 들었노라고 거짓말하지 않는다. 요새는 그냥 아무거나 좋기만 하면 듣는다. 내가 뭐라고, 좋으면 그만이지. 돋보이고 특별해지고 싶은 마음이 많이 가라앉았다.

평균의 높이를 실감했다. 어려서는 위대해질 수 있다고 믿었다. 하지만 평균적으로 사는 것조차 높은 난이도가 필요했다. 출세하고 싶은 마음은 사라졌다. 그저 중간만 가기도 벅찰 따름이다. 솔직히 머리 하나는 좋은 줄 알았다. 하지만 혼자 힘으로 부자가 될 정도로 좋지는 않다. 가난한 집에서 태어나 적당히 가난을 면하며 살 정도가 딱 내 머리 수준이다. 어중간한 머리로는 세상살이 납득되지 않는 일만 늘어날 뿐, 난관을 헤쳐나가고 문제해결을 모색할 수는 없었다. 적당히 골치 아픈 것에서 도망칠 수 있는 잔꾀만 많이 늘었다. 한계생산, 한계효용, 한계성장, '한계'라는 것의 의미가 피부로 다가왔다. 그래서 결핍은 좀 극복했느냐고 물으면 견뎌냈다고 답할 수 있다. 다만 견뎌냈다고 아무런 고통도 없었던 듯 말할 수는 없다. 그 마음의 흉터는 내게 '과장벽'이라는 좋지 못한 습관으로 남았다. 나는 실제 현실보다 내가 처한 상황과 조건을 더 비관적으로 보게 되었다. 여전히 그렇다.

미루고 미루다 자동차 면허를 땄다. 차를 몰아보기 전과 몰고 나서의 인식이 변했다. 자동차만이 줄 수 있는 이동의 자유와 자기 공간을 소유한다는 것이 인간에게 주는 의미를 생각해보게 되었다. 왜 미국에서 자본주의와 자유주의가 자동차에서 꽃피게 되었는지 알 것도 같았다. 운전자와 보행자의 입장에 각각 서보게 되었다. 세상의 많은 일이 그 입장이 되어봐야만 알 수 있다는 말의 당연함이 새삼 다르게 다가왔다. 읽는 책의 종류도 변했다. 아니 비율이 변했다. 대학 다닐 때는 사회가 움직이는 원리가 궁금했다. 그러나 지금은 그 땅 위에서 발 딛고 살아가는 타인의 삶에 더 관심이 간다. 사상보다 중요한 것이 삶이나 직업일 수 있겠다는 생각이 들었다. 다들 뭐 해 먹고 사나 궁금해서 그들의 세계에 입장하고 싶었다.

그동안 나는 두드러진 과오는 범하지 않았다고 믿었다. 어릴 적을 세세히 돌이켜봤더니 꼭 그런 것만도 아니었다. 없는 게 아니라 감각이 둔해 인식하지 못했거나, 속 편하게 잊고 있었거나, 뒤늦게 알게 된 것들이 있었다. 살면서 많이 다투고 많이 싸웠다. 때로는 말로 찌르고 때로는 주먹과 발길질이 오갔다. 새로 사귀게 된 사람만큼 많은 이와 갈라섰다. 일부는 나의 아집과 독선 때문이었고, 일부는 상대의 무례와 오해 때문이었으며, 특히 가난에 대해 함부로 말할 때 참지 못하고 주먹다툼을 벌인 경우도 많았다. 경제력이 사는 세계를 갈라놓는다는 걸 일찌감치 인식했다. 시기와 상황이 떼어놓은 아쉬운 인연도 많았다. 멀어진 이들과는 자연히 어색해졌다. 그러나 붙잡지 않아도 괜찮다는 근거 없는 느낌에 따라 그냥 놓아주기로 했다.

인생은 세탁할 수 없는 것이므로 되도록 깨끗하게 쓰는 것이 옳다는 생각이 뒤늦게 들었다. 왜 항상 깨달음은 후회 다음에 찾아오는지 의아했다. 자기 허물이 보이기 시작하자 특유의 떳떳함이 줄어들었다. '그렇게 치면 이 땅에 그 누가 떳떳할 수 있겠냐. 넌 영웅이나 위인이 아니잖아'라는 위안의 말을 나 자신에게 건넬 줄 알게 되었다. 이것을 내 변명의 윤리로 삼기 시작했다. 어느새 타협이라는 단어의 덩치가 많이 커졌다. 나는 그것을 공간만 많이 차지하는 골칫덩어리라 여기면서도 나 대신 자주 결정하도록 내버려두었다. 종종 의협심으로 둔갑한 배신자들을 마주했다. 인간관계가 가장 어려웠다. 그 계산은 고차방정식이라 문과인 나로서는 계산하지 않는 편이 마음 편하다고 생각했다.

특히 엄마의 가슴에 박은 못들이 생각난다. 사랑하는 사람끼리 서로를 가장 심하게 할퀼 수 있음을 알게 되었다. 나는 내가 절대로 무너져서는 안 된다고 생각했다. 나에게는 기회가 많지 않으며 재도전은 있을 수 없는 일이다, 나는 물려받은 것 하나 없으므로 무엇이든 단 한 번에 해결해야 한다며 끊임없이 자신을 몰아세웠다. 동시에 이 말은 엄마를 기죽게 했다. 나는 엄마를 이기는 법을 너무 빨리 배웠다. 종종 나의 무능과 게으름을 숨기기 위해 비겁하게 못난 집안 형편을 들추곤 했다. 언제나 필사적이었던 그녀의 노력과 애환과 고단함은 남들에 비해 해준 게 무어냐는 반문으로 그 가치와 품위가 손상되어 제대로 존중받지 못했다. 나이가 들수록 그 방법을 알고서도 쓰지 않게 되었다.

이따금 삶이 힘들 때면 엄마와 술 한잔하고 싶다는 생각이 들었다. 주량이 줄어든 엄마를 보면 울적한 마음이 들었다. 캔맥주를 마시며 나의 많은 부분이 이 여인에게서 유래했음을 새삼 느끼게 되었다. 얇지만 강한 모근을 가져 탈모 걱정 없는 반곱슬의 머리칼, 두꺼운 골격, 튼실한 하체 근육으로 얻은 대포알처럼 강력한 슈팅력, 화도 많고 잔정도 많은 성격, 돈보다 명예, 명예보다 자랑, 사진 찍히는 것을 좋아하는 성향마저도 어머니에게서 유래했다. 무엇보다 젊어서 나를 낳은 엄마에게 감사하다. 그 덕에 좋은 유전자를 많이 물려받았다. 자식을 낳아봐야만 얻을 수 있는 기쁨과 행복이 있다지만, 엄마의 삶에서 젊음을 빼앗고 많은 것을 체념하게 만든 것은 전적으로 내가 태어나면서 비롯된 일이다. 나에게서 해준 게 없다는 소리를 듣게 된 엄마는 사실 이미 내 나이만큼 옛적에 자신의 젊음을 선물했다.

친구들이 뭐라도 돼 있거나 뭐라도 하나씩 하기 시작했다. 번듯한 직장을 얻거나, 그 어렵다는 시험을 통과했거나. 자기 청춘을 건 진검승부에서 멋지게 이겨서 돌아온 녀석들이 의기양양한 미소를 지었다. 옹졸한 마음에 승전보를 가지고 돌아온 친구에게 진심을 담은 축하 인사를 건네지 못했다. 한참이나 뒤처진 것 같은 불안함에 조바심이 일었다. 패주한 병사처럼 종적을 감추는 몇몇 친구의 뒷모습도 보였다. 합격한 자와 그렇지 못한 자들로 나뉜 세상, 그게 더욱 나를 두렵게 만들었다.

가능성이 남아 있다는 사실에 오히려 두렵고 괴로웠다. 길이 정해져 있어 보이는 사람들이 부러웠다. 왜 남들이 가지 않는 길을 걷는 사람이 하필이면 나였을까. 철학과 사상을 갑옷처럼 두른 나만큼은 결코 남들과 비교하지 않을 줄 알았는데, 더욱 세밀하고 더욱 깊게 남과 비교하기 시작했다. 나는 소년급제를 했거나 자기 분야에서 잘나가는 친구들을 질투했다. 그러면서도 누군가가 나를 시험하고 평가한다는 것이 두려웠다. 실제로 입은 상처보다 상처받을 것을 예상하는 게 더 큰 상처를 주었다. 이젠 더는 뒤가 없다는 생각이 항상 나를 괴롭혔다. 놀면서도 죄책감이 들었다. 세상이 싫어질 때마다 잠자는 시간이 늘어났다. 밤에는 압박감에 늦게까지 잠들지 못했고, 낮에는 깨어 있는 세상과 단절당하기 위해 잠들어버리는 쪽이 속 편했다. 그렇다고 깊게 잔 기분도 아니었다.

그간 미뤄둔 삶에 대한 고민과 뒷전에 던져둔 인생의 숙제들이 동시에 나를 째려보았다. 독촉받는 기분이 들어 눈을 피하고 싶었다. 안구건조증 탓에 자주 눈을 깜빡이며 눈물을 흘렸다. 대학원 졸업과 입대, 취업. 남들과 많이 다른 순서였다. 대학원 다니는 게 힘에 부쳐 심적으로 힘든 와중에 아스팔트 바닥에 엎어져 얼굴을 다쳤다. 급하게 빌린 돈으로 환부를 봉

합했다. 쓰던 논문도 엎어졌다. 그래서 공부를 접어야겠다고 마음먹은 적이 있었다. 자존감이 떨어지는 날이면 거울이 유독 내 얼굴의 흉터를 도드라지게 비추었다.

어쩌다 보니 졸업과 전역을 마쳤다. 남은 하나는 아직도 진행 중이다. 여기저기 기업이나 연구소의 구직공고를 살펴보니 '나는 이거 없는데', '내가 이걸 잘한다고 말할 수 있을까' 하는 의구심에 사로잡혔다. 끊임없이 될 수 없는 이유, 되지 못하는 이유를 찾는 데 골몰했다. 내 눈과 내 머리가 도무지 내 편이 아닌 것만 같았다. 부족한 부분에서만 솔직한 인생이었다. 꼭 내 스펙을 제품생산비 절감을 위해 허리띠 꽉 졸라맨 제조사가 대충 적은 느낌이 들었다. 그러게 진작에 취업 잘 되는 학과 가서 돈 되는 공부를 했어야지. 이게 뭐람. 내 인생을 증명할 신상명세서가 초라하게 느껴졌다.

그런 의미에서 첫 책 『젊은 생각, 오래된 지혜를 만나다』를 20대를 마무리하는 시점에 내놓게 된 것은 내 인생 최고의 선택 중 하나라고 생각한다. 스물두 살, 남들보다 2년이나 늦게 들어간 대학교 신입생 때였다. 선배들이나 동기들이 내게 따로 준비하는 게 있느냐고 물었다. 이미 로스쿨, 세무사, 공무원, 공기업 시험에 붙은 선배들의 무용담이 술자리를 달구고 있었다. 입시 끝난 게 엊그젠데 또다시 그런 데 관심을 갖기엔 너무 일렀다. 자연히 피곤함이 몰려들었다. 내가 정치학과를 고른 이유는 딱 하나, 재미있을 것 같아서였다. 공시나 고시에 직결되지도 않고 취업에 적합한 학과도 아니어서 학과 분위기가 왠지 모르게 자조적이었다.

나야 뭐, 하마터면 들어가지도 못했을 대학에서 읽고 싶은 책을 원 없이 읽어도 남는 장사라 생각해 감지덕지하며 다녔다. 그래서인지 나는 약간 삐딱한 어조로 서른 전까지 내 이름으로 된 책 한 권, 내 이름으로 된 논문 한 편 내겠다고 말했다. 그때는 비웃던 이들이 그 책이 진짜 출간되자마자 가장 큰 응원단으로 변했다. 몇 권씩 사주며 입소문도 널리 내주었고, 자신과 이야기했던 대목이 책에 나오면 사진을 찍어 보내주기도 했다. 그게 참 힘이 됐다.

지나고 보니 그때 아니면 정말 쓰지 못했을 글이다. 조금만 늦었어도 자신감이 떨어져 여기저기 눈치를 본다고 그냥 속으로 삼켜버렸을 책이다. 내 가슴이 아무런 계산 없이 가장 뜨거웠을 때의 생각을 공들인 문장에 담아 보존할 수 있었다. 꿈에서 어렴풋이 떠오른 책의 목차를 놓치지 않기 위해 황급히 잠에서 깨어나 토해내듯 완성했을 때, 홀로 외로운 시간에 원하는 글이 나타났을 때, 그래서 뿌듯한 마음으로 잠자리에 들었을 때, 생전 보내본 적 없는 출간 메일을 여기저기 무작정 돌렸을 때, 아무런 반응이 없어 초조해했을 때, 숙고했지만 이름 없는 신인에게 투자하기 어렵다며 거절당했을 때, 마음 맞는 출판사를 만나 계약했을 때, 계약서에 서명하는데 벌벌 떨리는 손을 움켜쥐느라 전완근이 뻐근해졌을 때, 출간 일정이 미뤄졌을 때, 책의 가치를 보증하는 후원자가 나왔을 때, 첫 책의 디자인을 정할 때, 실물을 홀린 듯 바라보고 어루만졌을 때, 대형 서점 매대 한가운데 당당히 진열된 내 책을 바라보았을 때, 나는 벅차오르는 감정에 행복했다. 모든 과정이 귀중한 경험이었다.

아버지에 대해서는 단 한 줄조차 쓰고 싶지 않았는데, 내 몸에 절반쯤 들어선 유전자는 바꿀 수 없다는 것을 이제는 인정하기로 했다. 능청과 넉살, '썰'을 푸는 말재주 일부가 그쪽에서 유래했다. 글재주는 확실히 있는 사람이었다. 때때로 남자 구실에 대한 압력이나 시험의 기로에 선 순간에 그가 떠오른 적이 있다. '아, 여기서 인격이 구겨졌겠구나. 여기서 자존심을 넘지 못했겠구나' 하며 그가 저지른 과오와 실책의 배경이 되는 맥락들을 아주 약간은 참작할 수 있게 되었다.

다만 옹호하고 싶은 마음은 여전히 없다. 배경은 배경이지 원인이 될 수 없기 때문이다. 아직도 나는 내 몸에 새겨진 매 자국을 기억한다. 온몸이 멍들고 부어올라 교실에서 앉지 못했던 그 시절을 잊지 못했다. 그때 나는 선생님에게 아픔을 숨기고자 졸려서 수업을 서서 듣겠다고 말했다. 유감이지만 아직도 그가 어디서 무엇을 하며 어떻게 지내는지 전혀 궁금하지 않다. 여전히 그리고 앞으로도 나는 아버지가 없는 셈 치고 살아갈 것이다.

이불을 갤 줄 알게 되었다. 30년 만에 잠자리를 정리하는 버릇이 들었다. 군대가 내게 길러준 몇 안 되는 좋은 습관이다. 카페인에 찌든 삶을 살고 있다. 아침형 인간들이 구축해놓은 사회에서 나 같은 야행성 인간이 살아남기 위해선 카페인을 달고 사는 방법밖에 없다. 간장 치킨을 좋아한다. 주량은 소주 두 병. 술 많이 마신 뒤 크게 망신을 당하고 민폐를 끼친 적이 있어 과음을 특히 주의하고 있다. 축구인의 피가 흘러서 주기적으로 공을 한 번씩 차지 않으면 삶이 우울해진다. 태어나서 지금껏 클럽이나 유흥업소에는 단 한 번도 가보지 않았다. 춤을 추기엔 지나치게 뻣뻣한 몸을 가졌고 무엇보다 그냥 시끌벅적한 게 싫다. 술의 흥이 몸으로 가는 사람이 있으면 난 입으로 간다. 술자리에서 나누는 진지한 대화를 좋아한다. 취기가 올라 경솔한 말로 상대에게 입힌 마음의 상처들이 떠오른다. 가슴의 자제력이 부족해 가려서 해야 할 말을 참지 못하고 다 뿜어댄 것을 후회한다.

그러나 내가 지나치듯 내뱉은 말이 예상치 못한 치유의 말이 되기도 했다. 그런 말은 나는 기억하지 못하는데 듣는 이는 한다. 내가 했던 말 중 가장 멋있는 것은 헛소문에 괴로워하는 친구에게 했던 말이다.

"너는 내가 아는 사람이고 그 소문은 내가 모르는 내용이다. 나는 내가 아는 걸 믿는다."

지금은 낯간지러워 이런 말 못 한다. 이것은 자기소개서이자 나의 성장사다. 내 40대와 50대가 찾아오면 그때는 나 자신을 어떤 사람으로 소개할지가 궁금해진다. 그건 언제나 내 삶에 소중한 동기부여가 되어준다.

나는 언제나 문장이고 싶다

때론 꿈을 꾼다. 단칸방에서 피어나 우여곡절 끝에 행복한 결실을 거두는, 전형적인 90년대식 청춘극의 시나리오를 말이다. 꿈을 꾸는 것은 무료고, 미래를 그리는 것도 별다른 요금이 없다. 적당한 몽상과 긍정적인 마음가짐과 장면 장면을 떠올릴 약간의 상상력만 갖추면 된다. 감독, 주연, 연출, 시나리오 모두 내가 맡는다. 조연은 가족과 친구, 반려견이나 길고양이, 직장 동료까지 생각나는 대로 투입하기로 한다. 몽상을 헤엄하며 흐뭇하게 웃는 내 얼굴 속 움푹 팬 보조개가 오늘따라 더 푼수같이 예뻐 보인다. 하나, 둘, 셋……, 조금 모자라지만 착한 바보의 표정을 가만히 지어본다.

극에는 로맨스가 필수다. 착하고 어여쁜 아내상을 설정해두었다. 나는 아마 잔소리와 핀잔을 달고 살 것이다. 아내와는 우스갯소리로 바르셀로나 축구팀이 티키타카하듯 합이 잘 맞고, 가끔은 진지하게 지적인 대화를 나누면서 "사랑한다, 예쁘다, 멋지다, 자랑스럽다"를 입에 달고 사는 부부였으면 좋겠다. 감춰둔 비상금을 털릴 때마다, 용서와 허락을 받을 일이 생길 때마다, '뱃살이 늘어지고 주름이 자글자글해져도 나는 너를 사랑하겠노라'는 입에 발린 소리를 밉지 않게 잘해서 혼날 상황을 능구렁이처럼 모면하는 내 모습을 상상해본다. 가볍게 동네 한 바퀴 돌고 오는 걸 즐기며 늘어나는 살림살이에 소소한 행복과 연민을 느끼는 그런 인생의 듀엣이고 싶다. 세월과 네월에 늘어나는 주름과 굽어가는 등을 갖는 그런 황혼의 부부까지 벌써 머릿속 진도가 끝났다. 몽상의 시간에는 상대성 이론이 알맞다.

아내의 지도지침 아래 돈을 써야 할 때는 쓰면서도 살뜰하게 아껴가며 전세로 방을 얻는다. 마침내 그 셋방은 자라서 작은 집이 된다. 외관은 좀 구질구질해도 인테리어만큼은 산뜻하고 확실하게 뜯어고친다. 이왕이면 개나 고양이 한 마리도 있었으면 좋겠다. 아이는 생기면 낳고, 안 생기면 만다. 굳이 용써가며 낳고 싶지는 않다. 만약 절반의 내 유전자를 이 땅에 이어갈 아이가 태어난다면, 그 아이는 적당히 착하고 남만큼 공부하는 선량한 소시민으로 자라길 바란다.

성씨는 내 것이 아닌 아내의 성을 따르게 할 것이다. 아이를 낳는다면 가장 해보고 싶은 게 있다. 아이의 왼팔은 아빠가, 오른팔은 엄마가 꼭 쥐며 아이에게 있는 힘껏 팔그네를 태워주는 것이다. 후다닥 열 발자국 걸을 때마다 한 번씩 하늘을 걷게 해줄 것이다. 꺄르르 그 웃음소리가 희망찬 하루를 벌어주리라. 그때는 힘 조절 잘하겠다고 다짐한다. 집에는 서재가 있었으면 좋겠다. 책상은 높고 소파는 푹신해야 한다. 안마의자는 필수다. 빨래 건조기나 대형 에어프라이어를 들이는 쪽으로 합의를 볼 필요가 있겠다.

벌이는 적당했으면 좋겠다. 인간의 품위와 자식 된 도리, 친구로서의 우정을 지킬 만큼, 우연히 만난 동생 밥 한번 사줄 수 있을 만큼 말이다. 조금 빠듯하다면 내가 좀 덜 먹고 덜 쓰고 아끼면 그만이다. 이 부분에 대해서는 아내 될 사람이 어떻게 생각할지 잘 모르겠다. 부유하게 사는 것보다 부끄럽지 않게 살고 싶다. 두 형제를 홀로 키운 어머니의 영원한 자랑이고 싶다. 아들이 무슨 차를 타고 어떤 집에 사는지와 관계없이, 몇 마디 자랑으로 동네 목욕탕에서 기 안 죽게 더 열심히 살아야겠다. 바람 쐬는 일 좋아하는 것만큼 나다니실 수 있게, 먹고 싶고 사고 싶은 것들 개의치 않고 쓰실 수 있게 용돈도 부쳐드리고 싶다. 고장이 적은 깔끔한 차를 오래도록 몰고 가끔은 밤에 드라이브를 가며 콧잔등에 바람을 틔워주고 싶다. 언젠가 나는 어버이 없는 어버이날, 아이 선물을 챙겨야 할 어린이날을 맞게 될 것이다. 그때 새로운 세대를 바라보며 그래도 우리 엄마 인생 2막은 꽤 넉넉했노라고 말할 수 있다면 더할 나위 없이 좋을 것이다. 아, 그러려면 벌이가 적당하면 안 되겠다! 많이 벌고 싶다. 이거 큰일인데…… 벌써 설정에 오류가 생기고 말았다.

나는 내 인생의 나이테를 글과 책으로 그리는 사람이고 싶다. 가진 재주가 쉽게 쓰고 재밌게 말하는 것뿐이다. 그걸 계속할 수 있다면 어떤 운명을 맞든 후회하지는 않을 것 같다는 생각이 든다. 무슨 일을 본업으로 갖든, 글은 틈틈이 계속 쓰고자 한다. 내 이름이 적힌 책을 발견하고는 기뻐 날뛰다 그 자리에서 즉흥적으로 자기 책을 구입하는 작가가 되고 싶다. 두어 문장의 희열을 글자로 새겨 소중한 사람들에게 나눠주고 싶다. 나는 글이 좋고 글로 쓰인 내 생각과 역사와 인생이 좋다. 삶이 글이 되는 인생을 가졌다는 축복에 하루하루가 감사하다.

언젠간 나는 목공예를 배울 것이다. 손재주가 없는 나는 언제나 목수를 동경했다. 자기 생각을 제 손으로 만들어 제 눈으로 직접 확인할 수 있다는 것은 근사한 일이다. 생각이 나무로 표현된다는 점에서 글을 쓴다는 것과 나무로 무언가를 만든다는 것은 닮은 점이 많다. 그래서 내 꿈은 직업이나 부, 행복 따위의 명사로 압축되지 않는다. 내 인생은 문장이고 싶다. 나는 내 문장을 손으로 짓고 눈으로 보고 직접 만지고 싶다. 그래서 직접 내 손으로 책장을 짤 것이다. 고심에 고심을 거듭해가며 원목을 고르고 나무 짜기 좋은 계절을 놓치지 않을 것이다.

색깔과 디자인은 아직 정하지 못했다. 이것도 협의가 필요하다. 지금 정해봐야 어차피 그때 가면 취향이 변해 있을 테니.

내가 만든 책장에 내가 쓴 책을 가득 채워 꽂는 것이 내 꿈이다. 아직 젊어 죽음이 와닿지 않는 나이지만, 나는 종종 내 삶의 마무리를 떠올린다. 주름이 가득하고 머리는 희끗희끗하고 등은 더욱 굽더라도 나는 내 책마다 내가 살았던 그 당시의 생생한 기억과 기록과 생각과 해석을 담아둘 것이다. 책등에 적힌 제목들을 순서대로 훑는 것만으로도 나는 또 하나의 이야기를 갖게 될 것이다. 죽을 때까지 나는 문장이고 싶다. 내 인생, 비문이면서 미문이기를 바란다.

입시전쟁 참전기

나는 인생의 매 순간이 단판에
결정지어질 수 없다고 믿는 사람이다.
실제로 살아보면 인생이란 토너먼트보다는 차곡차곡
길게 내다보며 승점을 쌓아나가는 리그제에 가깝지 않은가.
현재 우리의 입시는 지나치게 많은 보상을 단판에 몰아넣는다.
한국에서 '필요한' 시험만 존재해야 한다는
상식적인 말은 항상 위태롭다.

빌보드 차트와 야자 쿠폰 제도의 파산

고등학생과 중학생을 가르는 중요한 기준을 꼽아보자면 역시 야간 자율학습이 떠오른다. 오후 6시 어간에 저녁을 먹고 1학년은 21시, 2학년은 22시, 고3의 경우는 23시까지 연장해서 자율학습을 진행했다. 자율학습은 강제였고 자율이 아니라서 감독이 필요했다. 고3 담임 선생님은 아침부터 자정까지 학생들과 함께했다. 고3 담임 3년이면 해외파병 3년이라는 우스갯소리가 돌 만큼 선생님들은 빨리 늙었다. 갇혀 있는 학생도 곤욕이긴 마찬가지였다. 집중력도 유한재였다. 범생이들은 공부하기 싫어하는 애들이 떠들어대는 소음 속에서도 집중력을 유지해야 했다. 한편으론 예체능이나 입시 외에 다른 뜻이 있는 친구들이 자율학습에 더 격하게 반발했다. 이들은 부모를 대동해 교무실을 한바탕 습격한 후 부모를 악성 민원인으로 만들어야 '자율'을 얻을 수 있었다.

인간을 시들게 하는 감정 중 하나가 바로 권태라고 생각한다. 공부에도 공부가 아닌 것에도 소질이 없는 일반적인 친구들은 권태로운 야자 시간을 버텨낼 각자 나름의 비책을 강구

했다. PMP와 전자사전 따위에 담아둔 아이돌 뮤직비디오를 되풀이해 보거나, 간을 좀 키워 영화나 드라마를 담아 보며 시간을 때웠다. 만화책도 단골손님이었다. 학교에선 원활한 수업 진행과 집중력 보호 명목으로 0교시가 시작될 때 휴대전화를 걷어가 귀가할 무렵 돌려주었다. 상당수가 가짜 휴대전화를 내고 진짜 휴대전화를 몰래 사용하는 수법을 썼다. 주로 경계가 쉽게 풀리는 야자 시간에 쓰다가 적발당했다.

흔히들 음악을 두고 국가가 허용한 유일한 마약이라고 표현한다. 하지만 학교에서는 음악 감상이 허용되지 않았다. 그래서 학생들은 음악을 밀반입했다. 밀수 방법에는 크게 소매법과 필통수납법이 있었다. 소매법은 허리춤 아래 옷 속으로 유선 이어폰을 집어넣고 소매 끄트머리로 이어폰 머리 부분을 빼낸 후, 한쪽 팔을 뻗어 비스듬하게 엎드리거나 턱을 괴는 척 귀에 갖다 대는 것이었다. 미세한 볼륨 조절은 필수였다. 필통수납법은 필통에 MP3를 넣고 지퍼를 양 끝에서부터 가운데 틈으로 모아 그사이에 이어폰 머리를 끼워 넣은 채로 엎드려 음악을 듣는 방법이었다. 발라드와 아이돌 음악이 전통적으로 강세였고, 일부는 록에, 또 다른 일부는 힙합에 심취해 갈라졌다. 이때는 지금만큼 미국 팝송이 높은 비중을 차지하기 전이었다.

야간 자율학습을 '쨀' 궁리를 할 때마다 영화감독이 되는 듯했다. 애써 상상해낸 그럴듯한 장면들은 대개 비슷했는데, 흔한 스토리라인은 주변에 편찮은 사람이 많아지는 것이었다. 조부모부터 시작해 강아지가 아프다는 이유까지 떠올릴 수 있는 모든 이야기를 팔았다. 더 팔 대상이 없으면 자신을 팔았다. 이를테면 진단서를 동봉한 가짜 환자가 되거나 어디서 눈을 비벼 아폴로 눈병을 옮아오는 식이었다. 핫팩을 뜨끈하게 이마에 갖다 대는 고전적인 수법도 널리 통용되었다. 아파 보이려 작정한 여학생들은 화장 안 한 '생얼'을 유지했다. 아마도 보험사기의 초보적 행태였을 텐데 선생님들은 속지 않았다. 그들도 한때는 학생이었으므로 그냥 입씨름하기 귀찮아서 눈감아준 것이었다.

그 외 평범한 학생들은 '야자 쿠폰'을 획득해야만 집에 일찍 갈 수 있었다. 야자 쿠폰은 일종의 상·벌점 제도로 칭찬받을 일을 계량화해서 일정 점수가 쌓이면 자율학습을 면해줄 쿠폰으로 환급해주는 것이다. 학습 면제권이 보상된다는 말이 참 웃기지만, 확실히 선생님들에게 야자 쿠폰은 손쉽게 학생들을 통제할 수 있는 매력적인 수단으로 다가왔던 것 같다. 쿠폰 제도는 시행 초기만 해도 즉각적인 효험을 보였지만, 시간이 갈수록 망가지기 쉬운 제도이기도 했다. 상당수의 정치인이 경제에 즉효약이 있다고 믿으며 눈대중으로 다루다 엉망으로 만들어놓듯이, 선생님들도 쿠폰의 통화량 조절에 실패했기 때문이다.

현실적으로 누가 봐도 상점을 버는 학생과 벌점을 쌓는 학생은 정해져 있었다. 그래서 야자 쿠폰은 한 방향으로만 공급된다. 결국에 쿠폰을 축재하는 쪽과 벌점 때문에 파산하는 쪽으로 나뉜다. 이 같은 공급의 불균형을 해소하기 위해서는 필연적으로 거래나 강탈이 일어나기 마련이다. 상점을 잘 쌓는 아이들은 굳이 야자를 빼지 않아도 괜찮은 쪽이었다. 벌점이 달라붙는 친구들은 야자를 무조건 빼고 싶어 하는 쪽이었다. 셈이 빠른 아이들은 지하경제를 만들어 암암리에 쿠폰을 거래했다. 시세는 요일과 상황에 따라 달라졌다. 주먹이 강한 친구들은 골목세계에서 그것을 강탈했다. 처음에는 빌렸다가 갚을 때가 되면 인상을 썼다. 쿠폰을 떼먹힌 친구들은 선생님에게 찾아가 변제 소송을 걸었다. 이 지경까지 이르면 선생님들은 부랴부랴 누더기가 된 쿠폰 제도를 없애고 말았다. 이렇듯 야자 쿠폰 제도는 전형적으로 암울한 자본주의적인 결말을 맞았다.

하지만 쿠폰을 이용해서 야자를 빼는 것은 언제나 기분 좋은 일이었다. 오랜만에 야자를 하지 않고 해 질 무렵에 집으로 가면 어색한 기분이 들었다. 해가 중천에 떠 있는 환한 바깥이 낯설었다. 발걸음에서 왠지 모를 여유가 묻어났다. 이 시간에 내가 밖에 있다니. 주변을 돌아보니 꽃이나 풀, 웃고 떠드는 아이와 자전거 등이 고즈넉하게 느껴져 괜히 뭉클했다. 한가한 오후가 나에게 주어진 '보너스' 같아 기분이 좋았다.

인간이 자유나 여유의 소중함을 깨닫게 되는 계기는 여러 가지가 있겠지만, 그중에서도 당장 효과를 보는 경험은 그것을 잃었다가 되찾을 때일지도 모른다. 어쩌면 한국식 행복은 소유와 만족의 추구에서 비롯되는 것이기보다는 박탈과 회복의 반복된 서사에 더 가까운 것일지도 모르겠다. 당연한 것을 간절히 되찾아야 하는 것으로 전도시켜버리는 사회적 맥락이 분명히 있다고 느낀다. 그래서 박탈감이라는 감정은 힐링과 행복의 뒤꽁무니를 졸졸 따라다니는 그림자가 아닐까 싶다.

아무튼 야간 자율학습 시간은 학습적인 측면에서 철저히 비효율적이었다. 당대엔 노이즈캔슬링 기능이 탑재된 이어폰도 없었고, 음악을 들으며 공부하는 것을 굉장히 부정적으로 보는 고지식한 교사들이 존재했다. 귀마개라도 꽂고 공부를 하면 유난 떤다는 시선과 뒷담화를 감당해야 했다. 자기 반에 끝내주는 말발을 가졌거나 선생님의 성대모사를 감쪽같이 하는 친구라도 있으면, 그날 야자 시간에 공부는 끝이었다. 만담 분위기는 학생들의 수준을 가리지 않고 집어삼켰다. 마음 맞는 애들끼리 몰래 떠들거나 쪽지로 필담을 나누면 시간이 녹았다. 모두가 왁자지껄하게 떠들다가 아무런 계기 없이 갑자기 동시에 정적이 흐르는 순간이 찾아오기도 했다. 그럴 때면 몇 초 있다가 곳곳에서 실없는 웃음이 터져 나왔다. 웃음과 장난은 본래 여운이 긴 반응이므로, 한번 깨진 면학 분위기는 절대 돌아오지 않았다. 분위기는 너무나도 손쉽게 한 학급을 휩쓸었다.

학교는 대책을 내놓았다. 학내 면학 분위기를 조성하고 건전한 경쟁을 유도하며 모범생을 보호한다는 이유로 특별 자습실을 만들어 전폭적인 지원을 아끼지 않았다. 자습실 이름은 Dream룸, Vision룸, Sky룸처럼 영어가 쓰이거나 명덕재, 목련관 같은 한자식 이름이 달렸다. 독서실 칸막이 책상은 물론 짱짱한 허리 받침대에 푹신한 쿠션을 갖춘 의자 또한 좋았다. 에어컨도 빵빵했으며 선생님들이 아무런 간섭도 하지 않았다. 그 말은 음악을 들으며 공부할 수 있는 특혜를 받았다는 뜻이다. 좌석 선발은 철저히 성적으로 할당됐다. 전교 1등부터 30등 정도까지 뽑았다. 중간고사나 기말고사 등 각종 시험이 있으면 전교 1등부터 꼴찌까지 출력해 벽면에 게시했다. 우리는 그것을 두고 '빌보드' 혹은 '피파 랭킹'이라고 불렀다. 간혹 특별 자습실 선발을 거부하고 반에 남아 공부하는 애들도 있긴 했지만, 특별 자습실에 들어갔다는 것은 자부심이었고, 거기서 나와야 한다는 것은 굴욕이었다. 문제는 자부심은 쉽게 증발하지만 굴욕은 오래 남는다는 것이다. 한국 사회는 자원을 실력이 부족한 사람을 끌어올리는 데 쓰기보다 선두를 밀어주는 것에 쓰는 전통이 있었으므로 이는 합리적 차별이라고 여겨졌다.

독학이 어려운 세계의 샤머니즘과 입시 아이돌의 등장

중학교 3학년 때 첫 번째 갈림길에 섰다. 인문계 고등학교와 실업계 고등학교 중 하나를 골라 진학했다. 물론 고등학교가 의무교육은 아니어서 굳이 진학하지 않는 친구들도 더러 있었다. 대개는 사연 많고 사고 잦은 집안의 자식들이었다. 불량기 있는 개인의 반항과 환대하지 않는 공동체 사이의 아슬아슬한 줄타기에서 결국은 떨어져 나간 이들이었다. 여전히 실업계는 비행 청소년들의 소굴이라는 편견이 있었다. '실업계'라는 말 자체는 그 소속 구성원으로 상징되는 하나의 사회적 기호였다. 중학교 때 '놀던' 애들은 주로 실업계에 진학했다. 실업계는 전문계로 명칭을 바꿨지만, 이들의 합류는 사회적 편견을 강화할 뿐이었다. 불량하게 놀지 않았지만 단지 공부가 싫어서 실업계에 진학한 평범한 학생들이 훨씬 많았다. 그러나 그들은 편견의 반례이자 통계의 일반이었음에도 실업계에 대한 인식을 뒤집지는 못했다. 편견은 통계가 아닌 뾰쪽한 사례로 작동하는 기제이기 때문이다.

인문계 학교는 평준화와 비평준화가 애매하게 뒤섞여 있었다. 지역마다 다르겠지만 우리 동네는 1지망, 2지망, 3지망 학교를 쓰되 또 그 안에서 뺑뺑이를 돌렸다. 명문 고등학교는 수질 관리에 엄격했다. 물 관리에 실패해 실업계와 인문계의 경계선에 놓인 학교는 지역사회에서 '똥통 학교'로 입소문 났다. 결국 학교의 수준은 일차적으로 'SKY'에 도달한 천상계 학생과 이차적으로 '인서울'에 보낸 학생의 숫자로 결정됐다. 학교의 기능은 좋은 학생을 선발하고 그렇지 못한 학생을 육성하는 것이다. 이미 알아서 자기관리가 척척 되는 모범생을 골라

받는 것은 쉬운 일이고, 그렇지 못한 애들을 잘 가르쳐 끌어올리는 것은 어려운 일이다. 학교는 쉬운 길로 갔다. 모범생을 골라냈고 불량아는 걸러냈다. 걸러진 아이들이 방치되어 많은 사회적 문제를 야기했다. 학생 육성은 내팽개치고 선발에만 모든 자원을 끌어다 쓰는 풍토는 대학도 마찬가지였다.

고3 첫 학기 개학부터 다들 긴장하기 시작했다. 방아쇠는 3월 전국 모의고사가 당겼다. 최초로 전국 단위의 시험을 쳤다. '국·영·수·사·과'가 '언·수·외·탐'으로 변했을 때의 낯섦을 기억한다. 총점 500점 만점에 300점을 넘는 학생이 몇이나 되었을까. 위성도시의 변두리 고등학교는 전국구의 벽을 느끼며 망연자실한 분위기에 사로잡혔다. 사교육업체 대학 지원 창에서 지원할 수 있는 대학 수준을 살펴본 학부모와 학생 모두 극심한 충격에 빠졌다. 교사들은 매해 있는 일이라는 듯 일말의 동요도 없이 몇몇 기적의 사례를 들면서 아이들을 다독였다. 하지만 결과적으로 고등학교 1학년 3월 모의고사 이상으로 수능 점수를 올린 친구들은 극히 드물었다. 하위권 일반계 고등학교에서는 역시 대학 가기에 내신만한 게 없었다.

인문계에 진학한 우리는 두 번째로 인생의 갈림길에 섰다. 문과와 이과 중에서 하나를 골라야 했다. 공부는 어렵지만 취업에 유리한 이과, 무난한 학업 난이도와 절망적인 취업률이라는 문과, 그것은 일종의 합의된 인식이었다. 대개의 인간들은 천상 문과로 태어났거나 천상 이과로 깔끔하게 태어났기 때문에 그것은 별다른 고민이 되지 못했다. 이과로 만들어져야 하는 학생이 가장 고달팠다. 문과는 이과를 포기하면, 정확히는 수리 가형을 포기하면 자동으로 될 수 있었기 때문이다.

그보다는 선택 과목을 무엇으로 할지가 이들에게는 더 중요했다. 선택 과목에 따라 학급이 정해졌고, 최선의 반배정은 모범생이 적정비율로 각 학급에 골고루 분산되어 면학 생태계를 유지하는 것이다. 생물반에 최상위권 포식자들이 잔뜩 몰려 있다면 화학으로 반을 옮기는 식의 눈치싸움이 치열했다. 이과는 서너 학급이 전부였다. 내신 1등급은 4퍼센트였다. 그 말은 곧 그 과목의 1등이 되지 못하면 2등부터는 2등급이라는 뜻이었다. 만점자가 다수 발생하면 문제를 한 개만 틀려도 즉각 3등급으로 추락하는 것이 이과의 세계였다. 이과 반은 대체로 극단적인 남초男超의 세계였다. 나는 7차 교육과정의 마지막 세대 문과라 미적분을 배우지 않는데, 재수와 삼수를 하면서 결국 울며 겨자 먹기로 배우게 되었다. 국사 과목의 교과서는 국정이었고 서울대 필수 과목이었으므로 전국의 최상위권 학생들이 주로 응시했다.

문제집들도 비장해졌다. 마치 이 책은 애들 장난이 아니라는 듯한 표지 디자인을 하고 있었다. 『수학의 정석』이 그 스타트를 끊었다. 우리가 접한 최초의 양장본이었다. 낡고 고루한 디자인 자체가 책의 권위를 상징했다. 수학 기본서의 양대 산

맥은『정석』과『개념원리』였는데, 줄글 이해파는『정석』을, 요약 실용파는『개념원리』를 골랐다. 차차 더욱 친절하고 화려한 수학 개념서들이 등장해서 참고서 시장에 활력을 불어넣었다. 수학뿐만 아니라 개념서 – 문제집 – 기출 문제로 이어지는 참고서들의 디자인이 소장 욕구를 자극했다. 다 보지도 못할 참고서만 사 모으는 '문제집 컬렉터'들이 등장했다. 한두 과목이면 모르겠는데 전 과목을 그렇게 사 모으려니 책값이 만만치 않았다. 이 문제를 해결하고자 정부가 EBS 교재 70퍼센트 반영 정책을 내놓았더니, 기존의 참고서 컬렉션 위에 EBS 교재가 추가로 얹혀 산처럼 쌓일 뿐이었다. 교재비 부담을 줄이겠다는 정부의 선의와 달리 시장은 이중 부담으로 움직였다.

친구들 대부분은 학원에서 선행학습을 했다. 밤까지 학원에 다녀오거나 학원 숙제를 했던 친구들은 뒷자리에서 엎드려 잠을 잤다. 엎드려 자는 애들은 종종 위산이 역류해서 위염이나 식도염에 걸렸다. 빈속에 커피를 털어 넣는 싱싱한 위장도 반복된 생활습관은 이기지 못했다. 그나마 수업 때 깨어 있는 친구들도 학교 수업이 시시하다며 딴짓을 하거나, 선생님의 수업에도 아랑곳하지 않고 학원 숙제나 개인 문제집을 풀었다. 선생님들은 수업을 장악하지 못했다. 잡무에 시달려 강의 기술이나 교재를 개발할 틈이 없었다. 임용된 지 몇 년 안 지나 의욕이 앞서는 몇몇 젊은 선생님은 시간을 쪼개 사비로 인터넷 강의를 끊어 사교육 강사들의 수업을 참고하는 경우도 있었다.

그러나 갱지로 만든 초라한 프린트물이 화려하고 세련된 학원 교재를 어떻게 이기랴. 선생님들은 "어차피 시험은 학원 선생이 아니라 내가 내", "이거 시험 나온다"라는 출제 전담권으로 회유하려 했으나, 맨 앞줄에 앉은 모범생들을 제외하고는 누구도 수업에 집중하지 않았다. 그래서 선생님들은 특히 학원에 다니지 않고도 전교권에서 노는 모범생을 좋아했다. 학생도 그걸 자부심으로 여겼다.

학교는 학원에 꼼짝하지 못했다. 학원은 학교별 기출 문제를 모아 분석했다. 그래서 선생님별 출제 스타일을 꿰고 있었다. 옆 학교에서 새로운 선생님이 와도 대비에 문제없었다. 그 어렵다는 임용고시를 통과한 실력 있는 선생님들은 수업 외 잡무에 시달려 수업 연구에 집중할 수 없는 형편이었지만, 학원 강사들은 마음껏 수업 연구에 집중할 수 있었다. 물론 학원이라고 다 잘 가르치는 곳만 있는 것은 아니었다. 제대로 된 학원은 죄다 서울이나 수도권 번화가에 모여 있었다. 아예 건물 하나가, 아니 큰길 양쪽에 학원만 빼곡히 들어선 학원가가 있었다. 야간 자율학습 시간이 끝나면 교문 앞에는 학원의 셔틀버스가 줄을 지었다. 꼭 하루 일정이 끝난 아이돌 가수가 밴을 타는 것 같았다.

고3 수험생은 슈퍼 갑이자 특수신분이었다. 자식이 공부한다면 부모도 자신의 권위를 한 수 접고 굴종적으로 떠받들었다. 집안의 분위기는 도련님과 아기씨의 기분이 좌우했다. 돈을 대고 집에 잘 안 들어오는 아버지는 그나마 권위를 지켰지만, 과일 접시를 나를 때도 조심스레 자식 눈치를 보는 엄마의 권위는 크게 추락했으며 자식의 불만이나 스트레스 표출에 직격으로 노출되어 있었다. 엄마에게는 자신의 불안뿐만 아니라 자식의 불안마저 쉽게 퍼졌다.

학원은 강의 실력뿐만 아니라 마케팅에도 능했다. 부모는 자식에 대한 죄의식과 죄책감에 약했다. 학원도 그것을 모르지 않았는지 학생보다는 부모를 공략했다. 해마다 급격히 바뀌는 정부의 교육정책과 대학의 입학전형은 학부모에게 그 예측 불가능성 탓에 두려움으로 다가왔다. 두려움은 과다지출로 이어졌다. 학원은 자식에게 신경 쓸 겨를이 없는 불안한 학부모를 손쉽게 달래는 법을 알고 있었다. 마음의 안식을 갈구하는 학부모에게 학원은 일종의 샤머니즘적인 역할을 했다. 절에 가서 108배를 드리는 것보다, 교회에서 주기도문을 외우는 것보다 학원 선생님과 30분 정도 전화하는 것이 훨씬 더 쉽게 마음의 불안을 가라앉혔다. 학원은 최신 기술도 빨리 도입했다. 그래도 내가 자식을 위해 이만큼은 하고 있다, 남들보다 풍족하게 해주진 못했어도 부족하지 않게 남들만큼은 해줬다는 심리적 위안만으로도 그 값어치를 충분히 했다. 학원을 보내서 성적이 향상되면 그것은 덤이었다. 학원은 학생들의 실시간 위치나 출석률, 진도 상황을 정리해 부모에게 문자로 알려줬다.

교과서만 가지고 공부할 수 없는 세상이었다. 나는 특히 영어 과목에 불만이 많았다. 영어만큼 집안 배경이 크게 작용하는 과목이 어디 있을까. 외국에서 살다 온 애들에게 영어 듣기는 거저먹는 점수였다. 그들은 문법 문제를 쉽게 풀었다. 왜 그게 정답인지 이유를 물으면 이렇게 답해주었다. "나도 잘 모르겠는데 그냥 딱 어색해~." 이 말 같지 않은 대답을 들을 때마다 속이 터졌다. '토종 독학파'였던 나는 교과서에 적힌 지문과 그 지문에 쓰인 어휘와 문법을 몇 개 간추려 알려주는 교과서로는 도저히 수능 영어를 따라잡을 수 없었다.

기초 문법이 특히 부족했다. 당시만 해도 전반적인 체계를 조명해줄 친절한 문법 자습서나 선생님을 찾을 수 없었다. 『성문 종합영어』와 『맨투맨 기본영어』는 고전이자 좋은 책이었지만 법전 형식의 문법사전에 가까웠다. 나는 이른바 '구문 독해'라 불리는, 해석에 기본이 되는 문장의 구조와 실용 문법을 배우고 싶었다. 결국 나도 20만 원가량의 돈을 지출하고 용하다는 인터넷 강의 스타강사의 도움을 통해 뒤늦게 배울 수 있었다. 그냥 외우고만 넘어갔던 많은 문법에 관해 충실하게 배경 설명을 해주었고, 모르는 부분을 시원하게 긁고 해부해줬으며, 산발적으로 알고 있던 부분의 연결고리를 매끈하게 이어줬다. 그때 느꼈던 감정은 '이렇게 빨리 갈 수 있었는데, 그동안 정말 무식하게 돌아갔구나' 하는 자조적인 안타까움이었다.

지금이야 코로나 팬데믹으로 비대면 강의가 일상이 되었지만, 그때는 아니었다. 인터넷 강의 강사들은 부실한 공교육과 값비싼 사교육 사이에서 새로운 시장을 열었다. 이들의 강의는 생전 경험해본 적 없는 수준으로 훌륭했고 친절했으며, 이것이 예능인지 인강인지 헷갈릴 정도로 재밌었다. 감각 좋은 몇몇 강사는 다가올 유튜브 시대를 예견이라도 한 듯, 영상 편집 전문가를 고용해 강의에 CG도 적극 활용했다. 강사들은 조교를 고용하고 각지에서 양질의 문제를 유료로 공모해 차별화된 교재를 제작했다. 무엇보다 저렴했다. 180일에 18만 원 돈이면 스타강사의 강의가 하루에 1,000원꼴이라는 소리가 아닌가. 무엇보다 양질의 강의를 듣고자 서울에 가지 않아도 되었다. 어떤 측면에서 강사들은 지방 학생들의 구원자였다. 경쟁 시장이 순기능으로 작동해 저렴한 이용료로 강남 학생이건 지방 학생이건 같은 수준의 강의를 수강할 수 있도록 제공했기 때문이다.

이렇다 보니 강사를 '덕질'하는 학생들이 생겨났다. 인터넷 강의 강사들은 수험생 세계의 아이돌이었다. 그들은 랜선으로 맺은 사제의 연을 넘어서서 수험생들의 연예인이자 입시전쟁의 영웅으로 추앙받았다. 그때만 해도 이들의 지위를 표현할 말이 딱히 없었는데, 요새 쓰는 말로 '인플루언서'나 '셀럽'과 엇비슷한 위상을 지녔던 것 같다. 인터넷 강의 공급을 도맡는 대형 학원은 체계를 갖추며 더욱 기업화되었다. 그중에서도 연예 기획사와 닮아갔다. 인터넷 강의 공급업체들은 소속 연예인을 관리하듯, 강사들을 급에 따라 몸값에 맞게 차등적으로 관리했다. 인강업체는 스타강사의 팬 사인회를 열거나 콘서트를 열기도 했다. 전국 팔도에서 수강생들이 치열한 티켓팅 전쟁 끝에 줄지어서 서울로 몰려들었다. 스타강사의 입시 콘서트를 위해 이름난 현직 아이돌 가수들이 게스트로 초대되어 축하무대를 꾸미는 경우도 더러 있었다. 적어도 수험생의 세계에서만큼은 아이돌의 정의가 반전되어 있었는데, 그게 정말 진풍경이었다.

아이돌 산업은 팬덤을 기반으로 하고, 절제되지 못한 팬덤은 홀리건을 양산한다. 이 세계도 마찬가지의 공식을 따랐다. 인터넷 강의는 강사마다 독자적인 커리큘럼이 있어서 서로 다른 강사의 강의를 동시에 수강하기 어려운 구조였다. 따라서 한번 강사를 선택하면 수험생활이 끝날 때까지 쭉 이어지는 이상, 업계 일타강사에게 쏠림이 큰 시장이기도 했다. 인터넷 강의를 듣는 수강생의 상당수가 수험생 커뮤니티에서 활동했다. 입시 커뮤니티는 외형적으로 공부라는 테두리 안에 놓여 있어서 그런지 마음 놓고 할 수 있었기에 중독성이 강했다. 그 합법적 도피처에서 떠도는 출처가 불분명한 정보와 사례들에 중독된 학생들은 분야별 일타강사가 누구인지를 두고 자발적으로 홀리건이 되어 피 튀기는 입씨름을 벌였다. 홀리건 중에는 '덕심'이 강해 자생한 이들 외에도 좋지 못한 목적으로 업체에 고용된 이들도 있었다. 일부 업체는 과열된 분위기를 악용해 소속 강사들의 명성을 높이고 경쟁업체의 위신을 손상시키고자 댓글 조작 아르바이트생을 동원하기도 했다.

대학에서는 수험생 시절의 좋은 추억 정도로 입시강사의 존재를 잊고 살 수 있었다. 그러나 한 5년쯤 지나자 우리 세대 가운데 상당수는 수능강사와 재회하게 되었다. 인구절벽으로 수능 시장은 좁아졌고 베이비 붐 세대의 자녀들이 취업할 때가 되자 공무원 시장은 넓어졌다. 취업절벽에 시달리는 청년들은 구직 활동을 접고 너도나도 공무원 입시로 몰려들었다. 이 절묘한 접점에서 랜선 사제 간의 재회가 이루어지게 된 것이었다. 그래서 우리는 다시 한 번 '비대면의 대면'을 하게 되었다. 양가감정이 들었다. 또다시 믿을 만한 강사를 만났다는 안도감과 반가움이 드는 한편, 인간적으로 구면인데 재방문 할인은 없나 싶은 꿍함도 일었다. 고3 때는 대학 합격을 응원하던 강사님의 모습과 이제 다시 공무원 임용을 응원하는 모습이 겹쳐져 기시감이 들었다. 그 발화가 성공의 맥락이나 인간승리의 서사에 가까워질수록 왠지 모르게 속은 듯한 생각이 들어 기분이 찜찜했다.

수시 제도라는 난파선

대학에 가는 방법은 크게 세 가지였다. 내신, 논술, 수능. 이를 두고 언론에서는 '죽음의 삼각형'이라 불렀다. 내신 경쟁은 치열했다. 태도가 점수가 되는 세상이었다. 태도점수 1~2점이 등급을 가를 수 있었으므로 최상위권은 무조건 먹고 들어가야 하는 기본 점수였다. 1점이라도 삐끗하면 담당 교사에게 학부모 항의가 빗발쳤다. 내신에 목숨 건 학생들은 선생님의 예쁨을 독차지하기 위해 매력 공세를 펼쳤다. 거의 선생님의 말을 복사하는 수준으로 필기하면서 어떻게든 출제 힌트를 찾아내고자 집요하게 캐물었다. 그들은 핀셋 단위로 꼼꼼했고 혀를 내두를 정도로 예민했다. 수업 종료가 임박하면 억지로라도 꼭 하나씩 질문을 했고, 쉬는 시간에도 선생님을 붙잡고 놓아주지 않았다. 때로는 지나치다 싶을 정도로 아첨하는 태도를 보이기도 했다. 이들은 영혼이 빠져나간 기계처럼 점수를 따낸다고 해서 '내신 머신'이라 불렸는데 아니꼬움이 반, 경탄이 반씩 섞인 말이었다.

중학교와 고등학교 시험의 차이라면, 그래도 중학교 때는 시험 기간이 끝나면 한 1~2주는 여유롭게 보낼 수 있었다는 점이다. 시험 준비를 열심히 했든 안 했든 중학생들은 충분히 해방감을 느끼며 무거운 마음을 털어내고 한동안 눈치 보지 않고 왕창 놀 수 있었다. 그러나 고등학교 때는 시험 직후부터 수행평가 지옥이 찾아와 놀 때마다 죄책감에 휩싸였다. 수행평가는 주입식 교육에서 벗어나 다양한 활동을 평가에 반영하겠다는 취지였는데, 주로 쪽지시험이나 회화시험 같은 '시험 속 작은 시험'이 대부분이었다. 정식 시험이 아니라고 해도 결국에는 평가라서 부담만 늘어날 뿐이었다.

중간고사 – 수행평가 – 기말고사는 반복된 사이클처럼 찾아왔고, 그것을 합산해 1학년 20퍼센트, 2학년 30퍼센트, 3학년 1학기 50퍼센트라는 비율로 반영됐다. 고3 여름방학쯤 찜통더위가 찾아오면 하나둘씩 지치고 상처받으며 나가떨어졌다. 처음에는 전 과목을 준비하던 친구들이 그다음에는 주요 과목만 준비하더니, 그다음엔 수학을 손에서 놓고, 그다음엔 영어를 마저 놓는 순서로 이어졌다. 그들은 결국 "인생은 정시 한 방"이라며 내신은 포기하고 도박처럼 수능 대박을 노리거나 적성검사 같은 우회로를 찾기 시작했다.

본격적인 입시철이 되자 학생들은 혼란에 빠졌다. 내신과 수능, 논술이 큰 줄기를 형성했고, 대학마다 자기소개서나 면접, 포트폴리오 같은 요소를 얹어 여러 전형으로 갈라졌기 때문이다. 학생 대다수는 내신과 수능 두 가지를 준비하는 것만으로도 벅찼다. 수시는 복잡했고, 정시는 어려웠다. 수시는 학생들을 혼란에 빠뜨렸고, 정시는 학생들을 초토화시켰다. 입시제도를 단순하게 모아놓으면 사교육이 쉽게 간파해 빈부격차가 고스란히 성적으로 침투했다. 반면 그런 폐해를 막고자 제도를 복잡하게 갈라놓으면 파악하기 어렵고 불공정하다며 아우성이었다.

사실 부유한 집안의 자식들은 제도가 어떻게 변하든 크게 관계가 없었다. 제도가 복잡해질수록 부유한 부모들은 신뢰할 만한 정보를 제공하는 전문가를 찾았다. 전문 입시 컨설턴트나 스펙 디자이너들에게 20년도 살지 않은 자식의 이력수술을 맡겼다. 일종의 인생 성형수술이었다. 그들의 손에서 자식은 마치 그것만을 위해 살아온 인생인 양 탈바꿈했다. 자아탐색기인 10대에 분명한 철학과 꿈이 있다는 사실 자체가 미심쩍었지만, 스토리텔링이 인생을 압도해야만 합격할 수 있었다. 복잡해진 입시 제도는 부유한 집안에 추가적인 비용 부담을 안기는 데는 성공했지만, 그들은 그 비용을 충분히 부담할 수 있었기 때문에 그다지 큰 소용이 없었다.

반면 학교라는 공공 서비스에 주로 의존해야 하는 저소득층 자녀들은 실질적인 제도의 도움을 받는 데 어려움을 겪었다. 전형을 다양화해서 서민 가정에 어느 정도 혜택을 주겠다고 설계되었던 수시 제도는 한국의 교육 풍토에서 자신의 강점을 잘 살리지 못했다. 무학無學의 부모들은 제도에 까막눈이었고, 새로운 제도에 대한 탐색 비용을 더 지불할 여력이 없었기 때문이다. 전장의 최전선에 있던 담임 교사들은 속수무책이었다. 그들은 능력은 있었지만 관심을 골고루 나눠줄 시간이 절대적으로 부족했다. 그래서 편애하는 몇몇에게만 맞춤형 입시

서비스를 제공했다. 선생님들은 야근을 하면서까지 자신의 친위대 역할을 성실히 해주는 친구들의 자기소개서를 대필하거나 가필해주는 경우가 종종 있었다.

될 놈만 집중해서 챙기는 방식은 불가피한 측면이 큰 동시에 성과를 올리기에 가장 효율적인 방법이기도 했다. 학교 쪽에서도 떡잎이 남다른 상위권만 잘 추수해서 1등 농산품으로 포장하는 과정에 적극적으로 개입했다. 아니 기획했다는 쪽이 더 적절할 것 같다. 누구에게 국회의원상을 주고 누구에게 교육감상을 주어야 할지를 가지고 여러 번 교무회의가 열렸다. '상위권 스펙 몰빵'은 가장 안전한 전략이었다. 부작용도 컸다. 사교육 없이 인생 역전의 시나리오를 써 내려가는 소수의 학생들을 제외하면 나머지 모범생들은 사교육 서비스와 공교육 서비스의 이중 수혜자였다. 관심의 불평등 속에서 공적 서비스는 주변부에 닿지 못했다. 여기에 놓인 학생들은 사소한 편애 하나하나를 아니꼬워했다.

수시 제도는 불신 여론에 직면했다. 농어촌 전형이나 입학사정관 제도는 편법처럼 여겨졌다. 하다하다 이제는 국적도 스펙인가라는 의문에 휩싸였던 재외국민 전형은 뒷구멍 입학 같은 느낌을 주었다. 그때의 나도 외국에 나가 산 게 무슨 벼슬이라고 정말 쉽고 편하게 좋은 대학 간다는 옹졸한 생각에 사로잡혀 배가 몹시 아팠던 기억이 있다. 그러나 제도를 불신하면서도 편법의 혜택을 노려보려는 부모들도 많았다. 본디 남들 다 하는데 나만 안 하면 바보가 되는 분위기에서는 편법이 더욱 기승을 부리지 않던가. 잘못된 제도 탓에 개인이 보신주의에 빠지는 것은 어찌 보면 당연한 결과였다.

개개의 대학이 자율적으로 입시전형을 시행하는 것은 국가가 도맡아 주관하는 것보다는 관리 감독이 헐거워 보였다. 자연히 사적인 개입이 있을 것 같다는 우려의 시선이 존재했다. 출제위원의 신상부터 철저히 비공개로 진행하고 감금하다시피하면서 관리하는 수능과 더욱 비교됐다. 그 시선을 뒷받침이라도 하는 듯, 약삭빠르고 발 넓은 부모들은 자녀가 지원하는 대학의 내부자를 수소문했다. 어떻게든 출제 담당 교수가 누구인지, 성향은 어떠한지를 알아냈다.

전교회장의 엄마들은 여기저기 바쁘게 발품을 팔고 샅샅이 뒤져 봉사활동 시간을 받아낼 수 있는 인맥을 찾았다. 그들은 거래처 지인의 인맥까지 활용해 봉사활동 300시간가량을 선물로 받았다. 혹은 두 시간 이수하고 20시간을 받아가는 '기적의 환율'로 봉사 기록을 축적했다. 그중 몇몇은 입을 다물고 있어도 모자랄 판에, 철없이 부모 덕 맛있게 본 일을 사방에 떠벌리고 다녔다. 입학 사정관 제도로 자신의 원래 점수보다 높은 수준의 대학에 들어갔다는 이야기가 종종 들려왔다. 봉사실적이 당락에 결정적인 영향을 미쳤는지는 알지 못한다. 하지만 그것만으로도 뱃속에서 염세가 자라났다.

사람 사이에서도 첫인상이 앞으로의 관계를 좌우하듯, 제도가 성공적으로 안착해 제 기능을 다하기 위해서는 무엇보다 초기가 정말 중요하다. 치밀한 사전 설계와 기민한 사후 대응이 굉장히 필요했다. 그러나 한국의 교육정책은 발표 시점에 급급한 나머지 준비도 미흡했고 부작용에 대한 대응도 신속하거나 유연하지 못했다. 학부모들은 제도 초기에 발생할 수밖에 없는 구멍을 너무나도 쉽게 파고들었다. 입시 제도라는 것의 평판 또한 결국 통계보다는 사례가 결정했고, 사실을 바로잡고자 하는 노력보다 항상 뜬소문이 물들이는 불신의 속도가 더 빨랐다. 또한 입시는 인생에 단 한 번 혹은 많아야 두세 번이기 때문에, 그 안에 잘못된 제도의 결함으로 수혜를 본 인원을 정정하거나 손해를 본 인원을 구제하는 방법은 전혀 마련되지 못했다. 한 번의 기회로 되돌릴 수 없는 결과를 마주할 때의 허무함이 크게 찾아온다. 이것도 우리 세대가 입시 불공정에 치를 떨게 되는 이유 중 하나였다.

한국의 현실을 겪으면서 수시 제도는 난파선처럼 표류했다. 부유한 집이건 가난한 집이건 단순하고 직관적인 정시를 더 긍정적이고 정통성 있는 제도로 여겼다. 분명 수시 제도는 교육 불평등을 완화하고자 그 나름의 변화를 꾀하려는 좋은 취지를 가지고 있었다. 실제로 좋은 학군 밖에 사는 이들에게 도움이 되는 제도였다. 수시로는 원래라면 쳐다보지도 못할 대학에 상향 지원을 할 수 있을 것만 같았고, 정시로는 차마 가고 싶지 않은 대학에 하향 지원해도 불안감을 느꼈다. 기존의 정시 제도는 교육의 대물림이라는 부작용이 명확했다. 그러나 수시는 정시를 허물고 대체하기보다는 공존했다. 오히려 수시 제도가 먼저 허물렸다. 몇몇 주요 전형 안에는 수능 고득점자 우선선발 제도라는 것을 끼워 넣어 부족한 정통성을 벌충하고자 했다. 수시는 정시에 열등감을 느끼는 프랑켄슈타인이 되고 말았다.

나는 새로운 제도의 수혜자들이 새 제도를 거부하게 되는 이유가 궁금해졌다. 그러다 경제학자 소스타인 베블런의 저서 『유한계급론』에서 약간의 실마리를 얻었다. 베블런은 기존 제도에서 고통받는 가난한 이들이 오히려 보수성을 띠며 새로운 제도에 거부감을 갖게 되는 이유에 관해 자기 나름의 관점을 제시했다. 베블런은 그 원인을 부유한 계층보다 가난한 계층이 변화를 견딜 능력이 부족하기 때문이라고 보았다. 변화에 대한 항체는 주로 부유한 계층이 갖는다. 부유한 계층은 부를 활용해 변화에 잘 대처할뿐더러 변화가 삶을 위협하지도 않는다.

반면 전기요금 몇백 원 인상에도 삶의 질이 떨어지는 가난한 집은 무엇이 바뀐다 하면 일단 스트레스부터 받는다. 밥벌이의 힘겨움으로 항상 지쳐 있는 터라 새로운 변화가 일처럼 부담스럽게 다가오기 때문이다. 설령 새로운 제도를 활용해 어떤 이익을 얻을 수 있다 하더라도 그것이 당장의 혜택으로 돌아오지 않는 이상, 이미 지쳐버린 이들에게는 차라리 예측 가능하고 익숙해서 덜 피곤한 기존 제도가 더 낫게 느껴지는 것이다. 적어도 제도 습득 비용은 들지 않으니까.

나는 입시도 마찬가지였다고 생각한다. 변하지 않는 정시는 직관적이었다. 수시는 시도 때도 없이 변했다. 변화무쌍한 교육 제도 아래서 신빙성 있는 정보는 귀했고 그 정보에 접근하기 위해서는 돈을 쓰거나 막대한 관심을 쏟아야 했다. 앞서 말했듯 여유 있는 가정은 번잡한 입시전형을 대신 꿰어줄 사람에게 서비스를 구입해 변화에 적절히 대처할 수 있었다. 그러나 다수는 그러지 못했다. 사람들은 부의 불평등은 참아도 부를 활용한 정보의 비대칭은 참지 못했다. 그것은 노력으로 메우기 어려운 격차였다. 하루 여덟 시간씩 일하고 왕복 세 시간을 출퇴근하며 집안일을 한두 시간 하고 나서 녹초가 된 몸으로 언제 대학별 입시요강을 살펴본단 말인가. 따라서 입시 제도의 변화에 적응할 여력이 없는 사람들은 손해를 감수하더라도 직관적인 정시의 손을 들어준 것이다. 변화는 곧 스트레스였기 때문이다.

당시 공교육과 독학으로 입시를 준비했던 나도 공부가 전부인 줄 알았다가 큰코다쳤던 기억이 있다. 무작정 공부부터 하고 봤는데, 전략이 그렇게 중요한 줄 몰랐다. 이토록 많은 전형 중에서 도대체 나는 무엇을 준비해야 하는가. 갈팡질팡하지 않고 가지를 잘 치는 것도 실력이자 환경이자 배경이었다.

대학에서 요구하는 것 위주로 선택과 집중을 통해 효율적으로 달렸어야 했는데, 도대체 뭐가 나에게 유리하고 불리한지 알지 못했다. 게다가 내가 다니던 학교는 설립된 지 얼마 되지 않았던 탓에 다른 학교와 달리 축적된 입시 데이터를 가지고 있지 않았다. 야간 자율학습 시간이 끝나고 자정이 넘어서부터 하루에 한 시간 정도씩 각 대학 입학처에서 제공하는 모집요강 PDF 파일을 들락거렸다. 눈에 잘 들어오지도 않고 미끄러지는 몇십 페이지짜리 모집요강을 스크롤로 오르내리다가 그만 지쳐버렸다.

왜 내가 공부 말고도 이런 데까지 시간을 쏟아야 하느냐고, 이런 건 다른 집처럼 엄마가 좀 알아서 찾아달라고 성질을 부리기도 했다. 모집요강의 두루뭉술한 내용과 내용별 반영 비율과 전년도 경쟁률 사이에서 나는 내 이익을 전혀 찾지 못해 합리적일 수 없었다. 그때 내가 가졌던 불만과 의문은 도대체 입시전형을 이렇게나 다양하게 쪼개놨는데 그 전형을 쉽고 조리 있게 설명해주는 '통합 가이드 북'은 왜 없냐는 것이었다. 정부가 수능에 EBS 강의 내용을 70퍼센트 반영하는 정책을 마련하는 대신, 대학별 입시전형 책자만 취합해서 발간했어도 입시 준비가 한결 수월했을 텐데. 하긴 정부조차 입시전형을 한 권으로 정리해 펴내지 못하는데 일반 시민이 그게 가능했을 리 없다. 대학원까지 졸업한 지금에도 그 시절 엄마에게 괜히 심술부렸던 것이 떠올라 종종 미안한 마음이 든다.

아무도 모르는 세계의 군비경쟁

입시전쟁 그 한가운데 가난한 집의 소속으로 참전한 나 또한 전황이 그리 좋지 못했다. 3학년 2학기가 되니까 뜬금없이 학교에서 논술전형을 준비하라고 했다. 나는 담당 선생님께 우리가 이걸 언제 해봤다고 이제 와서 갑자기 어떻게 준비를 하느냐고 물었다. 선생님은 "진작 알아서 했어야지"라는 말과 "일단 해봐. 운 좋으면 그걸로 가는 거야, 대학!"이라는 답을 돌려주었다. 1~2학년 때, 논술전형에 대해 언질조차 준 선생님이 없었기에 나는 당황했고 또 황당했다. 선생님들도 입시전형을 잘 몰라서 그때그때 주먹구구로 대처한다는 느낌을 강하게 받았다. 하긴 학생들의 수준이 다 다르고 대학 숫자도 400개가 넘는 상황을 감안하면, 입학전형을 다 아는 것도 이상한 일이었다. 그래도 큰 틀에 있어서 최소한의 대비는 있었으면 하는 아쉬움이 컸다.

수시 2차 논술전형 준비를 위해 주요 대학의 기출 문제를 직접 풀어보니 이건 정말이지 운이나 요행으로 될 수준이 아니었다. 논술은 일종의 명문대 본고사였다. 논술에는 제시문의 주요 뼈대를 빠르고 정확하게 파악하는 독해 능력을 기본으로 갖추고 있어야 했다. 일단 시작부터 절반은 탈락한다. 그리고 문제가 요구하는 대로 논리를 세우고 다듬는 게 가장 중요했다. 오지선다 객관식을 빠르고 정확히 해결하는 데 익숙한 고등학생이 논술적 소양을 갖추려면 하루 이틀로는 될 일이 아니었다. 짜임새 있는 형식을 세우고 그 안에서 용의 눈동자 그리듯 자기 의견을 살포시 얹어 독창성을 구현하는 것은 고수나 가능한 일이었다.

일단 맞춤법이나 주술관계 확인, 문학적 글투 없애기 등의 글쓰기 기본기는 여차저차 속성학습이 가능했다. 그러나 논리적 사고력은 생각의 근육과 같았다. 다시 말해 운동신경 같은 감각의 영역이라 단기간에 커지는 게 아니었다. 두뇌는 스테로이드같이 급성장 도핑약물이 있는 것도 아니므로 논술은 미리 염두에 두고 실력을 체계적으로 쌓아 올리지 않고서는 임기응변이 불가능한 시험이었다. 학교에서도 비싼 돈 들여 외부 강사를 초빙해왔지만, 아무리 대단한 사람이 온다고 한들 두어 번 방문해 40명이나 되는 학생들에게 비법을 전수할 수는 없었다. 혼자 기출 문제를 직접 풀어보고 내린 결론은 '이건 학교 선생님들이 풀어도 그 대학교 못 간다'라는 것이었다. 제시문 내용은 지금 생각해보면 거의 학부 2~3학년은 되어야 명확히 이해할 수 있는 수준이었다. 대학생이 되기 위한 시험에서 대놓고 이미 대학교 2~3학년 수준을 요구했다. 학생이고 교사고 할 것 없이 공교육과정만 충실히 따라서는 논술전형을 소화할 역량을 가질 수 없었다. 심지어 나는 내 답안지를 첨삭해줄 사람도 구하지 못했다.

나도 몇몇 명문대에 논술전형으로 원서를 냈다. 어렴풋한 기억으로 경쟁률이 50대 1 정도였던 것 같다. 왜 그렇게 기억하냐면 고사장이 50개였기 때문이다. 첫 논술고사를 보러 간 학교 정문에서 안내원들을 따라 수험번호가 적힌 게시판을 보는데, 50개 고사장에서 딱 한 명 붙는다는 계산이 서자 지레 숨이 막혔다. 캠퍼스는 인산인해였다. 그래도 내심 글재주는 좀 있다고 생각했는데, 논술고사에서 글 솜씨가 차지하는 비중은 10퍼센트 남짓이라 거의 무방비나 다름없었다. 무난하고 적당하게 써서 가볍게 떨어졌다.

내가 시험을 치는 사이, 나를 따라온 엄마는 캠퍼스 곳곳을 누비다가 학부모들 수다 판에 꼈다. 엄마는 뒤늦게 온 터라 주로 듣는 입장이었는데, 몇몇 학부모들이 자식의 논술을 위해 여태껏 쏟아부은 액수가 가히 엄마 본인의 연봉과 비슷해 충격을 받았다고 했다. 중학교 3학년 때부터 미리 준비해서 예상 문제를 차곡차곡 정리해놨다는데, 그때의 난 온라인 게임에 빠져서 모니터에다 총질이나 해대고 있었다. 같은 시기에 참 대비되는 세상에서 살았구나 싶었다. 미리 대비할 수 있는 집과 닥쳐야만 뒤늦게 알아차리는 집이 있었다.

내가 기억하는 논술 시장은 거의 거품경제의 '끝판왕'이었다. 나처럼 갑작스레 논술 벼락을 맞은 학생이 한둘이 아니었을 것이다. 원래 응급실은 비용이 비싸다. 마찬가지로 응급과외도 비용이 초고액이었다. 실제로 내 주변에도 벼락치기로 논술

공략법을 얻어보겠다고 일주일에 100만 원씩 주고 유형별로 모범답안 몇 개씩을 달달 외워 간 친구도 있었다. 누가 봐도 바가지였지만 부모 입장에선 다급한 마음에 무리를 해서라도 자식에게 뭐라도 해주고 싶으니 묻고 따질 것 없이 알고도 바가지를 당하는 것이었다. 그 강사들이 실제로 논술을 지도할 능력이 되는지, 그동안 관련 경력은 어떻게 쌓은 이들인지 제대로 검증할 시간도 없었다. 변호사처럼 승·패소율이 나오는 것도 아니고 그냥 믿고 큰돈을 내며 우리 애 좀 잘 부탁한다고 말할 수밖에. 세상에 이런 식으로 해도 괜찮은 장사가 또 어디에 있을까?

아무리 장사라 해도 그렇지, 나는 그게 굉장히 비윤리적이라고 생각했다. 정말 논술을 가르치는 사람이었다면 논리적 글쓰기는 단타가 먹히지 않는 분야라는 것을 누구보다 잘 알았을 것이다. 돈을 퍼붓는다 하더라도 반드시 오랜 시간이 걸리는 일이라는 것쯤은 분명 인지했을 것이다. 그러나 안 된다고 잘라 말할 냉정함이라는 것을 찾아볼 수 없었다. 대개는 항상 기적적인 막차 탑승 사례가 구체적으로 준비되어 있었고 늘 가능성에 대해서만 이야기했다. 그 가능성이라는 말이 '논술' 자체가 주는 모호함과 막막함 때문에 더욱 잘 먹혀들었던 것 같다. 내 귀에는 그 말이 대왕 지네 고아 먹고 말기 암 치료에 성공했다는 민간요법같이 들렸다.

물론 대놓고 안 되는 건 안 되는 거니까 일찌감치 포기하고 그 돈으로 가족 외식이나 몇 번 더 하라고 솔직하게 말하기도 어려운 상황이었을 것이다. 더군다나 부르는 대로 다 준다는데 누구라도 비싼 값을 안 부를까. 소비자도 안 된다는 이야기를 들으려 선생을 찾는 게 아니었다. 돈은 다 댈 테니 일단 가능성이 희박한 치료라도 뭐든 해보자고 말하는 것에 가까웠다. 그 결과 실패가 당연하고 실패해도 절대 서비스 공급자를 탓하지 않는, 공급자는 돈만 벌고 책임은 지지 않아도 되는 기형적인 시장이 탄생했다. 그들에게는 기적의 시장이었겠지만 말이다. 극악의 난이도를 자랑했던 논술전형이 낳은 병폐였다고 생각한다.

한편 논술고사를 마치고 집으로 돌아가는 길이 대단했다. 대학로 밖으로 끝없이 쏟아져 나오는 수험생과 그 일가족으로 인근 도로가 마비되었다. 경찰도 잔뜩 나와 호루라기를 바삐 불면서 정신없이 교통 흐름을 통제했다. 경찰 인력으로는 인산인해의 도로에 원활한 교통질서를 세우는 게 역부족이라고 느껴졌다. 수십 대의 자동차가 한참이나 옴짝달싹하지 못했다. 인도와 차도의 구분이 사라진 상태가 답답했다. 거의 대규모 집회 수준이었다. 이 정도의 대규모 인원을 한날한시 한곳에 모으려면 어느 정도 소급력 있는 정치 이슈가 등장해야 할까? 아마 일본이나 북한이 전면에 등장해도 역부족일 것 같았다. 그 어떤 정치 이슈보다 입시가 대단한 의제라는 생각도 들었다. 세월호 참사마저 특례입학이라는 프레임을 씌우자 급격히 여론이 뒤집힐 정도였으니 말이다.

　바글바글 꽉 막힌 로터리를 뚫고 조금 걸어가니 다소 한 적해졌다. 그때 엄마의 입에서 "남들처럼 못 해줘서 미안해, 우 리 아들"이라는 말이 나왔다. 나는 못 들은 척 그냥 걸었다. '그 게 왜 엄마 잘못이야.' 프랑스는 '바칼로레아'라는 논술시험으 로 학생을 뽑는다는데, 그게 부러워 조잡하게 수입해온 결과가 이것이었나. 역시 세상엔 말로 들었을 때는 그럴듯하지만 막상 실행했을 때는 세상을 어질러놓기만 하는 일이 있는 듯하다. 부모자식 간에 서로 미안해해야 할 상황이 전혀 아닌데도 말 이다.

　각 잡고 본격적으로 원서를 쓰는데 눈치싸움이 치열했다. 상향, 안정, 하향 지원을 적절히 섞어야 했다. 현실과 이상, 말 도 안 되는 가능성에 행복해하기도 하고, 그러다 찾아온 현실 에 두려워하기도 하면서 지망하는 학교를 골랐다. 대개는 학교 의 급을 정하고, 그다음엔 가고 싶은 학과를 맞추는 순서였다. 물론 대개는 고민이 짧았다. 어떤 학과에 가야 할지는 주변 사 람들, 부모, 세상의 평판, 즐겨 보는 드라마나 감명 깊었던 영 화, 친척들의 훈수에 휘둘려 즉흥적으로 정해졌다. 일단 상경계 가 취직이 잘 된다니까 '경영', '경제'가 들어갔거나 그에 근접 한 학과를 주로 골랐다. 가고 싶은 학과가 벌써부터 있다는 것 도 일종의 축복이었다.

내가 입시를 치를 때만 해도 수시는 원서 제한이 없어 원하는 만큼 대학에 지원서를 낼 수 있었다. 그 말인즉슨 최대한 많은 대학에 원서를 내는 것이 가장 안전한 전략이었다는 뜻이다. 허수 지원자와 중복 합격자는 부풀린 경쟁률로 이어져 다시 수험생에게 공포로 다가오곤 했다. 원서비 부담도 컸다. 보통 전형별로 7만 원, 8만 원에서 시작해 많으면 10만 원까지 갔으니, 열 군데만 넣어도 100만 원 정도는 그냥 깨졌다. 나는 실제로 50군데까지 원서를 넣는 애를 봤다. 그 친구의 경우 대학에 지원하는 데만 중고차 한 대 값, 한 학기 등록금 값을 썼다. 우리끼리 장난삼아 '그 학교 신축 건물 벽돌 하나는 내 원서 값일 거야'라는 농담을 했고, 대학들이 입시철마다 벌어들인 원서 값으로 건물 하나씩 올린다는 말이 돌았다. 입시전형료는 대학에 꽤 짭짤한 수입을 안겨주었다. 입시전형료 수입이 2019년 기준 약 1,500억가량이라니, 정말이지 떼돈이 아닐 수 없다. 지금보다 수험생 자체도 많은 데다 대학 지원을 여섯 곳으로 제한하기 전에는 그보다 훨씬 많이 벌었을 것이다.

수시 합격자는 합격한 순간부터 학교에 나오지 않았다. 학교도 그것을 묵인했다. 합격자가 괜히 분위기를 흐려 다른 학생들을 싱숭생숭하게 만든다는 이유에서였다. 특히 수능 이전에 합격 발표가 난 이들의 얼굴에는 묘한 승리감이 감돌았다. 그것 참, 미소에 침 뱉는 속 좁은 인간이 될 수도 없고……, 하지만 은근히 거슬렸다. 마치 갓 입대한 신병들에게 먼저 집에 가서 미안하다고 말하는 말년 병장의 얼굴 같았기 때문이다. 대다수는 수능이 끝날 때까지 해방을 기다렸다. 수학능력 시험이 끝났다. 예비 합격자 순번이 어디까지 돌지는 순전히 행운이 결정한다고 믿으며 가슴을 졸였다. 합격자와 불합격자의 희비가 엇갈렸다. 또 누군가는 일찌감치 재수를 선택했다. 완패한 나는 이쪽에 합류했다.

입시의 끝과 고등학교 졸업 사이의 널찍하게 빈 기간에 운전면허를 따는 것이 유행이었다. 하지만 면허 취득에 들이는 돈도 100만 원쯤인지라 면허 취득을 미루고 아르바이트를 하는 친구도 많았다. 주로 편의점이나 고깃집, 광고지 아르바이트가 흔했다. 최저임금조차 못 받는 경우도 많았는데, 그와 상관없이 일단 처음 뭉칫돈을 벌어본 애들은 한껏 신나 있었다. 첫 월급으로 부모님께 선물을 드리는 효도도 유행을 탔다.

졸업식이 열렸다. 양복을 입고 온 애들이 종종 있었다. 정리되지 않은 긴 머리에 아직 뼈대가 덜 굵은 몸과 앳된 얼굴에는 양복이 잘 받지 않았다. 하지만 멋을 잔뜩 부리고 상기된 모습에서 홀가분함이 느껴졌다. 한참 식이 진행되는데 갑작스레 졸업생 대상으로 동창회비를 걷었다. 안내문도 없이 계좌이체도 아니고 현장에서 수금했다. 편법이었다. '에라, 기분이다' 하고 사임당 두 장씩 내는 부모들이 있었다. 그 돈의 용처는 아직도 알지 못한다.

등급제 인간들의 후유증

이게 다 10년 전 이야기다. 군대 이야기와 입시 이야기의 공통점은 세상이 자꾸 변하는데 말하는 당사자만 그 시절에 머물러 있다는 것이다. 동시에 피해자밖에 존재하지 않는다는 점도 같다. 나도 그 10년 전에 아직 갇혀 있다. 그러나 사람이 자꾸만 과거에 붙들리는 이유는 현재에서 연속성을 발견했기 때문이다. 나도 여전히 큰 틀은, 그 큰 틀을 꽉 쥐고 있는 사회적 맥락은 크게 변하지 않았다고 믿고 있다.

그 믿음이란 불안에 대한 개인의 대처 방식이다. 고위험을 피하려는 고비용 자구전략 말이다. 개인에 따라 문제에 대처하는 방식은 여러 가지겠지만 나는 시험 공화국에서 사람들이 선호하는 생존전략이 분명히 있다고 생각한다. 개인의 선택이 특정 방향으로 굴절해 일정한 공통점을 갖고 수렴한다면, 그래서 그것이 집단의 선호로 무게를 갖게 된다면, 그것을 우리는 '구조'라고 부른다.

우리에게 입시전쟁은 모두를 불행에 빠뜨린 일종의 군비경쟁이었다. 아니 어쩌면 이것은 참호전일지도 몰랐다. 단 1킬로미터를 전진하기 위해 수십 일을 구덩이에서 먹고 자며 흘린 피의 양은 얼마였을까? 남들보다 조금이라도 유리한 고지에 서기 위해, 자식의 성공 확률을 단 1퍼센트만이라도 높이기 위해 더 써야 했던 돈과 시간은 1퍼센트가 아니었을 것이다. 제도를 향한 불신, 더 나은 준비를 위한 강박, 전염성 강한 부모의 열성과 불안, 정보탐색의 영역까지 확대된 교육비 지출. 어차피 하나밖에 들어가지 못할 대학에 조금 더 조금 더 안전하게 가기 위해 너무도 많은 사람의 인생과 노력이 낭비됐다. 그렇게까지 해야만 했던 이유가 있었을까.

나에게도 수많은 어른이 열심히 공부해서 좋은 대학에 가야 할 이유를 지겹도록 말해주었다. 대개는 대동소이했다. 단한 번 찾아오는 기회로 인생을 역전할 가능성이 이만큼이나 큰 시험이 없다는 것이었다. 조금 더 평등한 세상을 꿈꾸던 어른들도 비슷하게 조언했다. 그래도 세상이 이런 건 어쩔 수 없으니 그 안에서 살아남고 좋은 일을 하려면 좋은 대학에 가라고 말이다. 확실히 단 한 번에 인생을 역전시킬 수 있다는 말은 정말 매력적으로 들린다. 공부라는 수단을 통한 입신양명은 너무나도 정정당당해 보이며 매력적인 서사다. 기업에서 학벌을 선호하는 이유도 알 것 같다. 우리가 모르는 동네에서 배가 고플때 프랜차이즈 식당이 비교적 안전한 만족을 보증하듯이, 대학의 브랜드가 많은 것을 대신 설명해주어 비교적 위험부담이 적은 선택으로 이어질 수 있기 때문이다.

실제로 좋은 대학은 그 이름값을 한다. 학벌로 얻는 가장 중요한 혜택 중 하나는 호의적 시선과 환대다. 호의적 시선의 힘은 정말이지 대단하다. 상대방의 호감을 쉽게 살 수 있고, 다들 알아서 인내심의 초기 용량을 크게 설정해준다. 무슨 실수를 하더라도 "쟤가 원래 저럴 애가 아닌데, 오늘 안 좋은 일 있나 보다" 하고 알아서 이유를 만들어 용서해주었다. 그 용서의 유예 기간 동안 뒤늦게 노력해서 그들의 기준을 충족하면 됐다. 좋은 평판은 후불제 능력입증이나 능력의 신용대출을 가능케 했다. 그러나 한번 찍히면 정확히 그 반대였다. 학벌이 없으면 쉽게 찍혔다. 사소한 실수도 잘 용납되지 않았다. 학벌은 능력주의를 거꾸로 작동하게끔 해준다. 좀처럼 사람대접을 잘 받기 어려운 한국 사회에서 이만한 보호막이 또 있을까.

게다가 삶에 특정할 수 없는 사소한 수월함까지 종종 생긴다. 좋은 대학엔 다 동네에서 난다 긴다 하는 애들이 널려 있다. 친구를 사귀는 것만으로도 자극이 되어 내 성장에 도움이 될뿐더러, 이들과 학맥으로 이어지는 모종의 네트워크가 삶의 크고 작은 영역에서 도움을 준다. 무슨 법적인 다툼이나 의문이 생기면 변호사 친구에게, 세무사 친구에게 전화 한 통으로 그냥 물어볼 수 있다. 서로 도움을 품앗이하면서 믿을 만한 사람과 양질의 서비스를 교환할 수 있다. 믿을 만한 사람을 주변에서 쉽게 찾고 서비스를 주고받을 수 있다는 것은 정말이지 보통 사람은 갖지 못할 대단한 혜택이다. 그러니까 어떻게든 좋은 대학에 가라고 말하는 것이다. 하지만 문제는 그게 아니다. 이름난 대학에 가면 좋다는 사실은 누구나 다 안다. 다들 가고 싶어 하는 것도 잘 안다. 그럼에도 내가 문제 삼고 싶은 것은 삶의 모든 영역이 시험에 잠식당하고 있는 상황의 심각성이다.

나는 아직도 이해가 가지 않는다. 인생의 매 순간이 경쟁이라는 말도 받아들일 수 있고, 개개인이 삶의 많은 행복과 욕구를 유예하면서 때맞춰 노력해 얻어낸 그 성과의 가치를 폄훼하고 싶지도 않다. 상당한 영역에서 시험이 효율적인 평가 수단이 될 수 있다는 전제도 받아들일 수 있다. 그럼에도 모든 영역이 마치 입시처럼 변해간다는 인상을 강하게 받을 때가 많다. 특히 청소 노동자에게 필기시험을 치게 만들었다는 모 명문대의 사례는 더욱 나를 갑갑하게 만들었다. 시험 외의 다른 수단은 사람의 자질을 평가하는 잣대로서 모조리 부적합하고 불공정하다고 보는 그 시선이 너무나도 불편하다. 이를테면 이제는 정답이 없는 것이 본질인 인문학에서조차 속성시험 코스를 만들어 자격증을 발급하기도 한다. 이러다간 인터넷 방송 BJ나 국가대표 축구선수도 필기시험으로 뽑자는 주장이 나올지도 모르겠다.

나는 노력을 긍정하는 사람이다. 특히 그것이 생존본능과 더 나은 삶을 꿈꾸는 상승욕구라면 더더욱 긍정한다. 그러나 노력의 종류가 시험 한 가지만 있다고 믿지 않는다. 나는 능력주의가 시험주의로 축소되는 것에 반대한다. 나는 바닥에서부터 굴러서 경력을 인정받으며 차근차근 천장을 뚫고 올라온 재야고수의 삶을 어려운 시험에 통과해서 명문대의 인정을 받은 엘리트만큼이나 존경한다. 10대의 노력이 20대의 노력보다, 나아가서 60대가 하는 노력보다 값지게 평가받고 높은 보상이 주어져야 한다고 생각하지도 않는다. 무엇보다 인생의 여백을 시험을 제외한 다른 경험이나 경쟁이 채워두게 할 빈 곳으로 내버려두지 않고서, 그렇게도 많은 것을 함부로 시험 한 방이 결정해도 되는지에 대해 큰 의문이 있다. 나는 인생의 매 순간이 단판에 결정지어질 수 없다고 믿는 사람이다. 실제로 살아보면 인생이란 토너먼트보다는 차곡차곡 길게 내다보며 승점을 쌓아나가는 리그제에 가깝지 않은가. 현재 우리의 입시는 지나치게 많은 보상을 단판에 몰아넣는다.

나는 사람을 등급으로 보게 되는 그 시선도 싫었다. 나도 한때는 그런 눈으로 세상을 바라본 적이 있다. 등급제 인간의 시선은 언어습관에서 가장 잘 드러난다. 민주주의 국가에서 '국민 평균은 5등급'이라는 소리를 아무렇지 않게 내뱉고, 정치적 토론을 할 때도 의견이 다른 상대의 언어영역 등급을 묻는다. 입시 먹이사슬의 최고봉인 의사에게 전혀 다른 영역인 정치에 관해 묻는데도 아무런 문제의식이 없다. "이런 일 할 거면 그 돈 들여서 대학 안 갔지"라는 말이 가장 듣기 싫다. 시험이 자꾸만 이념처럼 신봉되며 불필요한 분야까지 영역을 넓혀나가는 현실이 굉장히 우려스럽다.

지나친 시험 만능주의가 감추는 것은 이뿐만이 아니다. 시험은 집안의 배경, 즉 계급이 크게 작용한다. 세상은 이미 시험을 칠 수 있는 집안과 칠 수 없는 집안으로 나뉘었다. 시험에 합격해 경제적 독립에 이르기까지 유예 기간을 줄 수 있는 부모와 없는 부모로 나뉜다. 그 어려운 시험을 통과한 사람도 생계형과 계급세습형이 있다. 시험에 통과하기 위해 쏟아부은 노력은 당연히 존중받고 인정받아야겠지만, 그게 사회를 바라보는 시야를 자꾸만 축소하는 것만 같다는 걱정이 든다.

하지만 무엇보다 우려되는 것은 지나친 입시경쟁이 사람의 마음을 병들게 만든다는 점이다. 세상에 쉬운 인생이란 없다는 것을 망각하게 만든다. 등급으로 찍히지 않은 인생을 너무나 손쉽게 폄하한다. 그러니 시험 만능론자는 바퀴벌레와 생쥐를 쫓아내며 그 자리를 한결같이 깨끗하게 유지해온 청소 노동자의 애환과 오랜 시간 제 역할을 훌륭히 소화했던 경력은 전혀 인정할 수 없는 것이다. 그들의 눈에는 화장실에서 밥 먹어가며 곰팡내와 담배 냄새가 섞여 나는 비상계단에서 쪼그려 쉬는 노동환경은 더더욱 보이지 않는다. 애초에 시험으로 환원할 수 없는, 시험 축에도 들 수 없는 허드렛일이니까. '힘들고 어려운 거 아는데 그럴 거면 제때 시험 쳐서 들어왔어야지'가 그들에게는 마땅한 공정이니까. 그래서 그냥 맨입으로 정규직 시켜줄 수 없다는 이유로 청소와 관련 없는 필기시험을 들먹이며 모욕을 주는 발상이 손쉽게 나오는 것이다.

이것이야말로 입시전쟁이 우리에게 남긴 마음의 상흔이라고 생각한다. 승자는 선민의식에, 패자는 피해의식에 끊임없이 사로잡혀 헤어나오지 못한다. 과거 제도는 분명 갑오개혁 때 없어졌는데, 과거제에 잠식된 사고방식은 여전히 살아서 우리를 괴롭힌다. 생애주기상 중요한 국면마다 시험이 불쑥 등장해 능력을 평가하는 것은 어쩔 수 없다손 치더라도, 모든 생애를 시험에 쏟아붓다가 입은 외상에 평생을 시달리며 사는 삶이 과연 온전할까. 한국에서 '필요한' 시험만 존재해야 한다는 상식적인 말은 항상 위태롭다. 시험에 길든 자들은 자신을 평가할 다른 수단을 상상하지 못한다. 시험점수 바깥에 있는 노력과 성취를 이해하기도 어렵다. 세간에 '시험은 행복의 반의어'라는 말이 떠돌지만, 불행히도 시험을 자꾸 학교 바깥으로 발산하고자 하는 압력이 느껴진다. 그 응축된 힘으로부터 멀리멀리 도망치고 싶은 기분이 든다. 이제 수험생은 그만하고 싶다.

자기만의 공간을
갖는다는 것

삶에서 내 장악력이 먹혀들어가는 공간을 갖는다는 것은
한 사람의 자존감에 어마어마한 영향을 끼친다.
인간은 자신의 터전에 애착을 갖는 영역 동물의 기질이 있어서
자기 차와 자기 집을 갖고 그 안에서 아무런 간섭 없이
뭐든 해보고 누리고 싶은 욕망이 있다.
자기가 통제할 수 있는 공간을 확보하면 그 권력을 활용해
은밀한 행복들을 쌓아갈 수 있으니까.

내가 살았던 공간에 관하여

경기도 부천의 332-16호는 내가 내 존재를 스스로 인식하기 시작할 무렵에 머물던 공간이다. 일곱 살부터 열한 살까지 살았던 것 같다. 이런 기억도 예전에는 또렷했는데, 지금은 희미하다. 입에 달라붙을 만한 제대로 된 건물의 이름이 딱히 없어서 '삼삼이 다시 십육 호'라는 번지수로 불렀던 것 같다. 낡고 군데군데 실금이 가 있는 공동주택이었다. 작게라도 바닥이 시멘트인 마당이 있었다. 열쇠 잠금장치가 달린 화장실이 밖에 있어 밤에는 이용이 조금 불편했다. 그래서 간단한 소변은 요강을 이용했다. 하지만 수도꼭지에 고무호스를 달아 개 오줌을 치우거나 마당 물청소를 할 때는 밖에 있는 화장실이 다용도로 요긴했다.

언덕 위 고지대에 자리한 곳이었는데 우리 집은 1층 구석에 있었다. 그래서 특이하게도 마당 측면에는 높다란 철제 난간이 있었고, 그 난간 아래로는 또 다른 5층짜리 연립주택의 1층이 마당을 끼고 있었다. 난간 양쪽에 지지대를 세워 빨래를 널어두었다. 간혹 그 아래로 축구공이 떨어지거나 옷가지가 바람에 날아가면, 10미터쯤 직선으로 질주해 공용 대문을 지나 후다닥 골목 두 개를 더 돌아 내려가, 그쪽 대문을 통과하고 다시 골목을 돌아 "이게 무슨 일이야?" 하고 뒤늦게 나와 평상에 앉은 아주머니께 "죄송합니다! 옷가지가 떨어져서요!"라고 말하고는 황급히 주워서 갔다. 돌아오는 길에 땀이 쉴 새 없이 쏟아졌고, 어린 나이라 몸에서 시큼한 냄새가 났다. 나중에 이런 일이 빈번해지자 아예 엄마가 잠자리채에 꼬챙이를 꿰어 건져내는 손쉬운 방법을 고안해냈다.

언젠가 그 난간 밑에 있는 집에서 불이 난 것을 발견해 동네 슈퍼마켓 아주머니에게 알린 적이 있다. 아주머니는 장난치지 말라고 나를 꾸짖었다. 억울하고 다급한 마음에 내가 울먹거리면서 진짜라고 말하자 아주머니가 직접 확인하러 왔다. 하지만 불길이 이미 크게 치솟은 뒤였다. 후다닥 뛰어간 아주머니가 전화로 소방대를 불렀다. 119가 오기 전까지 뭐든 해야겠다는 심정이었다. 평소 물값을 아낀다고 빨간 고무 '다라이'에 받아놓았던 마당 청소용 세탁기 폐수를 들이붓고, 양동이에 받아둔 빗물을 붓고, 바가지에 미리 받아둔 수돗물도 혼신을 다해 끼얹었지만 역부족이었다. 집은 홀라당 다 타버렸다. 구조대 아저씨가 누전 합선으로 근처 쓰레기에 발화되어 불이 커진 것이라고 했다. 화마가 우리 집 난간에 널어둔 빨래까지 삼켜버려 보상을 받았다.

화장실과 난간 사이 공간을 뒤쪽 경계로, 안방 외벽 앞까지 시멘트 마당이 이어졌다. 마당 뒤편에는 개를 묶어 키웠다. 도둑이 많아서였다. 현관이 없어서 신발장이 밖에 있었다. 남성용 정장 구두나 엄마의 브래지어가 자주 도난당했다. 키우던 개 중에는 잘 짖는 개도 있었고 그렇지 못한 개도 있었다. 주인 없는 개들이 가끔 마당 뒤편으로 숨어들어와 개밥을 훔쳐 먹거나 우리 집 개와 밤일을 하고 갔다.

유년 시절 단 한 번도 외식한 적 없는 우리 가족은 마당에 은박 돗자리를 깔고 부탄가스 버너에 솥뚜껑을 얹어 종종 삼겹살을 구워 먹었다. 동네방네 삼겹살 냄새가 진동을 했는데, 그때는 다들 그러려니 하고 살았다. 후각이 예민한 개들이 환장하고 낑낑거리면 작은 고기조각을 하나씩 던져주었다. 여름에는 입으로 바람을 불어 만든 간이 풀장에 물을 받아 놀았다. 동네 친구들이 우리 집에 놀러 와 종종 물장구를 치거나 딱지를 쳤다. 논두렁이 가까이 있어 그쪽으로 자주 산책이나 곤충 채집을 하러 갔다.

두 번째도 연립주택이었다. 초등학교 4학년 중반부터 중학교 3학년 때까지 살았다. 동생이 학교 병설 유치원에 들어간 김에 학교 근처로 이사를 했다. 학교 뒷문이 엎어지면 코 닿을 거리에 있어서 편했다. 축구를 좋아했던 나는 집에 가방을 놓고 노을이 깔릴 무렵까지 실컷 공을 찼다. 해 질 녘이면 엄마는 저녁밥 먹으라고 나를 데리러 왔다. 빨간색 리바이스 반팔 티

셔츠를 입고 머리를 가지런히 묶은 30대 젊은 엄마의 모습이 아직도 눈에 선하다. 융자를 받아 처음 갖게 된 우리 집이었다. 마당이라고 하기는 뭐하지만, 버리는 의자에 할머니들이 앉아 계시며 부채질을 하는 공용공간이 있었다. 할머니들께서 직접 만든 비누를 챙겨주거나, 갓 만든 전과 튀김 같은 음식을 나눠 주셨다. 우리 집은 계단 위 2층에 있어 항상 '할머니 존Zone'을 통과해야 했기에, 자연히 인사성 바른 아이로 클 수 있었다.

이때 나와 동생은 바닥생활을 청산하고 2층 침대를 처음 갖게 되었다. 2층 침대는 당시 엄마의 오래된 로망 중 하나였다. 드라마에서 2층 침대에 어린 자식을 누이고 잘 자라고 하루를 마무리하는 일상이 항상 부러웠다고 했다. 돈을 아끼고 아껴서 작은 방에 2층 침대를 들여놓았을 때 그 뿌듯해하던 표정을 아직도 잊지 못한다. 우리 집은 모기가 특히 많았다. 거기다가 한여름에는 현관문을 거의 열어놓고 살다시피 했기 때문에, 모기는 뷔페식 풀코스로 우리를 물어뜯었다. 처음에 동생은 자신이 2층을 쓰고 싶다고 졸랐다. 나는 순순히 내어주었다. 그러나 2층에 눕자마자 모기떼의 습격을 받은 동생은 1층으로 내려왔고 그 아늑함에 취해 다시는 그 자리를 내어주지 않았다.

중학교에 들어가자 성적에 대한 압박을 받았다. 1학년 성적이 좋지 못해서 아버지에게 많이 맞았다. 영어와 수학을 못했다. 독학으로는 수업을 따라잡기가 어려웠다. 맞는 게 두려워서 성적을 거짓으로 고했다가 성적표가 나오는 날에는 정말이지 이불 먼지 털 듯이 두들겨 맞았다. 맞는 순간도 괴로웠지만, 언젠가 들통날 거짓말을 해서 성적표가 나오기까지 연명시켜 두었던 일주일이 너무나도 괴로웠다. 그 후과로 아버지는 딴짓 감시에 용이하게끔 거실에 책상 두 개를 나란히 붙여놓았다. 큰 책상은 내가, 작은 건 동생이 쓰게 됐다. 한참 놀아야 할 어린 나이에 동생은 연대책임과 조기교육의 명목으로 내 옆에서 공부하게 됐다. 그게 두고두고 미안했다. 하지만 새벽을 틈타 나는 몰래 게임을 했다. '대항해시대', '삼국지', '풋볼 매니저'와 같은 명작 게임을 지하실에서 불온도서 읽듯 은밀히 즐기는 쾌감을 누릴 수 있었다.

고등학생 때는 1년에 한 번쯤 이사했다. 전에 살던 주택 가격이 대폭 올라 옆 동네 작은 아파트로 이사할 수 있었다. M 아파트에는 욕조가 있었다. 그렇게 황송한 목욕은 처음이었다. 하지만 이 집에서는 1년을 채 살지 못했던 것으로 기억한다. 우리 집에 어쩌다 찾아온 횡재는 불행의 씨앗이 되었기 때문이다. 성실하게 노동해서 저축하기보다는 오를 집을 찾아 옮겨 다니는 데 눈이 멀었고, 갚지 못한 주택대출 이자에 가세가 기울기 시작했다. 아버지가 자꾸만 손을 대는 주식은 원금의 채 절반도 건지지 못했다. 엄마는 잔업에 특근에 부업까지 하며 그 간극을 메우려 했으나 역부족이었다. 차츰 가정불화가 심해지기 시작했다. 일확천금을 노린다는 게 얼마나 무서운 일인지

나는 이때 알게 되었다. 그것은 한 인격을 잠식해서 결국엔 한 가정을 파탄으로 몰아갈 수밖에 없었다.

이때부터 본격적으로 공부에 매진했다. 쉬는 시간 10분, 오가는 시간 20분씩 아껴가며 영어 단어를 외우고 틀린 수학 문제를 오려가며 외웠다. 뱃속에 나를 가질 때도 도배 일을 하러 나갔다는 엄마가 불쌍해서 공부를 열심히 하게 되었다. 그게 경제 능력이 없는 내가 유일하게 엄마를 돕는 일이라고 생각했다. 엄마는 세상에 나를 내놓고도, 이제는 엄마보다 내가 커졌는데도 여전히 같은 삶을 살고 있었다. 공부도 자꾸 하다 보니 어느새 공부 머리가 트이고 엉덩이 근육이 단단해져 의자에 오래 앉아 있을 수 있게 되었다. 공부할 때는 아무도 나를 건드리지 않았다. 집안의 소란과 소음에서 나를 잊게 해주는 것이 공부였다. 성적이 많이 좋아졌다.

이 집에는 별로 좋은 기억이 없다. 이곳에서 나는 과하게 많이 맞았다. 이유는 분명하지 않다. 표정이 건방지다거나, 말로 자신을 무시했다거나, 담배 냄새가 싫다고 했다거나, 컴퓨터가 느려졌다는 것 따위의 이유가 붙었다. 뺨, 주먹, 허리띠, 몽둥이, 십자드라이버 등으로 다양하게 맞았다. 피를 많이 흘리며 쓰러질 때도 있었지만 대체로 나는 엄마를 닮아 뼈대가 굵고 맷집이 좋아 잘 버텼다.

아픈 것보다 얼굴이나 몸에 자국이 나서 창피한 게 더 싫었다. 학교에 갈 때마다 누가 알아볼까 조마조마했다. 목깃 부

분과 교복 와이셔츠 등판에 핏자국이 배어 있을 때마다 나는
욱하는 마음에 주먹을 불끈 쥐었다. 하지만 이내 엄마 얼굴이
떠올라 화를 삭였다. 아직도 나는 그게 분풀이였다고 생각한
다. 이 집에서는 새벽 5시 어간에 일어나 조깅과 무산소 운동을
하고 일찌감치 등교했다. 아침잠이 정말 많은데도 집에 오래
있고 싶지 않아서였다. 근육이 단단해질수록 주먹과 매질이 아
프지 않았다. 오히려 상대방의 힘이 쇠하는 게 느껴질 때마다
이따금 연민을 느꼈다. 사춘기였던 것 같다.

인근에 지하철역이 들어선다는 소식을 듣고 사거리 뒤편
의 빌라로 이사 갔다. G 빌라는 신축이라 실내장식이 고급스
럽고 깔끔했다. 굳이 이 집의 단점을 꼽자면 좀 더웠다는 점이
다. 거실 창을 열면 30센티미터 정도 공간을 남겨두고 옆 건물
이 바로 서 있어서 열이 잘 갇혔다. 여름에 덥고 겨울에 따뜻한
집이었다. 여름이면 우리 형제는 항상 팬티 차림이었고, 수건
을 물에 적셔 냉동실에 여러 개 얼려두었다가 몸에 감아 열기
를 식혀가며 살았다. 밤에 잘 달아오르는 동네였다. 주변에 모
텔촌과 경마장, 주점이 있어서 시끄러웠다. 야간 자율학습 시간
이 끝나서 샤워를 마치고 마무리 공부를 할 무렵이면 바깥에서
무슨 일이 꼭 터졌다. 경마에서 돈을 잃은 아저씨들이 술에 취
해 고함을 지르고 주먹다툼을 벌이는 모습을 때로는 흥미롭게,
때로는 신경질적으로 지켜보았다.

딱 10년만 버티면 이런 궁상맞은 삶을 청산할 수 있다고, 무리에 무리를 거듭해서 대출을 끌어모았다. 정부가 '빚내서 집 사라'고 공언하던 시기였다. 비관적 미래와 불안에 체념해 무엇이든 반대하던 엄마가 결국엔 무너져 자신의 주장을 접었다. 이 집으로의 이사는 그녀가 허용할 수 있는 마지막 모험이었던 듯하다. 아니 사실 집값이 오를 거라는 기대는 하지 않았다. 다만 버틸 수 있느냐가 관건이었는데, 엄마의 마지막 희망은 이제 아들의 입시로 옮겨갔다. 이미 충분히 한계에 이른 노동량이었다. 엄마는 집값을 위해서는 일할 수 없지만, 자식을 위해서라면야 더 고삐를 죄고 무리할 수 있는 사람이었다. 나는 이 집에서 수험생활을 했다. 그러나 나는 기대에 부응하지 못했다. 그녀의 모든 응전이 차례차례 패배로 막을 내렸다.

우리 집은 '하우스푸어'가 되어 허덕였다. 정말 대출의 늪에 가라앉기 직전에 이르자, 주택을 담보로 주식투자에 '몰빵'해서 대역전을 일으키겠다는 아버지의 선언이 있었고, 엄마의 신조와도 같았던 가정을 지키겠다는 마지막 미련의 끈이 끊어졌다. 그 후 벌어진 한 달은 정말이지 지옥 같은 시간이었다. 재수를 하던 나는 공부에 집중할 수 없었다.

결국 사태는 가정폭력으로 이어졌고 경찰이 말리러 왔다. '찜질방 격리 1일 조치'를 유도한 여자 경관이 신고자인 내 신상을 물었다. 하필이면 그날은 내가 스무 살이 되는 생일이었다. 그걸 알게 된 경관이 눈을 질끈 감았다. 이것보다 지저분한 일이 몇 번 더 있고 난 후로 우리 가정은 한 차례 소송을 더 거치고 나서 해체되었다. 10년이 지난 지금, 나는 완공이 머지않은 듯 보이는 지하철 공사 현장 근처 카페에서 이 글을 쓰는데 감회가 새롭다. 그때 조금만 더 버텨서 큰 돈을 벌었더라면 상황이 좀 나아졌을까? 아니 언제든 깨졌을 인연이라고 생각한다. 세상에는 돈으로 붙일 수 없는 게 있다.

H 빌라는 3인 체제로 재편된 우리 가족이 머물렀던 전셋집이었다. 내가 막 대학교에 들어가기 직전이었다. 턱없이 적은 보증금으로 살 만한 집을 거의 한 달 동안 물색하던 엄마가 찾은 마지막 장소였다. 학교 다닐 때 불량 청소년들이 자주 돈을 빼앗던 굴다리 뒷골목 반지하 위층, 그러니까 1.5층에 있었다. 이사 가기 직전 주말에 엄마는 온종일 낡은 집 구석구석을 닦았다. 깔끔한 걸 가장 중요시하던 사람이었다. 잔업에 몸이 쇠할 만도 한데 엄마는 더욱 기세를 올려 비지땀을 흘렸다. 묵은 때가 가득한 창틀을 빡빡 문대는 걸레질에서 억척스러움과 절박함이 느껴졌다. 엄마가 가져오라는 물건을 건네주고는 철이 없었던 나와 동생은 그 모습을 그저 지켜보기만 했다.

그러니까 H 빌라는 내 수저가 철저히 흙으로 빚어졌다는 것을 매번 자각하게 되는 공간이었다. 좁은 데다 습기 배출에도 문제가 있어 벽면에 곰팡이가 자주 슬었다. '삼삼이 다시 십육 호' 때는 멋모르는 유년기여서 집이 후져도 애착이 있었다.

그러나 우리는 너무 커버렸다. 엄마는 이런 집에서 살게 되어 미안하다고 짜장면이라도 먹고 오라며 돈을 쥐여줬다. 그 돈을 받지 말고 엄마를 도와주었어야 했는데, 그 순간을 피하고 싶은 마음이 급급해 그러지 못했다.

이게 두고두고 후회된다. 나는 왜 그때 엄마를 외면했을까. 그때 찍은 가족사진을 보면 정말 가난한 티가 난다. 꾀죄죄하고 푸석푸석하고 생기를 잃은 가난의 얼굴. 입을 하나라도 덜어야겠다는 생각에 잠시 공부를 접고 마트에 나가 바짝 돈을 벌었다. 4대 보험을 넣어준 덕에 지역 가입자에서 직장 가입자가 되었다. 내 밑으로 몇 달 동안 온 가족이 혜택을 보았다. 제도의 짤막한 보호로 돈이 조금 굳었는데, 그걸로도 큰 위안이 되던 시기였다.

이 후줄근한 집에 살 적에 친척과 교류가 제일 빈번했다. 이모 부부가 이제 막 걸음마를 하기 시작한 쌍둥이 사촌 동생들을 데리고 이 집에 자주 놀러 왔다. 나와 동생이 아기와 잘 놀아주니 휴식 겸 온 듯했다. 많으면 한 달에 서너 번도 왔다. 지금은 그 귀여운 애들이 벌써 초등학교 고학년이 됐는데, 형아가 그때 놀아준 거 기억나냐니까 하나도 안 난다고 해서 살짝 서운했다. 쌍둥이 육아에 지칠 대로 지친 이모 부부는 그 좁은 집에서 정말 깊은 잠에 드는 듯했다. 육아라는 건 정말 고된 일임을 생생하게 느꼈다. 이모네가 오면 항상 맛있는 음식을 먹고 짭짤하게 용돈도 잘 챙겨줘서 기분이 좋았다.

사실 나는 이 집과 큰 연관이 없었다. 대학 시절 방학에만 잠깐씩 머물렀던 공간이었기 때문이다. 대학에 다니기 위해 부산으로 떠났던지라 이때부터 나는 사실상 객식구에 가까웠다. 1년에 방학과 명절을 합쳐 네 번 정도 얼굴을 보여주는 아들이었으니까. 이 집에서의 마무리는 황당하게 끝났다. 대학교 4학년 때 졸업 학기를 마치고 겨울방학에 집을 찾았다. 바리바리 싼 짐으로 가득한 배낭을 메고 한 손에는 캐리어를 든 채 현관 비밀번호를 눌렀는데, 문이 열리지 않았다. 서너 번 정도 틀리자 요란한 경보음이 울렸다. 똑똑똑. 나는 문을 두드렸다. 문 안에서 모르는 여성의 목소리가 들렸다. 싸한 느낌이 들었다.

"(……) 누구세요?"
"엄마, 나야!"

철컥, 체인 걸쇠가 허락하는 범위만큼 문이 좁게 열렸다. 나를 이상한 눈으로 쳐다보는 미상의 여인이 고개를 빼꼼히 내밀었다.

"잘못 찾아오신 것 같은데요?"
"어……! 뭐지? 여기 사시는 분 맞으세요?"
"네, 이제 이사 온 지 한 달 정도 됐네요."
"아……, 이사……, 네, 늦은 시간에 정말 죄송합니다."

엄마가 나에게 말도 없이 옆 동네로 이사를 갔던 것이다. 동생에게 전화를 걸어 화를 내다가 황당해서 그만 웃고 말았다. 동생이 새 주소를 불러주었다. 버스를 타고 그 근처로 갔다가 한참을 헤맸다. 깜깜할뿐더러 골목이 복잡하고 다 비슷하게 생겨서 어디가 어딘지 분간을 하지 못했다. 무거운 짐을 들고 동네를 뺑뺑 도니까 짜증이 밀려와 눈에 보이는 편의점 앞에서 동생을 호출했다. 현관에 들어서자마자 엄마에게 아니 아무리 내가 떨어져 살아도 그렇지, 어떻게 자식한테 이사 간 거 말해주는 걸 까먹을 수가 있느냐고 따졌더니, 엄마는 준비 없이 급작스럽게 진행한 이사여서 경황도 정신도 없었다고 말하며 웃었다. "내 정신 좀 봐! 어떻게 그걸 까먹지"라고 당황한 마음과 미안한 기색을 내비치는 것도 잠시, "그러니까 누가 밖에 나가 살래?"라고 되레 화를 내는 것이 아닌가. 짐을 놓으려고 내 방에 가보니 이미 창고로 쓰이고 있었다. 정말 내 엄마답다.

S 주택. 이 집은 내가 살아본 집 중에 가장 좋은 곳이다. 물론 남들 눈높이에는 한참 모자란 기준일지도 모른다. 면적 13평에 방 셋, 화장실 두 개에 베란다가 있는 집이다. 엄마는 외벌이로 두 아들을 키워내느라 나라의 복지제도에 항상 재빨리 반응했다. 그 열정을 평소 좋게 보던 한 사회복지사의 소개로 '매입임대주택'에 지원했다. 자격 요건만 갖춘다면, 정말 저렴한 비용으로 장기간 주거 안정을 누릴 수 있게 해주는 제도였다. 우

리는 '한부모 가정'에 해당해서 요건이 충족됐다. 이 집에서 살면서부터 우리 집에 어느 정도 불안이 가시고 조금씩 여유가 생겼다. 다만 한 가지 흠이 있다면 여름에 덥고 겨울에 추웠다는 점이다. 겨울엔 베란다에 비닐을 치고 창문에 뽁뽁이를 붙이고, 벽면에 단열 스티로폼을 덧대서 어느 정도 해결했는데, 여름 더위는 도무지 어떻게 할 수가 없었다.

하필이면 2018년에는 38도를 웃돌던 기록적인 폭염이 찾아왔다. 오랜만에 함께 세 식구가 다 모이는 날이었다. 동생은 군 휴가를 나왔고, 나는 대학원 방학을 맞았던 참이었다. 엄마는 가족이 한데 앉아 밥을 먹게 될 그 순간을 굉장히 기대했다. 그러나 일을 마치고 돌아온 엄마의 눈에는 쉬러 온 두 자식이 폭염에 기를 펴지 못하고 헉헉거리며 바닥에 찐득하니 달라붙어 있는 장면이 제일 먼저 들어왔다. 그 모습이 계속 마음에 걸렸던 엄마는 결단을 내렸다. 마침내 2019년에는 엄마 인생에서 늘 '부의 상징'이었던 에어컨을 집에 들였다. 물론 12개월 할부로 말이다. 에어컨은 우리 집의 회복을 상징하는 가전이었다. 마치 2층 침대가 엄마에게 평화로운 일상의 상징이었듯 말이다.

이때 찍은 사진을 보면 우리 가족의 얼굴에 생기가 돌고 웃는 표정이 살아 있다. 살면서 처음 누리는 안정이 가져다준 변화였다. 이 안정이 가져다주는 가장 좋은 점은 미래를 어느 정도 계획할 수 있게 한다는 것이었다. 미래가 닥치고 난 그제야 응변하거나 대응하는 수동적인 인간에서, 비로소 계획하고

개척할 적극적 인간이 될 수 있는 준비의 시간이 되었다. 나는 언젠가 이 집에서 더 살 자격이 없는 사람이 되어 멋지게 떠나는 날을 기대하고 있다.

애착원룸

이제는 내 독립의 역사를 소개할 차례다. 스물둘부터 나는 타지살이를 했다. 자취를 마음먹게 된 계기는 뭣 모르고 시작한 기숙사 생활에서 출발한다. 기숙사는 대학생활의 로망이기도 했다. 내가 입소한 J관은 시설은 낙후됐지만 그럭저럭 지낼 만했다. 중앙 냉난방 시설에 샤워실, 화장실, 세탁실이 모두 공용이었다. 냉방은 변변치 않았는데, 난방은 지나치게 화끈해서 젖은 수건을 세 개쯤 널어두지 않으면 온 피부가 다 일어나 쩍쩍 갈라지며 타 죽을 수준이었다. 지금 생각하면 군대 생활관이랑 좀 닮은 것 같다. 느려터진 기숙사 인터넷으로 스타크래프트를 하면 렉이 걸렸다. 공용 와이파이는 연결 안정성이 좋지 못해 거의 없는 셈 쳐야 했다. 가장 마음에 드는 것은 공용 샤워장이었다. 직접 청소하지 않아도 되니 귀찮은 거 딱 싫어하는 나에게 안성맞춤이었다. 수압이 무척 세서 물줄기로 마사지 받는 느낌이었다. 씻고 나면 혈액이 잘 돌고 숙취가 씻겨 내려가는 기분이었다.

자율이 있더라도 단체생활은 굉장히 불편했다. "쾅!" 하고 문을 거세게 닫는 사람들 때문에 민원이 많이 발생했다. 복도는 훌륭한 울림통이었다. 지네가 꼬인다는 이유로 치킨은 반입 금지였는데, 그걸 제대로 지키는 원생은 거의 없었던 것 같다. 진짜 닭을 먹으면 건물 곳곳에 지네가 들끓었다. 담배는 지정 구역을 제외하고는 화재 위험으로 금지되었다. 하지만 어디에나 '비매너 흡연자'가 있었고 기숙사 안에서 담배를 피우면 냄새가 위아래, 양옆으로 즉시 퍼졌다. 한국 사람들은 신고정신이 투철하기로 유명한데, 그런 경우는 호수를 알아두었다가 너나 할 것 없이 대학원생 사감에게 찔러서 퇴사시켰다. 최악은 누군가 새벽에 화장실 변기 칸에서 몰래 담배를 피우다가 꽁초를 휴지통에 던져서 작은 불이 났을 때였다. 아찔했다.

새벽 2시 통금이 가장 불편했다. 산 중턱에다 지어둔 캠퍼스 꼭대기에 기숙사가 있었다. 부산엔 눈이 잘 내리지 않는 게 아니라 눈이 하강하다가 지표면 근처에서 녹아 비로 변하는 것임을 기숙사 생활을 통해 알게 되었다. 자정 너머까지 술을 마시다 보면 1시쯤부터 조마조마한 마음이 든다. 1시 30분쯤엔 신발 끈을 고쳐 맨다. 계산하고 나오면 1시 45분. 정문에서 기숙사까지는 도보로 30분 정도 걸린다. 15분 만에 도착해야 한다. 뛰는 수밖에 없다. 문이 잠기기 5분 전 무렵이면 온 캠퍼스에서 마라톤이 펼쳐진다. 거꾸로 강물을 거슬러 오르는 힘찬 연어 떼들은 가파르기로 유명한 마지막 난코스, 기숙사 입구

계단에서 고비를 맞는다. 숨을 헐떡이며 뛰다가 결국 구역질이 올라오는 참상이 여기저기서 벌어진다. 나도 학과 선배랑 헐레벌떡 뛰어 올라가서 자동문이 닫히기 직전에 슬리퍼를 아슬아슬하게 문틈에 꽂아 넣은 적이 있다. 그 덕에 내가 살던 J관 B동 사람들을 모조리 구원해낸 일이 가장 기억에 남는다.

생각보다 기숙사는 절대 저렴하지 않았다. 몇 달을 힘겹게 벌어 클릭 몇 번에 150만 원을 증발시키는 기분은 별로 유쾌하지 않았다. 하루 세끼가 의무적으로 포함되어 있어서 기숙사비가 비싼 데 비해 식사 품질이 그리 좋지는 못했다. 솔직히 기숙사에서 사는 한, 정말 인간관계 다 단절하고 살면 생활비로 단 한 푼 들이지 않고도 충분히 생존할 수 있다. 세끼 다 기숙사에서 챙겨 먹으면 가능하다.

하지만 인간의 목적은 잘 사는 거지 생존이 아니지 않은가. 기숙사 밥을 거르게 되는 경우는 비일비재했다. 늦잠을 잘 때, 공휴일이나 주말에 집에 갈 때, 질 낮은 단체급식 생선에서 비린내가 정말 심하게 날 때, 그 시간에 전공 필수 수업이 있을 때, 친구들과 밥 약속이 있을 때가 그렇다. 한 끼에 2,000원 정도였던 것 같은데, 밖에서 사 먹을 때마다 그 돈을 얹어서 먹는 거나 다름없었다. 이중 부담이었다. 2학기부터는 아침 식사를 빼는 게 허용되어서, 그 돈으로 '인간 사료'라 불리는 벌크 과자를 사서 블랙커피와 함께 아침을 때웠다. 난 원래 아침에 잘 깨어 있지 않아서 생활에 별 지장은 없었다.

동기들 자취방에 놀러 가면 깔끔한 인테리어에 '어지름'을 더한 늘어진 분위기가 부러웠다. 원룸 특유의 감성에 옵션도 빵빵해 살기 좋아 보였다. 언젠가 꼭 자취를 하고 싶다는 마음만 있었지, 그 정도의 고정비를 절대 감당할 수 없어 단념하고 있었다. 2학년을 앞둔 겨울방학에 별다른 선택지가 없어 경쟁률이 치열했던 신축 기숙사에 원서를 넣고 결과를 기다리고 있었다. 기숙사라는 곳이 원래 신입생들에게 관대하다. 어떻게든 대학에 1년 정도 붙잡아두면 자퇴율이 급감하기 때문이다. 1학년에겐 50퍼센트를 우선 배정하고 이제 어느 정도 학교에 매여 있는 나머지 50퍼센트는 알아서 단과 대학별로 쿼터를 두고 성적순으로 잘라 넣는다.

그러던 중 좋은 정보를 입수했다. 룸메이트 형을 따라다니다가 같은 학교에 다니던 형의 고향 친구를 알게 되었다. 언젠가 룸메이트 형 친구의 자취방에 셋이 모여서 치킨과 맥주를 먹었다. 준신축 원룸에 옵션도 나무랄 게 없었는데, 임대료가 말도 안 되는 수준으로 저렴했다. 본인도 좋은 기회를 잡아 처음 자취를 하게 된 것이니 나도 자격이 되면 꼭 신청해보라고 했다. 형이 알려준 제도는 LH공사의 '대학생 임대주택'이었다. 형편이 어려운 대학생에게 자격 기준에 따라 입주권을 나눠준다. 그 입주권을 가지고 부동산에서 원룸을 구하면, LH공사에서 전세 보증금을 빌려주고 법무사를 붙여 계약을 성사시킨다.

입주자는 사는 동안 그 보증금의 이자를 내면 되는 것이다.

기숙사에 돌아가자마자 찾아봤는데, 딱 모집 시즌이었다. 공고에 적힌 것만 보면 나는 1순위가 예상됐다. 부지런히 관련 서류를 떼고 양식에 맞춰 제출했다. 그리고 한동안 잊고 있다가 새 학기 신축 기숙사 합격 통지를 받고 입금을 하려는 찰나에 임대주택 '1순위 입주권'을 받게 되었다. 새 학기가 시작하기 직전이었다. 방을 구하고 이사를 할 때까지 시간이 다소 촉박했다. 입주권만 가지고는 저절로 방이 생기는 것은 아니라서 부지런히 발품을 팔아야 했다. 부동산 계약에 대해서는 제대로 아는 게 하나도 없어, 맨땅에 헤딩하는 형식으로 여기저기 돌아다녔다.

홀로 방을 구하러 돌아다니는데 진눈깨비가 내렸다. 부산에선 희귀한 일이었다. 안경에는 물방울이 잔뜩 맺혀 시야가 흐렸고, 머리는 젖어서 볼품없이 푹 가라앉아 있었다. 그 꼴로 여러 부동산에서 퇴짜를 맞았다. 입주권을 가지고 왔다니까 본 척도 안 하고 내보내는 경우가 부지기수였다. 부탁하지도 않았는데 인생을 가르쳐주는 친절한 면박도 들었다. "학생, 요즘 세상에 누가 원룸을 전세로 하나? 따박따박 월세 받아 먹어야지. 학생 같으면 전세로 주겠어?" 돈 안 되는 손님이라기보다는 돈은 확실한데 3자 계약이라 합쳐야 하는 조건이 까다롭고 절차가 복잡해 품이 많이 드는 손님이어서 그랬던 것 같다. 들이는 수고에 비해 돌아오는 돈이 적어서 그런지 다들 일단 "번호만

적고 가봐요"라는 말만 반복했다. 학교 자유게시판, 학내 커뮤니티, 인터넷 검색을 총동원해서 '전세 가능' 매물을 찾았는데 별 수확은 없었다.

어쩌다 괜찮은 곳을 찾았다는 연락에 하던 일을 다 내팽개치고 찾아가면, 열에 다섯은 허위매물이었고 넷은 사람 살 곳이 못 되는 방이었다. 반지하거나 억지로 쪼개 비좁거나 곰팡내가 심하게 나거나 직감적으로 하자 있는 매물이었다. 실망한 눈으로 중개인의 제안을 거절하면, 은근한 깔봄과 귀찮음이 느껴졌다. 반말과 존댓말을 섞어 쓰면서 "에이, 지원받아 사는 건데 이 정도면 감지덕지죠~. 시간 더 끌면 매물 없어요. 이거저거 재다가 학기 시작할 때까지 방 못 구하겠는데?" 적당히 이 정도로 만족하고 그냥 계약하라는 식이었다.

하는 수 없이 학교 근처에서 도보 30분 이내로 탐색 범위를 넓혔다. 그리고 학교 앞에서 가장 규모가 크고 세련된 부동산 중개소를 찾았다. 실은 들어가기 꺼리던 곳이었다. 쭈뼛쭈뼛 문을 열고 들어서자 직원들이 친절하게 나를 맞아주었다. 여기저기서 여러 번 거절을 당한 탓에 몹시 기가 죽어 있었다. 조심스레 대학생 임대주택 매물 있냐고 말을 꺼냈다. 한 직원이 "없으면 만들어오면 되죠~"라고 말하는 순간, 긴장했던 마음이 녹아내렸다. 대학생 임대주택으로 방을 구해본 경험도 꽤 있어서 안심하라고, 최고로 좋은 방은 아니더라도 좋은 방은 충분히 찾을 수 있다고 했다. 다음 날 바로 전화를 주었는데, 그분이 승

용차에 나를 태워 방까지 편안하게 데려다줬다.

M 원룸은 학교에서 도보로 25분 거리였다. 좀 멀다 싶은 감은 있었지만 가는 길에 걷기 좋은 천변이 있어 오히려 좋다 싶었다. 지은 지 얼마 안 된 건물은 외관이 깔끔했고 멋스러웠다. 방이 투룸에 약간 못 미칠 정도로 넓었고, 세련된 벽지를 비롯해 구석구석 미감에 신경을 쓴 게 보였다. 건물주 자녀가 유학 가 있는 도시를 따서 건물 이름을 지었다고 했다. 수압도 훌륭했다. 이중 단열창과 중문으로 분리된 주방이 마음에 들었다. 구조가 똑같은 2층과 3층 중에서 하나를 고를 수 있었는데, 3층 방은 현관을 열고 들어서자마자 불을 켜지 않아도 환한 것이 채광도 좋았다. 나는 3층을 골랐다. 무려 패스트푸드점이 근처에 두 개나 있는 '햄세권'이었다. 나는 햄버거를 정말 좋아한다. 그날로 계약금 20만 원을 송금했다.

부동산 임대 계약서를 작성하는데 손이 벌벌 떨렸다. 그 순간만큼은 어른이 된 것 같은 기분이었다. 보증금을 즉시 휴대전화에서 계좌이체로 보냈더니, 건물주가 악수를 청하며 내게 말했다.

"전에 이 방 쓰던 사람은 고시 합격했고, 그 앞에 사람은 대기업 입사를 했는데, 정말 기운 좋은 방이에요. 좋은 인연! 잘 지내요, 학생!"

곧바로 전입신고를 마쳤다. LH공사 쪽에서 치러준 비용을 제외하고 내가 낼 보증금은 100만 원, 매달 납입금 9만 원, 그리고 인터넷과 IPTV, 수도요금을 모두 포함한 관리비 5만 원, 전기요금과 도시가스 요금은 별도. 내가 충분히 감당할 수 있는 범위였다. 옵션으로 딸린 최신 가전을 보며, 내가 이런 데 살아도 되는지 괜히 황송한 마음이 들었다. 나는 그렇게 M 원룸에서 3년 반을 살게 되었다.

이 방에서 나는 조금 자랐다. 첫날이 기억난다. 방에 짐보다 몸이 먼저 도착했다. 추운 날이었는데, 이불이 없었다. 섣불리 도시가스 잠금장치를 풀고 보일러를 때기보다 패딩을 입고 덜 정리된 방에서 누워 자는 그릇된 선택을 했다. 그 정도는 충분히 버틸 수 있을 줄 알았는데 추워서 입 돌아가는 줄 알았다. 사람은 영상 12도에서도 충분히 얼어 죽을 수 있음을 체험했다. 나는 몸으로 직접 겪어야 아는 생활영역에서는 정말 바보였다. 살림은 보통 일이 아니었다.

처음엔 선배에게 전기밥솥을 얻어 성실하게 밥도 지어 먹고 반찬도 해 먹다가 언제부턴가 사 먹기 시작했다. 장보기도 귀찮았고 메뉴도 스팸, 계란, 김치를 돌려가며 먹느라 금방 질려 사둔 음식을 다 썩혀버리기 일쑤였다. 그럴 바에야 사 먹는 게 싸고 만족도도 높았다. 어느 곳에서 식사하든 나보다 요리도 잘할뿐더러 장보기와 설거지에서 해방되어 그 시간을 오롯이 내 것으로 만들 수 있으니까. 자고로 요리란 가끔 할 때 즐거운 것이다. 일상에서는 철저히 단골 밥집을 뚫는 편이 모두에게 좋다는 현대 경제학의 '비교우위' 개념을 몸소 익혔다.

자취방은 겨울에 추운 것만 빼고 편리했다. 혼자 살기에 적당한 크기라 다이소에서 파는 '마법의 돌돌이' 롤클리너와 물티슈 정도면 손쉽게 뚝딱 청소를 해결했다. 냉난방비는 미지의 영역이었다. 사람들은 카페에서 5,000원 쓰는 것에는 무신경하면서 왜 전기요금 5,000원 더 나오는 것에는 치를 떨까. 전기요금이 무서워 첫 여름에는 에어컨을 최소한으로만 틀었더니 3,000원이 나왔다. 원룸은 생각보다 면적이 작아서 기본적으로 전기를 적게 먹었다. 틀고 싶은 만큼 틀어도 1만~2만 원 사이였다. 한 달에 배달 음식 한 번 덜 시키면 온종일 시원하게 지낼 수 있는데 왜 그렇게 궁상을 떨었을까 후회가 몰려왔다. 확실히 나는 소비에 익숙지 않았다.

하지만 도시가스비는 상당히 부담스러웠다. 겨울이 무서웠다. 계산해보니 보일러를 두 시간 정도 돌리면 방이 따뜻했는데, 회당 5,000원 정도가 나왔다. 한 달이면 15만 원. 그건 내 분수에 맞지 않는 소비였다. 창문에 뽁뽁이 단열재를 발라 열 손실을 최소화하고, 최대한 두껍게 껴입은 상태에서 전기장판으로 지냈다. 언젠가 탈핵 관련 책에서 전기 난방이야말로 가장 에너지 낭비가 심한 난방법이라는 구절을 읽은 적이 있다. 괜히 죄책감을 느꼈다. 진짜 추워서 안 되겠다 싶은 때나 혹은 마음이 시려서 냉골이 쓸쓸하게 느껴질 때만 보일러를 가동했다. 방은 2~3일 정도 온기를 잘 보존했다. 외출 전에 잠깐씩 환기를 할 때마다 두 시간 걸려 데운 방이 2분이면 식었다. 돈 빠져나가는 느낌에 가슴이 아팠다.

그 외에도 혼자 살다 보니 자잘한 문제들과 마주했다. 나의 과욕으로 변기가 막혔을 때, 머리카락이 배수구를 휘감았을 때, 누런 물때와 검은 곰팡이들에 점령당한 흰 타일을 보았을 때, 신자유주의식 원가절감의 진수를 보여주는 원룸 특유의 얇은 가벽과 그 벽에서 새어 나오는 젊은 남녀의 뜨거운 신음에 귀를 틀어막고 싶어졌을 때, 과일 사 먹기 무섭게 초파리 떼가 들끓었을 때, 음식물 쓰레기를 얼리기 시작했을 때, 검은 봉지가 냉동실의 피아식별을 어렵게 했을 때, 모기의 죽음을 확인하지 못하고 불안에 떨며 잠들지 못했을 때, 계좌에 9,000원이 남았는데 6,000원을 지방세로 떼어갔을 때의 참담함. 흰 빨랫감과 검은 빨랫감을 구분하기 귀찮아 어두운 색만 사 입었던 날들. 이웃집에서 창궐한 개미와 바퀴의 밀입국을 막고자 트럼프처럼 국경을 봉쇄하던 일. 그런 잡다한 문제를 해결하면서 비로소 생활인으로서 조금씩 자라고 있다는 느낌을 받았다.

24시간 오로지 나만을 위해 존재하는 공간이 있다는 사실은 내게 심리적 안정감을 주었다. 처음엔 정리 정돈도 어설펐지만, 그런대로 모양과 구색을 갖춰가며 점차 보금자리처럼 변해갔다. 늘어나는 책, 채워지는 책장, 살림의 볼륨을 키우는 자잘한 가전제품들과 집기류, 인테리어 소품들은 내가 통제할 수 있는 범위를 조금 늘려주었다. 계절이 바뀌면 한 번씩 대청소를 벌여 가구 배치를 바꾸는 재미도 있었다. 삶에서 내 장악력이 먹혀들어가는 공간을 갖는다는 것은 한 사람의 자존감에 어마어마한 영향을 끼친다. 인간은 자신의 터전에 애착을 갖는 영역 동물의 기질이 있어서 자기 차와 자기 집을 갖고 그 안에서 아무런 간섭 없이 뭐든 해보고 누리고 싶은 욕망이 있다. 자기가 통제할 수 있는 공간을 확보하면 그 권력을 활용해 은밀한 행복들을 쌓아갈 수 있으니까.

여러 언론에서 젊은 층의 생활양식이 소유보다는 경험을 중시하는 쪽으로 변하고 있다고 말하지만, 경험상 자기 공간을 확보하고자 하는 근원적 욕망은 결코 사라지지 않은 것 같다. 호화로운 호텔에서 호캉스 1박 2일을 즐기고 오는 것도 물론 근사한 일이다. 하지만 마음껏 벽에 못을 박고 낙서를 해도 무방한 내 집이 아니다. 내가 보기엔 줄어든 기회와 턱없이 오른 부동산 가격 탓에 오히려 소유가 좌절되어 시간제 공유나 경험 쪽으로 넘어간 건 아닐까 싶기도 하다. 그러니까 소유의 차선책으로 경험을 택한 것이라는 말이다. 무엇이든 쪼개서 파는 세상이니까. 경험이라는 것은 부분 판매된 소유, 다시 말해 맛보기인 셈이다.

예전에 노교수님께서 요새 젊은 애들은 돈이 어디서 나서 비싼 외제 차를 끌고 다니냐고 물어보신 적이 있다. 월세 살며 허덕이면서 '카푸어'가 늘어나는 건 모순이 아니냐는 지적이셨다. 내 집 마련이 가능했던 세대에게 카푸어 현상이 와닿지 않는 것은 당연하다. 나도 그때는 그 말이 타당해 보였다. 그런데 지금 보니 자동차는 자기가 구매할 수 있는 선에서 주인이 될 수 있는 공간 중 차선의 방법이었던 것 같다. 내 소득으로는 이미 물 건너간 내 집 마련의 꿈은 일찌감치 접고, 내가 살 수 있고 감당 가능한 범위 내에서 가장 멋진 자기 공간을 확보하고자 하는 몸부림이라는 생각이 든다. 그러니까 카푸어 현상은 모순이라기보다는 굴절이다.

처음 이사 왔을 땐 정말 처음부터 끝까지 낯선 동네였는데, 조금 살았다고 익숙해졌다. 나는 종종 동네를 거닐었다. 학교와 원룸만 오가다 보니 학교 방향의 길만 익숙했다. 그러다 어느 여름방학, 동생이 놀러 오는데 자취방 뒤쪽 길을 통해서 너무나 뽀송뽀송한 상태로 걸어왔다. 그게 놀라웠다. 가장 가까운 지하철역에서 최소 15분은 걸어야 한다. 너덧 시간을 버스 진동 속에서 진을 뺀 상태로 있다가, 짐이 꽉 찬 캐리어를 끌고 걸어올 때는 정말 곤욕을 치르곤 했다. 백팩이 가두는 등의 열기 때문에 땀에 흠뻑 젖었어야 정상이었다. 그러나 동생은 부산 버스 터미널에서 내 방 코앞까지 한 번에 실어다 주는 마을 버스를 너무나도 편안하게 타고 온 것이었다. 지도 애플리케이션의 편리함과 등잔 밑의 어두움. 나는 그날 내 원룸의 뒷골목을 처음 보았다.

그래서 어느 날은 무작정 자취방의 뒷면을 따라 걷기 시작했다. 건물의 뒷모습은 이렇게 생겼구나. 경사는 있었지만 걷기 좋은 길이 나타났다. 대학생활의 보너스 같은 길이었다. 부산 가톨릭대가 있었고, 천주교 순교자 기념관이 있었다. 곧이어 한적한 시골 마을이 나왔다. 덩치 큰 개들이 목줄 없이 돌아다녔는데, 행인에게 무관심했다. 내심 긴장했다. 뒤이어 내가 이 동네에 살면서 가장 사랑했던 공간인 회동 수원지가 나왔다. 오륜대로 더 이름이 난 이곳을 좋아하는 이유는 내가 어떠한 비밀을 털어놓아도 조용히 고개를 끄덕이며 잘 들어줄 것만 같은 물가의 잔잔함이 있었기 때문이다. 나는 일이 잘 안 풀리고 삶이 외로울 때마다 이곳의 둘레길을 걸었다. 고민을 안고 걸었던 곳은 더욱 애착이 간다. 더 유명해지면 안 되는데, 괜히 글로 방정을 떨었다.

내가 원하면 언제든 누군가를 재워줄 수 있다는 점도 내 공간을 갖는다는 것이 주는 특권이었다. 내 방에는 그동안 여러 사람이 묵고 갔다. 부산에 놀러 온 가족과 고향 친구를 비롯해 막차를 놓치면서까지 못다 한 이야기가 남은 대학 친구들. 침실이 보이는 비좁은 공간에 친구를 맞으면서 우리는 더욱 돈독한 사이가 될 수 있었다. 부산 생활 7년 만에 나는 훌륭한 가이드로 변모했다. 친구들은 부산에 놀러 올 때 따로 숙소를 잡지 않았다. 그 돈으로 먹는 것에 더 투자할 수 있었다. 나는 관광객을 현혹하는 그저 그런 곳이 아니라 현지 사람만 아는 숨은 명소와 맛집으로 그들을 데려갔다. 마무리는 항상 동래의 유명 온천이었다.

관광지를 돌아다니는 것도 좋았지만, 내가 가장 즐거웠던 순간은 누워서 누구 하나가 먼저 잠들 때까지 멈추지 않고 대화를 나누는 것이었다. 반가움과 친밀감이 가득한 이 공간에서 나는 착하고 사람 좋은데 다만 행운이 모자란 나의 친구들과 시답잖은 잡담으로 시간을 죽이면서, 했던 얘기를 또 하면서도 전혀 지겹지 않은 우리만 아는 옛날 일들을 밤새 되풀이하면서, 한 마리 마당 개의 기다림을 헤아리게 된 우리는 또 얼마나 자랐나 서로의 한 뼘을 견줘보면서, 잠시 잠들어 지나온 날들에 오래도록 다녀올 수 있었다.

나는 종종 '내가 제때 대학에 가게 됐다면 어땠을까'라는 상상을 하곤 한다. 아마도 내가 내 삶의 영역을 넓히고 그곳에서 꿈을 위해 노력하는 이런 삶은 절대 불가능했을 것이다. 십중팔구 일과 휴학을 반복하면서 정말 졸업에만 10년이 걸렸을 것이다. 그런 상상의 처음에는 아찔함이 문을 열고 뒤이어 고마움이 문을 닫는다. 그래서 무신론자인 나는 대학 졸업식 날 최대한 신을 상상하면서 그에게 감사의 기도를 했다. 내 출발이 늦어진 덕에 장학금과 임대주택의 기회를 받아 무사히 졸업할 수 있었다고. 그 덕에 열심히 공부할 수 있었다고. 나에게 행운을 내려준 동료 시민들에게 정말 감사하다고.

포경수술

M세대와 Z세대는 각각 존재하지만,
MZ세대는 묶어 존재할 수 없다.
그러한 게으른 구분은 깐 것과 안 깐 것이라는
생물학적 증거로 간단히 논박된다.
차라리 엮으려면 X세대와 M세대가 가깝다.
깐 고추로 대동단결할 수 있기 때문이다.
고추로 구분하는 세대는 간단하다.
깐 세대와 안 깐 세대.

MZ세대의 그곳

군대에 늦게 갔다. 책을 한 권 내고, 대학원 석사과정을 마치고 나니 어느새 스물아홉이었다. 익을 대로 농익은 그 마법 같은 나이 스물아홉, 20대의 수문장. 누구든 서른이 되려면 내 허락을 받아야 했다. 친구들은 이미 예비군을 마쳤는데, 나는 윈도 95보다 어리고 윈도 98과 호형호제하는 일고여덟 살쯤 어린 친구들과 "오오, 젊은이의 자랑 육군훈련소"에 "힘차고 패기 있게 번호 붙여" 입영했다.

대체로 군대는 평등한 곳이다. 징병제의 기본 속성이랄까, 사실상 머리 빡빡 밀어놓고 똑같은 옷 입히면 누가 누구고 사회에서 뭐 하다 왔으며 몇 살인지 액면가로 구별하기 어려운 지경에 놓인다. 훈련소의 첫날, 잔뜩 굳어 있는 빡빡이들 사이에서 묘한 긴장감과 적막이 흐른다. 첫 만남에서는 생면부지의 여타 빡빡이들에게 얕보이고 싶지 않은 방어심리가 작동한다. 1일차 훈련병들은 낯설고 두려운, 무엇 하나 알 수 없는 미지의 세계에서 경계심 가득한 눈으로 서로를 노려보며 묵언수행을 이어간다. 그러한 그들을 한 샤워장에 잔뜩 몰아넣고 딱 5분 토막 샤워 시간을 주면 아주 대단한 아수라장이 펼쳐진다.

샤워기 하나에 장정 셋씩 달라붙어 몸을 씻으면, 만인의 만인에 대한 투쟁이 무엇인지 굳이 홉스의 『리바이어던』에서 배우지 않더라도 튀는 물과 비누 거품으로 몸소 확인할 수 있다. 그러나 나는 여기서 또 다른 중대한 광경을 바라볼 수 있었다. 이름하여 '생물학적 시차'. 이 이야기는 그 아수라장에서 발견한 사회적 세대 차이의 생물학적 발현에 관한 목격담이면서 내 유년 시절의 한 대목을 위한 장대한 밑밥 깔기다. 그러니까 이 이야기는 군대에서 시작해 포경수술로 수렴되는 다소 괴상한 구조를 하고 있다. 한마디로 이것은 남자의 이야기다. 하지만 상상력은 성별을 가리지 않을 테니 요즘 시대정신에 꼭 맞는 글이 아닐 수 없다 하겠다.

무섭게 서로를 노려보던 이들에게 시간이 외로움과 지겨움을 잔뜩 머금고 엄습해오면 이내 입에서 포문이 열리기 시작한다. 스무 살 무렵의 사내들은 침묵이 어색하고, 수다가 익숙하다. 며칠째 봉인되었던 입마개가 개방되자마자 여기저기서 말벗을 찾으려는 사내들의 목소리를 도무지 걷잡을 수가 없다. 누가 남자는 입이 무거워야 한다고 했던가. 남자는 절대 과묵하지 않다. 단지 쉽게 까불 뿐이다.

까분다는 점에서만큼은 나이도 크게 의미가 없었다. 군대라는 하나의 거대한 평행세계에서는 사회적·생물학적 나이를 잊고 덩달아 어려지기 때문이다. '20대의 마지막 수문장'으로 입대하기 전 노래방에서 김광석의 〈이등병의 편지〉를 불러야 하는지, 〈서른 즈음에〉를 불러야 하는지 헷갈리던 나 또한 예외가 아니었다. 대체로 사회에서 좋아하던 노래도 다들 비슷해, 노래 한마디가 새어 나오면 그 흥에 불이 붙어 삽시간에 떼창의 소용돌이가 모두를 빨아들인다.

그 개구쟁이들에게 시간이 더 주어져 사회 물이 다 빠지고 나면, 이내 사회에서 좋아하던 가요를 밀어내고 갓 배운 군가를 흥얼거리며 까불거리는 남정네들을 목격할 수 있다. 별의 밝기에 실제 등급과 겉보기 등급이 따로 있듯이, 겉으로 보이는 사람의 나이 또한 어쩌면 환경이 결정하는지도 모른다. 같은 옷 입고 같은 훈련 받고 같은 짬밥 먹다 보면 다들 비슷해지는 모양이다.

그러나 그런 전우들과 나와의 세대 차이가 느껴지던 순간이 있었으니, 단체 샤워 시간 전라의 사내들이 소유하고 있던 남근男根, 바로 '남자의 물건'이었다. 헐벗은 사내들의 그곳이 하나같이 높은 확률로 포경수술이 되어 있지 않았다는 점이었다. '아니, 엄마 손 잡고 고래 잡으러 가지 않았다니! 종이컵의 비애감을 느끼지 못했다니!' 나는 갑자기 슬퍼졌다. 번데기 고치는 한반도 문명개화의 상징이지만, 그 진보는 곧 나의 생물학적 연식이 사회적으로 오래되었음을 나타내는 증표이기도 했으니 말이다.

요새 언론에서는 'MZ세대'라는 말을 밀어주는 듯하다. 그러나 이 신조어는 명백한 오류를 담고 있다. 10년 터울이면 꽤 큰데, 그 차이를 쉽게 간과한 말이 아닐 수 없다. 그러니까 M세대와 Z세대는 각각 존재하지만, MZ세대는 묶어 존재할 수 없다. 그러한 게으른 구분은 깐 것과 안 깐 것이라는 생물학적 증거로 간단히 논박된다. 차라리 엮으려면 X세대와 M세대가 가깝다. 깐 고추로 대동단결할 수 있기 때문이다. 고추로 구분하는 세대는 간단하다. 깐 세대와 안 깐 세대. 언론사는 이 대비를 반드시 숙지했으면 좋겠다.

하여튼 사내아이는 태어나서 엄마에게 두 번 속는다. 첫째는 세뱃돈으로 받은 만 원짜리 한 장을 천 원짜리 넷과 맞바꾸며 미심쩍은 기쁨을 누린 뒤, 뒤늦게 셈을 배울 필요를 다짐하게 되는 꼬꼬마 시절이다. 그때는 세종대왕이 이황 선생님보다 열 배는 훌륭하다는 역사의식이 모자랐다. 둘째는 장난감을 사준다는 엄마의 감언이설에 현혹되어 고래사냥에 강제 동원되는 경우다. 끊임없이 인간의 물욕을 자극하는 자본주의의 부추김, 광채 나는 대형 마트의 백색 복도 한복판에 웅장하게 전시된 레고 블록에 눈이 돌지 않을 꼬맹이가 어디 있으랴. 지나친 물욕은 인간의 선택을 항상 부당거래로 나아가게끔 한다. 굳이 따지자면 나 같은 경우는 두 번째에 해당했다.

국어사전에서 포경수술의 뜻을 찾아보니 다음과 같은 복잡한 풀이가 나와 있었다.

음경의 귀두 부분을 덮고 있는 포피를 절제하여 귀두 부위를 노출시키는 외과적 수술.

쉽게 말해서 그냥 껍데기를 까뒤집는 것이다. 츄파춥스 막대사탕을 먹기 전 까슬까슬한 껍데기를 까 벗기듯이 말이다. 포피의 '포'와 음경의 '경'이 합쳐져 '포경包莖'인데, 공교롭게도 고래를 잡는다는 '포경捕鯨'과 발음이 같아 '고래잡이'는 일종의 관용어가 되었다.

포경수술의 역사는 꽤 오래된 것으로 보인다. 구약성서나 유대교, 이슬람교 등에서 종교적 의미로 남성 할례를 치렀다고 하는데, 그 종교적 의미가 무엇인지 무교도인 나로서는 전혀 알 수 없다. 종교적 관점에서 음란함은 아담이 따먹었다는 '선악과'의 결과물이자 인간 원죄의 근원이었다. 성욕은 항상 절제하고 억제할 필요가 있었는데, 그렇다고 절제를 하랬더니 절개를 해버리는 고대인의 의지란! 아무튼 조잡하고 원시적인 칼날로 위생 수준이 극히 열악한 환경에서 거사를 치르다 보면, 고래를 잡다 되려 사람을 잡아 한 꺼풀 벗겨진 고추가 지옥문을 열었다고도 한다.

지역적으로는 유대인을 제외하면 미국과 미군이 주둔해 있는 필리핀 같은 곳에서 이 수술이 크게 성행했다고 한다. 미국에서도 지나친 자위행위를 억제하기 위해 수술이 권장되었다는데, 그 진위 여부는 알 수 없다. 원래 은밀한 곳의 이야기는

미궁으로 잘 빠지곤 한다. 한국 또한 6·25전쟁 이후 미군의 영
향으로 포경수술이 대중적으로 유행하게 되었다는 설이 유력
하다. 수술에도 정치 성향이 있는지는 모르겠지만, 포경수술은
가히 그 성향이 '친미親美'적인 수술인 셈이다.

그러나 대체로 포경수술에 뒤따르는 장점은 위생상의 이
유가 컸다. 아무래도 고추에 껍데기가 있다 보니, 껍데기가 감
싼 틈새에 이물질이 끼거나 오줌 찌꺼기가 남기 쉽다. 이게 굳
으면 귀두지龜頭脂가 되는데, 순우리말로 '좆밥'이라고 한다. 여
기에 세균이 들러붙으면 감염에 최적 번식지가 될 수 있다. 따
라서 병균의 서식처를 없애기 위해 아예 껍데기를 자르고 젖혀
꿰매는 것이다. 다소 직관적이고 무식해 보이지만, 그만큼 근본
적인 해결책이라고도 할 수 있다.

아무튼 딱 내 시절까지 이 땅의 남자로 태어나는 순간 통
과해야 할 외과적 의례가 있었다. 언제고 한 번은 고래와 사투
를 벌이러 가는 것이 당연했다. 보통은 탄생 직후였다. 아버지
뻘 세대는 군 복무하던 시절에 무료라는 이유로 많이들 잡았다
고 한다. 해병대가 귀신을 잡는 동안, 대한의 군의관들은 열심
히 고래를 잡았다. 최근에는 포경수술이 성기의 성장을 방해하
고, 너무 바짝 자르면 피부가 땅겨 성기가 한쪽으로 휘며, 그 무
엇보다 중요한 성감을 감퇴시킨다는 치명적인 혐의를 샀다. 무
엇보다 사람들은 크기에 민감했고, 편향을 혐오했으며, 특히 감
도에 민감했다. '불문곡직不問曲直', 무릇 사람은 묻지도 따지지

도 말고 곧고 강직해야 한다.

그 탓에 2000년 기준 10년간 포경수술을 받은 남자가 75.7퍼센트였다면, 2011년에는 무려 25.2퍼센트로 급감했다고 한다. 후대에만큼은 크고 아름답고 생생한 순간을 물려주고 싶은 선조의 간절한 염원이 통계로 표현된 것이리라. 이렇듯 생물학적인 개화開化 덕에 한국 남자들은 세대별로 다른 성기를 가지고 살게 된 것이다. 거기서부터 문득 구세대의 마지막인 내가 고래 잡던 시절의 이야기가 떠올랐다.

종이컵 꼬마와 기사도 아저씨의 구원

모든 일에는 다 때가 있는 법이다. 때를 놓치면 힘이 든다. 이를 두고 과학에서는 '관성'이라고 부른다. 나도 때를 놓쳤다. 내 시절 할례의 제때란 탄생 직후였다. 그러나 나는 껍데기를 보유한 상태로 무탈하게 10년을 살았다.

그러다 문제가 생겼다. 무엇이든 잃기 전에는 그 소중함을 제때 알아채기란 항상 어려운 법이다. 나는 손 씻기의 중요성을 껍데기를 잃고 나서야 깨닫게 되었다. 그 시절 놀이터 불시 집합은 꼬꼬마들의 '국룰'이었다. 전세와 월세 셋방살이 자식들이 맨손으로 두꺼비 집은 그렇게나 많이 지어주었다. 헌 집을 수백 채쯤 짓고, 새집은 하나도 돌려받지 못했는데, 아무튼 그 손으로 잠자리도 잡고 메뚜기도 잡고 정글짐도 잡고 그네도 타고 고추도 잡고 '친환경 농법'이라며 오줌발을 풀밭에 흩뿌렸더랬다. 그러다 염증이 자주 생겼다. 말썽이 잦은 자식의 생식기를 보고 어머니는 고민에 빠졌다. 모든 선대는 유전자의 명령에 따라 후대에 미리 알아챈 세상의 다양한 지식과 교훈을 전해주고자 한다. 그러나 세상에는 자신의 경험을 전혀 전수해줄 수 없는 분야가 있는 법인데, 그때 우리 엄마는 미지의 영역에 해당하는 문제에 봉착하고 말았던 것이다.

그러나 어머니는 강하다. '고추를 까야지!' 이내 결단이 떨어졌다. 작전은 치밀했고 의지는 단호했다. 고전적인 수법이었다. 시장 따라가면 맛있는 거 사준다는 말이 있었고, 지나가는 길에 잠시 병원에 들른다는 말이 있었다. 그리고 어느새 바닥 뚫린 고깔 모양의 종이컵을 장착한 채 어기적어기적 걷는 땅꼬마가 있었는데, 그게 바로 나였다. 순식간에 나는 껍질 미보유자가 되고 말았다.

의사 선생님이 고름만 짜고 금방 보내준다며 잠시 누우라 말했다. 나는 "네!" 하고 별 생각 없이 일단 누웠다. 간호사 누나가 즉시 수술대에 내 팔다리를 묶었다. 뭔가 이상한 낌새를 느꼈다. 하지만 난 어려서부터 체념이 빠른 꼬마였으므로 이미 늦었다는 생각에 반항을 포기했다. 잠깐 자리를 비웠던 간호사 누나가 돌아왔다. 요새는 마취 스프레이 같은 것도 있다던데, 간호사 또한 고전파였는지 마취제가 담긴 주사기를 내 물건에

꽂았다. 주삿바늘은 누구도 뽑지 못할 것 같은 엑스칼리버가 되어 꽂혔고, 간호사 누나는 전생에 아서왕이었던 모양인지 의사 선생님의 신탁에 따라 기어코 검을 뽑고야 말았다. 온몸에 벼락이 쳤다. 목에 핏대가 잔뜩 서는 고통이었다.

하지만 현대의학과 마취의 힘은 대단했다. 의사 선생님의 뭉뚝한 손은 무척이나 미덥지 못했지만, 그는 환자의 불안한 시선에도 아랑곳하지 않고 자신의 축적된 경험과 노하우를 훌륭한 재단·재봉 솜씨로 승화시켰다. 그 덕에 나는 무탈하게 남자가 되었다. 그러나 꼬마가 사내가 되어가는 과정은 큰 후폭풍을 내게 안겼다. 무척이나 따가웠고, 땡겼다. 게다가 수술 후 피로 물든 첫 오줌은 나를 두렵게 했다. 나는 변기를 두고 변기가 아니라던 마르셀 뒤샹의 가르침을 깨우쳤다. 이것은 고추가 아니었다. 불타는 방망이였다.

의사 선생님은 내게 종이컵을 씌우며 대장정을 마무리했다. 큰 수술을 받은 개나 고양이에게 씌우는 핥음방지용 깔대기처럼, 실밥이 터지는 경우를 막기 위해 씌운 바닥 뚫린 종이컵은 꼴사납고 거추장스러웠다. 하지만 별수 있으랴. 재수술은 상상만으로도 끔찍했으므로 족쇄 달린 성실한 수감자로 살기로 결심했다. 가뜩이나 『동의보감』의 저자와 동명이인이었던 윗집 형이 열대야의 잠결에 잘못 긁었다가 환부가 덧나 실밥이 터졌다는 흉악한 소식에 잔뜩 겁먹고 있던 터였다.

하필이면. 그래, '하필이면'이다. 이 어휘는 매사가 심심한 모양인지 결코 혼자 다니는 법이 없다. 이번 하필이가 데려온 녀석은 치통이었다. 이가 흔들렸고 부어올라 아팠다. 잇몸 속 영구치가 유치를 요란하게 밀어 올렸고, 유치는 떼를 쓰며 결연히 항전했다. 야심 차게 개화된 나의 운명에 하필이 끼어들었다.

치과 가는 길에 걸음걸이가 영 시원치 않았다. 직립보행을 처음 시도한 원시인류와 잔뜩 술이 올라 고주망태가 되어 갈지자로 걷는 현생인류를 적당히 섞어놓은 듯한 유사 걸음. 걷는다는 말보다 엉기적거린다는 표현이 더 적절한, 스타크래프트 세대라면 알 법한 '두 발 달린 드라군'의 걸음이었다. 누가 '인생은 속도가 아니라 방향'이라고 했던가. 누구건 인생을 잘 모르는 것이 분명하다.

사거리에 치과가 있었다. 네 갈래 길을 가로막는 신호등. 적어도 고래를 잡은 꼬마에게는 속도가 더 중요했다. 초등학생이던 꼬마는 매주 2회 정도 편성된 '바른생활' 과목을 성실하고 좋은 수업 태도로 이수했다. 그러나 주입된 준법의식에도 불구하고, 앞날과 빨간 불이 두려웠던 꼬마는 주황 불에 미리 건너는 사소한 범법행위를 감행했다. 전래동화 '토끼와 거북이'에서는 자만한 토끼에게 포기하지 않는 거북이가 승리하지만, 종이컵과 신호등의 대결에서는 신호등이 낙승했다.

적색등이 켜지는데 나는 채 절반을 못 걸었다. 광활한 차도 한가운데 갇혀 이러지도 저러지도 못한 채로 그 자리에서 얼어버린 가련한 소년이 바로 나였다. "쿼 바디스Quo Vadis! 신이시여, 어디로 가시나이까." 등줄기에 식은땀이 줄줄 흐르는데, "빠아아앙!!!" 여백을 가득 채운 굉음이 몰려왔다. 이곳이 성질 급한 한국임을 알리는 민족 고유의 경적이 여기저기서 쏟아졌다. 한 인간이 말하는 어렸을 적 기억은 대부분 어른 입맛에 맞춘 사후 재구성이라는데, 이 순간만큼은 너무도 생생하게 기억난다. 강렬한 색상의 붉은 마티즈였다. 참을성 없는 치와와 같던 그 차가 가장 시끄럽게 나를 몰아세웠다. 차창 안에서 한 아주머니가 분노의 손짓을 해대며 운전대에 손을 뗐다 붙였다 했다. 언제라도 귀찮은 것을 치워버리고 급발진하겠다는 의지가 엿보였다.

붉은 마티즈의 아우성에 나는 두렵고 당황스러워 마음이 조급해졌다. 그러나 그만큼 몸이 따라주지 않아 야속했다. '아줌마는 고추도 없으면서!' 꼬마는 태어나 최초로 이 상황을 결코 이해하지 못할 이질적 타자의 괄대에 그만 눈물을 흘리고 말았다. 역시 그때도 포기가 빨랐던 나는 좌절감에 휩싸여 차도 한가운데 울먹이며 멈춰버렸다. 주인공을 좌절시킨 악당의 등장과 위기의 순간, 이 이야기의 다음 전개는 고전적인 플롯을 그대로 따른다. 구세주가 나타났다. 이 세계에서 그 희귀하다는 눈치 빠른 아저씨였다. 비상등을 켜고 트럭에서 내린 아저씨는 차 문을 활짝 열어놓은 채로 나에게 후다닥 뛰어왔다.

아저씨의 얼굴에는 웃음기가 가득했다. 무슨 상황인지 다 안다는 듯한 전지적인 표정. 만약 자신의 신분을 '엄마 친구'라 밝히고 사탕을 줬으면 순순히 믿고 따라갔을 것만 같은 신뢰감. 흑기사가 나를 번쩍 안아 올렸다. '공주님 안기'로 불리는 시대착오적인 자세였다. 순간 내 몸이 공중에 떴다. 굴욕감이라곤 털 한 오라기조차 없었다.

"짜식, 꼬추 깠구나?"

깍지껴 나를 안은 손으로 절도 있게 엄지 척! 아저씨는 나를 무사히 건너편으로 내려주고 유유히 트럭에 올라탔다. 차들이 일거에 출발했다. 힘겹게 계단을 올라 치과에 도착했다. 이상하게도 이를 뽑는데 하나도 아프지 않았다.

○ ● ○

소변기 앞. 폭포수를 쏟아내는, 포장이 한 꺼풀 벗겨진 내 물건을 보며 이따금 그때를 떠올린다. 92년식. 2001년 튜닝. 훌륭함. 나는 껍데기를 잃고 사연을 쓴다.

나는 왜 책을 읽는가

결국 인생은 기쁨을 추구하는 방향으로 흘러가게 되어 있다.

사람마다 그 기쁨을 추구하는 방식이 다를 뿐.

나처럼 누군가에게도 책은 기쁨이 될 수 있다.

나는 책이 더 많은 친구를 사귀기를 바란다.

그리고 한 가지는 꼭 단언할 수 있다.

책은 당신을 기다려줄 것이라고.

책맛을 아는 사람이 더 많아졌으면 좋겠다.

오늘도 나는 책을 읽는다.

운명적인 독서 같은 건 없어

나는 왜 책을 읽는가. 산을 오르는 이유는 그곳에 산이 있기 때문이고, 아무것도 모르는 네게 선물을 주는 이유는 오다 주웠다 말하면 그뿐이다만, 나는 왜 책을 읽을까. 이 간단한 물음엔 선뜻 대답할 수가 없다. 책이 거기 꽂혀 있어서라고 짐짓 멋있는 척 대답해보고 싶지만, 그렇게 답한다고 해서 아무도 나를 멋있게 봐주지 않는다. 아마 주제 파악도 못 하고 할 짓도 더럽게 없는 놈이네 하며 넘길 것이다. 살면서 수많은 문제를 풀고 수많은 질문에 답을 했던 것 같은데, 이 짧은 한 문장에 답하기가 이다지도 어렵다니. 그래도 남들이 잘 안 읽는 두꺼운 책만 골라 읽어가며 독서 에세이라는 흔치 않은 장르로 책까지 냈는데, 지금으로서는 할 수 있는 대답이 "그냥"밖에 없다는 게 영 찜찜하고 자존심이 상한다. 책은 내 삶에 중요한 지분을 차지한다. 나는 책을 쓰는 사람이고 그보다 많은 시간을 책을 읽는 데 쓰는 사람이기 때문이다. 이 글을 쓸 이유는 충분하다.

어려서 나는 편식이 심했다. 어린애 입맛의 표본이었다. 젓갈이나 양념 꼬막처럼 인생이 세월에 절여져야만 비로소 알게 되는 토속적인 한국의 맛에 눈을 뜨지 못했다. 시골에서 직접 담근 양념게장을 보내주면 도대체 이걸 무슨 맛으로 먹냐며 퉤 하고 뱉었다. 집에선 손주의 이름과 귀여움을 빌려 손주가 게장을 아주 잘 먹으니 계속 보내달라고 했다. 그러나 나는 결단코 흰 쌀밥 단 한 톨에조차 양념을 묻히지 않았다. 비위가 약해서 그런지 어른의 맛이 역하게 느껴졌다. 차라리 나는 내 이름을 빌려주는 대가로 치킨, 삼겹살, 햄버거, 피자를 먹는 게 훨씬 좋았다. 정치관이나 경제관, 사회문화의 영역에서 대체로 진보 성향인 나는 음식만큼은 극단적 보수파였다. 삼겹살은 매일 먹어도 맛있고, 갓 시킨 따뜻한 치킨에서는 저녁의 맛이 나며 하룻밤 자고 일어나자마자 먹는 식은 치킨에서는 아침의 맛이 나지 않는가. 무엇보다 맛은 중복을 허용하는 분야다. 먹는 분야만큼은 본디 '이미 아는 맛'이 가장 무서운 법이므로 나는 '검증된 맛의 주기적 반복'을 무한히 신봉했다. '돈이 많지 않을 땐 모험보다는 경험을 믿는 편이 낫다!' 그것이 음식에 관한 내 이데올로기였다. 나는 내 입맛이 평생 이럴 줄 알았다.

그러던 나는 크면서 '음식 보수교'에서 개종하고 말았다. 내가 믿었던 그 경험들이 나를 개종의 길로 이끌었다. 새로운 경험들이 인생에 추가되면서 내가 알게 된 맛이 늘었기 때문이다. 해산물 비린내가 입에 맞지 않아 그 쉬운 짬뽕조차 스물셋까지 도전하지 않았던 사람이다. 그 말에 함께 금정산을 등반하던 학과 선배들은 나를 온천시장 뒷골목으로 데려가 짬뽕을

강권해 먹였다. 감격을 넘어 충격 그 자체였다. 그때 메이지 유신에 버금가는 짬뽕의 맛을 아직도 잊을 수가 없다. 비릿함마저 인생이라면 해산물이 얼큰하게 자신의 모든 역사를 내어놓는 맛, 나는 괜스레 짜장면만 비볐던 젓가락이 미워졌다. 나중에 알고 보니 그 식당은 지역의 숨은 맛집이었고, 출발을 좋게 한 덕에 나는 짬뽕의 신세계에 눈을 떴다. 신앙이 흔들렸다.

나는 회도 전혀 먹지 못했는데, 부산에 있는 대학에 가면서 차츰 접할 기회가 생겼다. 처음엔 초장 맛에 의존해 입을 대다가 식감을 넘어서 본연의 맛을 깨우치게 됐다. 고추냉이로 잠재워둔 비린내를 소주로 헹궜더니 코가 뚫리는 상쾌함이 느껴졌다. 강렬함 뒤에는 어종의 고유한 은은함이 어우러졌다. 그동안 내가 이걸 왜 안 먹었지? 밀치회와 방어회를 통해 나는 접촉을 통한 반복된 경험만이 선입견에서 해방될 유일한 길임을 깨닫게 되었다. 게장 역시 뒤늦게 먹게 된 음식 중 하나다. 손아귀 힘과 압력에 야무지게 밀려 나오는 게살, 그 단단히 굳은 땅을 뚫고 새순처럼 올라오는 생명의 맛. 게장은 이단이었다. 나는 게장을 앞에 두고 참회의 눈물을 흘리며 진실한 마음으로 내 과거사에 대한 용서를 구했다. 때맞춰 집 앞에서 꼬막무침 잘하는 반찬가게까지 찾아냈다. 거기에 바친 돈만 얼마일까. 눈물 젖은 밥을 끼니때마다 세 공기씩 퍼먹다 그만 두 달 사이에만 체중이 무려 10킬로그램이나 불어나고 말았다.

아메리카노도 마찬가지였다. 내게 커피란 커피우유나 믹

스커피밖에 존재하지 않았다. 그리고 무엇보다 달아야 했다. 그런데 대학에 오니 하나같이 왼손엔 전공 책, 오른손엔 아메리카노를 들고 있는 게 아닌가. 한 모금 얻어 마시고는 "어우~, 써!" 하며 인상을 잔뜩 찌푸렸다. '뭐 한다고 돈 주고 이 맛대가리 없는 걸 다 사 먹지?' 불만이 한가득 들어찼다. 그렇지만 이 시대 대학생은 기본적으로 아메리카노를 마실 줄 알아야 했다. 그게 문화적 기본 소양이었다. 그 흐름에 뒤처졌다는 사실을 수긍하기보다 반발하는 쪽을 택한 대원군 나씨는 아메리카노를 집단 선민의식과 또래문화의 압력으로 규정하고는 한동안 거들떠보지도 않았다.

　　그러나 시대의 변화를 막을 수 있는 어떠한 절대권력도 없듯이, 나 또한 별수 없이 아메리카노에 굴복하고 말았다. 그 계기는 다음과 같다. 무더운 어느 날, 안면부에 따갑게 쏟아지는 땡볕에 계단과 오르막을 타다 덩달아 목이 탔다. 강의실에 먼저 도착해 있던 동기 놈이 차가운 물방울이 송골송골 맺힌 벤티 사이즈의 아이스 아메리카노를 들고 있었다. "야, 한입 줘봐!" 아이스 아메리카노를 낚아채 목구멍에다 시원하게 때려 부었다. 아! 이 맛에 마시는구나. 이게 바로 미국의 맛이구나. 효율, 효용, 가격. 그때 나는 쓴맛에 눈을 떴다. 요즘 세대는 인생의 쓴맛을 두 번 배운다. 한 번은 소주로, 한 번은 아메리카노로.

　　아무튼 여러 차례 외부충격을 받으며 나는 그동안 쇄국으로 일관했던 내 무지의 세계가 갖는 편협함을 뉘우치게 되었다. 사실 입맛이 변했다기보다는 확장됐다는 쪽이 더 정확할 것 같다. 즉각적으로 자극을 주는 단맛, 짠맛 외에도 세상엔 굉장한 맛들이 있었다. 그 맛은 진득함을 배우고 나서야 비로소 느낄 수 있는 것들이 많았다. 쓰디쓴 술맛에 진득함을 더하면 술이 달아지듯이 말이다.

책 이야기를 입맛 바뀐 사연부터 시작한 이유는 독서의 맛을 알게 된 것도 성인이 되어서였기 때문이다. 나는 후천적 독서인이다. 성인이 되면서 일부러 책 읽는 습관을 들였다는 뜻이다. 세상엔 참을성을 투여해야만 얻을 수 있는 재미란 게 있다. 대표적인 게 독서고, 하다 보면 좋아지는 것들 중 하나가 독서다. 명확하게 특정할 수 있는 어떤 계기를 통해 좋아하게 된다는 운명론적인 사랑으로 책 읽기를 시작하게 된 것은 아니었다. 어쩌다 보니 책 맛을 아는 사람으로 변해 있었을 뿐이다. 내가 몰랐던 맛이 자신을 알아볼 수 있을 때까지 나를 기다려주었듯, 내가 다 자랄 때까지 내가 몰랐던 독서의 재미가 나를 기다려주었다.

세상에는 책보다 재밌는 게 너무 많았다

친하지도, 그렇다고 크게 싫어하지도 않는 관계를 뭐라고 불러야 할까? 그런 관계에서도 사랑이 가능할까? 아무 사이도 아니던 사람이랑 평생 갈 줄 몰랐는데 어쩌다 보니 돌이키지 못할 사랑에 빠지게 되었다는 이야기를 들은 적이 있다. 꼭 책과 내 이야기 같다. 어린 나에게는 책보다 재밌는 것들이 많았다. 게임, 축구, 만화. 내게 있어 책은 일단 그냥 만화였다. 앞으로 살날도 많고 해외 갈 일도 별로 없는 녀석이 무인도나 아마존이나 빙하 같은 오지에서 살아남는 시리즈를 표지가 해질 때까지 읽었다. 만화로 된 희랍 신들의 이야기는 능력은 신인데 하는 짓거리가 꼭 어린애 같고 아동 취향에 딱 맞아 정말 재미있게 읽었던 기억이 있다. 『애견 도감』의 부록으로 수록된 짧은 만화나 뚱딴지 시리즈도 되풀이해서 보았다. 그렇다고 해서 만화책을 좋아했느냐고 물으면 그것도 아니다. 만화를 좋아했다기보다 학창 시절 쉬는 시간이나 점심 시간을 짬짬이 때울 거리가 필요했던 것 같다.

나는 컴퓨터나 운동장이 더 좋았다. 원래부터 책벌레로 태어난 사람을 보면 신기했다. 워낙 주의가 산만하고 집중력이 부족한 데다 엉덩이까지 가벼워 좌우측 보기가 10초마다 교대로 들썩이는 나 같은 인간에게 독서란 형벌에 가까웠다. 그래서 안 읽었다. 집에서도 독서에 관해서는 헐렁했던 분위기라 어쩌다 내가 책을 읽고 있으면 '쟤가 책을 읽는갑다', 공을 차러 나가면 '공 차러 갔는갑다' 하는 정도였다. 컴퓨터 게임을 하기 위해서는 하루에 책을 30쪽은 읽어야 하는 집도 있었는데, 지금 생각하면 안쓰럽다. 독서라는 게 법전 공부가 아니라서 재미없는 데다 어렵기까지 하면 하루 세 쪽도 힘들고 재미있으면 누가 말려도 300쪽도 거뜬한 법인데, 할당량을 정해놓고 읽으라니. 어차피 읽을 놈은 읽고 안 읽을 놈은 절대 안 읽는다는 사실을 잘 아는 사람들이 자기 자식한테만큼은 관대하지 못한 것을 보면 자식 교육은 보통 어려운 문제가 아닌 모양이다.

앞서 말했듯이 나는 책보다 재밌는 게 많아서 책을 즐겨 읽지 않았다. 하지만 책이 가장 재밌던 시기도 있었다. 『해리 포터』 시리즈가 등장했을 때였다. 처음엔 엄마가 먼저 읽기 시작했다. 그리고 내게 권했다. 처음엔 엄마랑 대화를 나누는 게 좋아서 읽었다. 전염력이 무척 강한 책이었다. 못 이기는 척 한 번 읽었다가 영영 그 세계에 갇혀버렸다. 나는 해리였다가 해그리드가 됐다가 스네이프가 되었다가 시리우스 블랙이 되었다. 중간에 책을 끊지 못해 화장실에서 볼일을 보다가 다리에 쥐가 나서 나온 적도 부지기수였다. 새 시리즈가 나올 때까지 책을 반복해 읽고 또 읽고 또 읽었다. 제본 부분이 헐겁고 너덜너덜 해질 때마다 투명 테이프로 깁기를 반복했다. 누런 손때가 잔뜩 묻었다. 살면서 수험서를 이렇게 누적 반복법으로 봤더라면 지금쯤 고수입 전문직 종사자가 되어 있을 텐데.

성공의 기회를 놓친 건 나뿐만이 아니었다. 나는 책이 세상을 점령하는 과정을 직접 목격했다. 과장을 약간 보태 화장실 갔다 온 사이에 서점에 쌓여 있던 『해리 포터』 시리즈의 책 더미가 쥐도 새도 모르게 증발해버렸다. 다들 머글인 주제에 마법 중독에 걸려 쓰지도 못할 몇 가지 주문 정도는 필수적으로 암기해두고 다녔다. 캐릭터를 두고 사람들과 이야기 나누는 것은 별미였다. 작가가 탄생시킨 캐릭터들은 하나같이 정말 매력적이었다. 나 또한 온갖 상상으로 행복했다. '전성기 시절 덤블도어와 볼드모트가 제대로 각 잡고 붙으면 누가 이길까?'와 같은 유치한 망상부터 사람들은 왜 해리 포터처럼 '선택받은 아이' 플롯에 매료되는지에 관한 심오한 상념에 이르기까지 참 다양한 생각을 했던 것 같다. 가장 치열했던 고민은 나에게 어울리는 기숙사가 무엇일까였다. 어느 고등학교를 들어가느냐보다 더 진지하고 심각하게 고민했다. 그러나 나는 단언컨대 후플푸프가 최고라고 생각한다. 이 기숙사는 시리즈 내내 마치 특출나지 못한 다수를 대충 몰아넣은 듯 찬밥 대우를 받았다. 그러나 따지고 보면 업적과 재능, 집안 형편과 출신 성분에서 가장 자유로울 뿐 아니라 아이를 아이답고 평등하게 대하며 가르치는 유일한 기숙사는 후플푸프밖에 없을 것이다. 학교는 그래야 한다.

　아무튼 나는 스네이프를 미워하고 연민하면서, 해리와 함께 말포이를 구박하면서, 또 해리의 성장과 활약을 응원하면서, 볼드모트의 욕망을 두려워하고 그의 몰락을 염원하면서 사춘기의 한복판을 달려나갔다. 하지만 『해리 포터』 시리즈의 완결판이 나올 때까지는 상당한 기다림이 필요했다. 너무나 오래 기다린 나머지 마음이 이전과 달리 시들해졌다. 그래서인지 최종판은 딱 한 번 읽고 덮었다. 더 읽고 싶은 마음이 생기지 않았다. 첫 만남은 초등학교 신입생 때였는데, 마지막 만남은 중학교 졸업생 때였다. 해리의 호그와트 졸업과 함께 책을 향한 나의 첫사랑은 그렇게 끝났다. 내 10대와 함께했던 그들을 떠나보내는 느낌에 기분이 묘했다. 후련하기도 하고 섭섭하기도 하고. 이것과 똑같은 기분을 20대 말엽에 다시 느낄 수 있었는데, 그것은 마블의 영화 〈어벤져스〉 시리즈가 끝날 때였다. 『해리 포터』 이후 한동안 나는 책을 읽지 않았다.

책에 재미를 붙이게 된 사건들은 띄엄띄엄 기억나는데, 책을 읽지 않게 된 계기는 또렷이 기억난다. 고등학생이 된 나는 어느새 책 한 줄 읽을 시간에 영어 단어 하나 더 외우고, 수학 문제 하나 더 푸는 게 낫다고 믿는, 입시에 찌든 삭막한 수험생으로 변해 있었다. 국어 과목 수행평가 점수에 반영되지 않는 이상 자의로 책을 펴보지 않았다. 여기서 책의 의미는 '참고서'로 축소되었고 도식적 요약에 익숙해진 터라 은근한 '줄글 혐오'가 마음속에 자리 잡았다.

고등학교 1학년 때 한 여학생이 수줍게 베르나르 베르베르의 『파피용』을 읽어보라고 권했다. 호감이 가득한 눈으로 책에서 얻은 어떠한 감동을 나와 공유하고 싶었던 모양이지만, 나는 일언지하에 거절하고 서둘러 공 차러 운동장으로 뛰어갔다. 그나마 읽은 '책 같은 책'도 명문대 권장도서 목록이었다.

그마저도 낡고 두꺼운 동서고금의 고전들이라 책의 줄거리 요약이나 해제 정도만 읽었다. 순전히 국어 과목 수행평가 점수를 따기 위해서였다. 그 대학교수들은 무슨 이유로 그런 책들을 고등학생에게 추천했던 건지 아직도 모르겠다. 혹은 '간절히 바라면 이루어진다' 부류의 사이비 기복신앙과 같은 자기계발서, 척박한 환경에서 절박한 심정으로 입시 기적을 일으킨 성공담을 골라 읽었다. 남의 성공을 통해 얻는 대리만족과 공부 자극이 독서의 주된 목적이었다.

흔히들 경기가 어려우면 문화비 지출부터 줄인다고 한다. 형편이 어려운 집일수록 문화비에 야박해질 수밖에 없다. 우리 집이 그랬다. 참고서 사러 들른 동네 서점을 둘러보다가 김홍신 선생이 편역한 초록색 표지의 『초한지』에 눈이 갔다. 한참을 서서 읽다가 진시황과 여불위의 핏줄이 얽히는 대목에서 그냥 계산해버리고 나왔다. 얼마 안 되는 용돈이었지만 나는 마음에 드는 물건을 살 때 뒤를 돌아보지 않는 성미를 가졌으므로 기분 좋게 제1권을 사 들고 귀가했다. 그것도 잠시, 봉투 속 물건이 무엇이냐는 아버지의 물음에 책을 샀다고 답했는데, 다짜고짜 "이놈의 자식이 정말 미쳤냐"는 소리를 들었다. 용돈으로 사는데 무슨 상관이냐고 대들었더니 그 용돈이 누구 주머니에서 나온 건지 생각해봤느냐는 꾸중을 들었고, 덤으로 빌려서 읽으면 공짠데 돈 아깝게 왜 사 읽느냐며 내 경제관을 의심받기까지 했다. 무려 5권 완결 시리즈인데 그걸 다 살 거냐는 첨언도 있었다.

결국 나는 서점에서 내 돈 주고 책 사 읽었다는 터무니없
는 죄목으로 얼차려를 받았다. 엎드려 뻗쳐 있는 내내 황당하
고 억울했다. 내 인생에서 가장 황당한 체벌 중 으뜸에 꼽히는
사건이었다. 아무리 가난하더라도 품위는 잃어선 안 되는데, 집
구석이 처음으로 추하게 느껴졌다. 물론 그 장면을 지켜보고
있던 손 여사는 몰래몰래 한 권씩 사서 『초한지』 전집은 물론
『수호지』 전집까지 구비해주었다. 그리고 엄마는 그 긴 시리즈
를 보란 듯이 여러 번 완독했다. 나는 읽다 말았는데……. 정말
한 성격 한다.

이쯤 되면 서사의 흐름상 반골 성미의 사춘기 소년이 불
붙은 반발심에 남몰래 열심히 책을 읽고 결국엔 우리 동네 다
독왕이 돼 있더라는 시나리오가 자연스러울 법도 하다. 하지만
나는 효심이 강했으므로 책 사는 데 돈을 아낄 수밖에 없는 집
안 사정을 꾸역꾸역 이해하기로 하고 그냥 공부나 열심히 하기
로 했다. '하긴, 곧 고등학생이 되는데 그런 거 읽을 시간이 어
딨어?' 입시는 나에게 좋은 명분을 주었고, 나는 스스로를 설득
했다. "그런 거 볼 시간에 영어 단어나 하나 더 외워!"라는 꾸지
람에 나는 정말 영어 단어를 하나씩 더 외웠다.

그래서 학창 시절에 기억에 남는 책이 있느냐 물으면 나
는 쉽사리 제목을 댈 수 없다. 그렇다고 그 덕에 영어가 늘었느
냐 물으면 그것도 아니다. 한마디도 못 한다. 수능 끝나고 고등

학교 졸업식까지 애매하게 아무것도 안 한 채 그냥 죽이며 보낸 시간이 있었다. 그때 내가 독서를 계속했다면 그 시간은 정말 내게 소중한 의미를 선사했을 것이다. 편하게 책을 골라 읽을 시간이 모자란 지금에서야 애꿎게 놓쳐버린 독서 황금기를 아쉬워한다.

어쩌다 보니 읽게 되었다

지금은 매해 완독을 기준으로 잡으면 50권, 좀 여유 있게 잡으면 80권가량의 책을 읽는다. 요즘은 어떻게든 시간을 '내서' 읽지만, 처음에는 시간이 '나서' 읽었다. 책과 친해질 수 있는 조건은 좋은 애견인이 되기 위한 필수 조건과 똑같다. 백수야말로 반려견에게 최고의 주인이다. 절대적으로 시간이 남아야 한다는 말이다.

나는 집에서 독학으로 재수, 삼수를 했다. 어떤 시험이든 재수는 절대 해서는 안 된다. 사람은 무엇이든 자기 소유라면 본래부터 자신에게 주어진 당연한 몫으로 여기는 좋지 못한 버릇이 있다. 어쩌다 한 번 최고 점수를 달성하면 그마저도 당연해져 원래부터 100점만 받았던 사람으로 둔갑한다. 그 점수를 받기 위해 그동안 들인 노력, 그리고 점수의 신선도를 유지하기 위해 앞으로 기울여야 할 노력은 크게 고려하지 않고 장밋

빛 미래를 설계한다. 그러나 현실은 점수 유지조차 어렵다. 무엇보다 평범한 인간은 반드시 해야 할 일이 있을 때 유독 딴짓에 대한 집중력이 월등하게 높아진다. 그래서 남는 시간에 딴짓을 하던 게, 딴짓을 하다가 남는 시간에 공부하는 것으로 변하고 만다.

그러니까 딴짓으로 하는 독서가 최고로 재밌다 말하고 싶다. 재미도 상대적인 감정이라 시험 기간에 하는 독서는 극강의 재미를 자랑한다. 그리고 독서에는 엄청난 장점이 있다. 공부하러 가놓고 막상 게임방이나 노래방에서 시간을 버리고 오면 샛길로 빠져버린 자신에 대한 심한 죄책감이 몰려온다. 뭉게뭉게 피어오른 죄의식이 '난 쓰레기야. 난 정말 쓰레기야'를 중얼거리며 자신을 향한 저주를 퍼붓는데, 그게 또 스트레스가 된다. 그리고 그 스트레스를 풀러 다음 날 또 게임방에 간다.

그러나 시험 기간에 하는 책 읽기와 공부는 외관상 크게 차이가 없다. 일단 장소가 비슷하다. 도서관이나 독서실에 간다. 시험 공부는 전혀 하고 있지 않지만, 왠지 모르게 공부는 하고 있다는 기분이 든다. 그래서 죄책감이 전혀 들지 않는다. 나는 공부하기 전 준비운동 개념으로, 또 휴식 시간에 기분 전환용이라는 그럴듯한 명분을 붙여 짬짬이 책을 읽기 시작했다.

그때 읽었던 그럴듯한 책으로는 사마천의 『사기』와 마이클 샌델 교수의 『정의란 무엇인가』 정도가 기억난다. 일단 멋있어 보였다. 적어도 정치학과에 가려면 동서양에서 하나씩 저

정도 책은 미리 읽고 가야 하는 게 아닌가 하는 예습본능 탓도 있었다. 『사기』에는 오만가지 인간군상이 모여 있었다. 책에 등장하는 인생에는 바보 같을 정도로 의로운 사람이 있는가 하면 교활한 이익의 앞잡이와 희대의 기회주의자도 즐비했다. 질투가 망친 인생, 혀가 단축시킨 명줄, 어제의 동지가 오늘의 정적으로 변하는 권력투쟁의 잔혹함이 담겨 있었다. 기록한 자의 의분과 의지가 곳곳에서 느껴졌는데 세세한 내용은 읽은 지 오래라 잘 기억나지 않는다.

그렇지만 괜찮다. 책 가지고 고시 볼 것도 아닌데 까먹으면 좀 어떤가. 오래됐으면 내용 까먹는 게 인간이다. 책을 읽는 게 아니라 외워야 한다고 믿는 그런 강박이 있으면 누가 쓴 책이든 내용이 어떻든 간에 즐기기 어렵다. 잊어먹는 게 당연한 거다. 아무튼 대륙의 고전이 내 인생을 뒤흔들었다거나 하는 과장은 하지 않겠다. 그런 속임수로 남에게 책 좀 읽으라고 권하는 것은 내 윤리에 맞지 않을뿐더러 금방 들통난다. 단지 나는 독학으로 입시를 치르느라 제대로 된 사람 구경을 1, 2년 정도 하지 못해 외롭고 따분할 때마다 책으로 대리만족을 하는 정도였다. 사실 어느 10대가 세상을 살면 얼마나 살았다고, 또 사람에 데면 얼마나 데어봤다고 그 안에서 자신의 인생을 뒤바꿀 어떤 인물에 꽂히거나 평생을 품고 살 영혼의 문장 같은 걸 발견하겠는가. 위인전은 정말이지 정신건강에 해롭다.

말하다 보니 아주 중요한 핵심이 나왔다. 책은 인생을 뒤

바꾸기 위해, 위대해지기 위해, 무언가 매끄럽고 선명한 업적을 달성하기 위해 읽는 게 아니라고 생각한다. 책은 영양제나 즉각 효험이 있는 만병통치약이 아니다. 논리력을 기르려면 논리학 참고서가 낫고, 독해력을 키우려면 언어추론 전문 교재를 사는 게 낫다. 그런 마음으로 책을 읽으면 그저 실망만 가득할 것이다. 철학자들이 걷다가 종종 깨달음을 얻었다고 해서, 깨닫지 못한다고 그냥 걷는 걸 포기해야 하는 건 아니다. 위대한 책에서 아무것도 얻지 못해도 괜찮다. 그것은 길에서 우연히 대통령을 만나거나 아이돌 스타를 만나서 내 인생이 크게 뒤바뀌지 않아도 별 상관이 없는 것과 같다.

위대한 문화유산에 담긴 역사적 맥락이나 그것을 짓는 데 필요했던 당대의 공법 그 어느 것조차 알지 못해도, 거기서 아무런 감흥을 느끼지 못해도 괜찮다. 그저 그곳에 방문해 발 도장을 남겼다는 것만으로도, 내 인생은 그곳에 가기 전과 가고 난 후로 나뉜다. 그거면 충분한 의미를 갖는다. 책은 순전히 흥미로 읽어야 한다. 책을 읽는 사람과 읽지 않은 사람은 분명 차이가 나지만, 그 차이는 철저히 비실용적이고 비경제적이다. 우리는 친구를 손익 계산해가며 만나지 않는다. 그런 것은 우정이라기보다 비즈니스에 가깝다. 사랑도 마찬가지다. 목적이 달라붙는 순간 사랑은 조건만남이 되어버린다. 책과의 만남도 마찬가지라고 생각한다. 그래서 이 글의 제목이 '왜 책을 읽어야 하는가'가 아닌 '나는 왜 책을 읽는가'인 이유다.

마이클 샌델 교수의 책은 대학이 궁금해서 읽었다. 내 주
변에 대졸자가 드물어서 대학이 어떤 곳인지 이렇다 저렇다 알
려주는 사람이 한 명도 없었다. 그래서 잔디밭과 캠퍼스 커플
과 옆구리 휴대 전공 책으로 대표되는 막연한 환상만 있었다.
당시 '정의'를 주제로 학생과 설전을 벌이는 마이클 샌델 교수
의 강의 방식이 한창 큰 주목을 받고 있었다. 그 강의를 토대로
쓰인 책의 내용을 이해한 건 절반 남짓 정도였을까. 다만 이 책
은 대학에 대한 내 환상을 증폭시켰다. 대학 수업은 다 이렇게
불꽃 튀는 토론장이겠거니 하는 그릇된 환상만 잔뜩 품었다.
막상 대학에 가보니 고등학교 내신 공부랑 별반 차이가 없어
실망스럽기 그지없었다.

때마침 인스타그램의 유행으로 행위보다 이미지가 앞서
는 세상이 도래했다. 카페에서 커피 마시면서 책 읽는 내 모습
을 연출하는 맛이 있었다. 대학에서 책은 내세울 만한 게 별로
없는 학생들에게는 훌륭한 액세서리였다. 이왕 밝히는 거 더
풀어보자면 이성에게 잘 보이고 싶은 마음이 컸다. 왜 하필 책
이냐고? 잘 알지도 못하는 찰스 다윈을 좀 팔아먹으며 변명을
할 필요가 있겠다. 수컷은 암컷의 환심을 사고자 자신이 가진
무언가를 뽐내려 한다. 그것은 가끔 생존의 이점을 희생시키기
도 한다. 자연선택에 불리한 것조차 성선택에 유리하다면, 생
존의 불리함을 번식의 유리함으로 넘어보겠다는 것이다. 이를

테면 나무 사이에 걸리기 쉬운 크고 굵은 뿔, 천적과 포식자에게 노출되기 쉬운 화려한 깃털, 사냥에 아무런 도움도 되지 않는 우람하게 부푼 갈기는 자신의 우월함을 드러내려는 비효율적 수단이다. 나도 다윈의 가르침에 따라 수컷으로서 내 매력에 관한 냉정하고 객관적인 분석을 해보았다.

종합적으로 미루어봤을 때, 나는 여운이 진한 나그네도 못 되고 바람기 가득한 제비도 될 수 없으며, 큰 키와 부드러운 분위기를 갖춘 치명적인 로맨티스트, 혹은 근육질 마초도 될 수 없었다. 대학 가서 꼭 연애해야지 마음먹고 수험생활을 견뎠던 나는 내 캐릭터를 '지적인 남자'로 잡았다. 현실적으로 키 크고 잘생긴 남정네들이 차지한 넓고 큰 시장을 노릴 수 없으니, 나는 나 나름대로 살길을 도모한 것이다. 연애 생태계에서 대학은 지적인 캐릭터가 인기를 얻을 수 있는 틈새 시장이 형성되어 있었고, 많지는 않지만 수요도 일정하고 꾸준했다.

롤모델도 있었다. '서양철학사' 과목 중간고사를 치르는데 감독으로 오신 철학과 교수님이 책 한 권을 들고 책상에 걸터앉았다. 때마침 차창으로 볕이 잘 들었다. 자연광 아래 아주 해맑은 미소로 책을 읽는 교수님이 정말 멋있게 느껴졌다. 철학하는 남자의 섹시함. 체감 외모의 매력지수가 두 배쯤 올라간 느낌이었다. 책을 가까이하면 똥배만 안 나와도 저렇게 오래가는 중후한 멋을 가질 수 있겠구나. 나이 들어서도 깔끔하고 늘씬하게 살아야겠다고 마음먹었다. 그 뒤로는 책에 재미 좀 붙여보려고 쉬운 책, 흡입력 있는 책 위주로 읽기 시작했다. 책을 안 읽는 날은 책등의 제목이라도 훑고 잤다. 그러다 보니 뒤늦게 책이 좋아졌다. 이렇게 몇 년 노력하니 학교에서 꽤 알아주는 독서가가 되었다. 근데 그래서 연애 성공 타율은? 그것은 철저히 비밀에 부칠 것이다.

군대도 책 읽기에 더없이 좋은 환경이었다. 언젠가 친한 형이 말했다. "군대에서 세상과 단절되었을 때 책 읽는 게 정말 재미있더라고." 이곳만큼 독서에 방해되는 주변의 유혹을 차단하는 곳이 또 있을까. 가끔 부대 일과의 중간중간에 아무런 통제가 없이 어설프게 생긴 빈 시간을 긁어모으니 꽤 됐다. 휴식 시간이나 주말을 이용해 읽고 싶은 책을 원 없이 읽었다. 말년 병장 때는 조용히 화장실로 사라졌다가 생리현상을 핑계로 20분씩 변기에 앉아 '진중문고'를 탐독했다. 이상하게 칸막이 변기는 정말 책이 잘 읽히는 장소다. 여기만큼 글이 줄 단위로 쭉쭉 읽히는 곳이 없다. 치부의 건조함과 다리 저림만 아니라면 오래도록 앉아 있고 싶을 정도로 최적의 독서 장소라 생각한다.

군에서 나는 그동안 읽고 싶었지만 이리저리 치여 미뤄뒀던 책들을 마구잡이로 읽어댔다. 이른바 '독서 포식자'였다. 내 인생에 언제 또 이렇게 자유롭게 읽고 싶은 책을 골라 읽을 시간이 주어질까. 이렇게 생각해보니 답답한 군생활이 견딜 만하게 느껴졌다. "책은 읽을 수 있을 때 읽어둬라. 돈은 나중에 벌기 싫어도 억지로라도 나가서 벌어야 한다"라고 했던 한 선배의 말이 떠올랐다. 누군가 책만 읽기에는 젊음이 너무 아깝지 않냐고 내게 물었다. 젊을 때 아니면 이렇게 두껍고 무지막지한 책을 언제 읽어보겠느냐고 답했다. "나는 그 책을 벼르고 있었어요." 입맛을 다시며 짤막하게 덧붙였다. 덤벨을 바라보며 근손실을 걱정하는 헬스인들이 나와 같은 심정일까? 그 사람, 나를 이해 못 하겠지? 나도 '책손실'이 걱정이다.

왜 하필 책이냐 묻는다면

술을 좋아한다기보다는 조용한 술집을 좋아한다. 정확히 말하면 술집에서 나누는 이야기를 좋아한다. 조용하고 온화한 분위기에서 술의 도움을 받는다면 아무리 방어적인 사람이라도 예민함을 누그러뜨리고 조금씩 자신의 진솔한 마음을 꺼내 보일 수 있다. 나는 이야기를 통해 사람의 마음이 무장해제되는 과정이 정말 좋다. 경계심을 친밀감으로 바꾸는 능력, 불신을 이해로 바꾸는 능력, 그것이 인간이 이야기를 좋아하고 또 이야기가 반드시 필요한 이유가 아닐까 싶다. 자기 인생을 살아내기도 버거운 인간들은 타인의 삶을 궁금해하며, 상당한 시간을 다른 사람들이 뭐 하고 사는지를 구경하는 데 쏟아붓는다. 누군가에게는 그 사실이 견딜 수 없는 압박감으로 다가오겠지만, 사람과 이야기하기 좋아하는 나에게 있어 상대방의 이야기를 듣는 것은 언제나 황홀한 일이다.

오래전부터 나는 항상 인류가 처한 비극의 상당수가 상대방의 마음을 정확히 읽을 수 없는 것에서부터 출발한다고 생각했다. 동시에 인류의 기쁨 중 상당수는 몰랐던 마음을 알게 되는 순간에 찾아온다고 생각한다. 그런 관점으로 내가 살아보지 못한, 살아볼 수 없는 타인의 삶을 당사자에게 직접 듣는 것만큼 좋은 일이 또 있을까. 하지만 생물학의 감옥에 갇힌 인간에게 주어진 시간은 영원하지 못하다. 타인과 교감하고 수다를 떨어야 행복한 인간은 모든 사람과 대화를 나눌 수 없다. 그러기엔 지구는 넓고 사람은 많으며 목숨은 짧다.

하지만 책은 그런 유한한 인간들에게 은은한 위안을 준다. 책을 읽다 보면 그 사람들이 감내한 세월, 부조리와 모순, 좌절과 영광, 목숨을 걸고 지키고자 했던 자존심, 더 나은 미래를 위한 분투가 느껴진다. 자신의 가치관이나 시대의 비극과 희극들이 생생히 기록되어 있다. 그렇게 삶으로 쓰인 의미와 마주할 때면 그것은 마치 좋은 술친구를 만나 그동안 못다 한 이야기를 나누는 기분이 든다. 시각을 활용한 행위가 상상력으로 이어지는 고리, 눈에 담긴 글자가 품고 있는 의미가 자신의 인생과 자신을 둘러싼 환경, 평소 품어온 의문과 맞부딪혀 이뤄내는 한편의 불꽃놀이. 책을 통해서라면 나는 언제나 첫 번째 관객이 될 수 있다. 이미 죽어버렸거나 대양이 가로막는 이역만리의 타지에 살더라도 책을 통해서라면 그 사람들과 교감할 수 있다.

책은 적어도 내가 아는 방법 중에서는 가장 정제되고 가장 차분하며 가장 정확한 소통 도구라고 생각한다. 마음을 엿보는 종이 창문이라는 표현이 적절할 것 같다. 눈부심이 과하지 않게 햇살을 적당히 투과시키는 종이창 말이다. 그 종이창을 통해 투과된 사람들의 마음은 내 경험과 성장에 맞추어 새롭게 다가왔다. 사람을 대하는 가치관도 세울 수 있었으며, 사회모순에 대한 문제의식도 갖게 되었다. 처음에는 그것이 내게 뜨거운 분노로 작용했지만, 차차 늘어난 이해의 범위만큼 이 세계에 관한 차분한 연민으로 이어졌다.

고백하자면 나는 나쁜 목적으로 책을 읽은 적도 있었다. '왜 밤낮없이 일하는데 가난만 나의 몫인가. 어째서 열심히 일하는 자에게 부가 주어지지 않는가.' 대학에서 나는 이 문제를 두고 골몰했다. 특히 가난은 나를 분노케 했다. 돈만 밝히는 세상이 역겨웠다. 빈곤 감수성이 부족한 이 세태의 수많은 몰이해에 가슴이 답답했다. 환경과 계급의 문제를 도외시하고 단순히 기계적 절차의 획일을 공정이라 말하는 이들에게 지고 싶지 않았다. '그게 단순한 거지, 어떻게 공정한 거야!'라고 말하고 싶었지만, 논쟁에서 이기기엔 내 깊이가 얕았다.

대학에서 나와 가치관이나 이념적 지향성이 상극인 무수한 이들과 마주했다. 치기 어린 나는 그들과 공존하기보다 대결하는 쪽을 선택했다. 논리로 상대를 굴복시키고자 관련 책들을 닥치는 대로 탐독했다. 압도적인 지적 우위를 통해 단칼에 상대를 제압하고 싶었다. 책을 읽으면서 머릿속에 요주의 인물 몇몇을 특정해 그려놓고 그 사람과 설전을 벌였다. 승부욕 탓에 지식을 흡수하는 속도는 굉장했지만, 설전이 끝날 때마다 영 개운치 않은 기분이 들었다. 사람을 해하려는 목적으로 얻은 지식은 도리어 내 인간성을 깔아뭉개 손상시키는 듯했다.

지나고 보니 정말 아무 소용없는 짓이었다. 말싸움 몇 번 졌다고 자기 생각을 바꿀 사람이 세상에 몇이나 될까. 사람이 자기 생각을 고쳐먹는 계기는 살면서 한두 번 일어날까 말까 한 희귀한 일이다. 그런 가치관으로 평생을 살아온 사람은 갑자기 나라가 망했다거나 핵전쟁이 일어났다거나 죽을 위기에 처하는 수준의 충격에서조차 자기 고집을 쉽게 꺾지 않는다. 나이가 드니 되도록 그런 식으로 자기 내면과 인간관계를 소모하는 짓은 안 하는 게 맞겠단 생각이 들었다.

그러나 상대방을 누르려 책을 읽었던 것이 도리어 자연스레 상대방의 삶에 대해 진지하게 고민해보는 좋은 시간으로 작용하기도 했다. 살다 보니 그때는 내가 이겼지만, 당시 그 사람의 의견과 감정에 합치되고 내 이상에 반하는 일들을 종종 목격하기도 했다. 타당성이나 합리성은 논쟁의 승자가 배타적으로 독점하는 것이 아니라는 사실을 깨달았다. 그 순간은 엉터리 의견으로 치부될지라도 그 의견이 상당수의 사람에게 옹호받고 있다면 그 배경과 맥락을 차분히 고려해보는 것이 필요하다고 느꼈다. 그것은 철저히 연습의 영역이었다. 그 연습에 독서만큼 좋은 교재가 없었다. 책만큼 한 사람의 관점과 철학, 그리고 인생과 감정이 압축적으로 녹아 있는 물건은 없으니까 말이다.

○ ● ○

장정일 작가의 서평집 제목은 『빌린 책 산 책 버린 책』이다. 세상의 책을 이렇게 삼분할 수 있다니. 책 제목이 정말 야박하기 그지없다. 나는 기왕이면 책을 사 읽는 편이다. 빌려 읽는 것도 좋지만 굳이 책을 사는 이유는 밑줄 그을 수 있는 자유 때문이다. 나는 책에 댓글을 달면서 본다. 내 문제의식을 강화해주거나 거꾸로 내 평소 의견을 꺾으려 드는 책에는 댓글이 많아진다. 공감이 가거나 뇌리를 스치는 치명적인 문장에는 형광펜으로 열심히 밑줄을 긋고, 연필로 그 문장을 되풀이해 필사하거나 나의 의견을 덧붙인다. 가끔은 책과 싸운다. 나 나름의 소통 독법이다. 한 책을 완독하면 그 책이 다른 책을 흥부네 제비 박씨처럼 물고 와주는 우연도 좋다. 그렇게 내 관심사와 지식이 넓어지고 깊어지는 과정이 좋다. 하루에 일정 시간 남에게 아는 척과 잘난 척을 해야 하는 나에게 이만한 보물도 없다.

책은 정말 싸다. 한 작가가 자신의 노력과 재능을 짧게는 몇 달, 길게는 한평생을 쏟아부어 책을 탄생시킨다. 한 권에 어림잡아 1만 5,000원, 한 달에 한 권 정도만 읽어도 하루 500원 짜리 동전 하나꼴이다. 알찬 내용물에 비해 이 정도 값이면 거저먹는 거라고 생각한다. 1만 5,000원, 그러니까 최저시급 두 시간치로 한 달을 즐길 수 있는 콘텐츠는 책을 제외하고 거의 없다. 같은 값의 영화도 길어야 세 시간이면 끝난다. 나는 내 재미를 위해 투자하는 하루 500원은 하나도 아깝지 않다. 동전 하나로 이 정도의 기쁨을 살 수 있다면, 독서는 언제나 내게 남는 장사다. 나에게 책은 안전 자산이다.

엊그제 주문한 새 책이 도착했다. 조심스레 포장을 뜯어 상자 속 물건의 상태를 확인한다. 흠집 없는 책등, 찍힘 없는 모서리, 쨍하게 빛을 반사하는 새 책 특유의 광택을 발견한다. 안도의 한숨을 내쉰다. 새 책에 최초의 손때를 묻히기로 한다. 다섯 손가락의 지문이 약간의 미열과 함께 코팅된 책 표지에 손도장을 찍는다. 새 책을 살 때 가장 중요한 일이 남았다. 표지를 넘기면 나오는 들뜬 종이를 손날로 쫙 펴서 길을 낸다. 이것은 이 책의 주인은 나라고 선언하는 하나의 의식이다. 그 느낌이 좋아 책을 산다.

괜히 목차를 한 번 펴본다. 연필이 서걱서걱 잘 먹는 질감의 종이다. 빛을 반사하기보다 스며들게 하는 이런 종이를 나는 좋아한다. 책장을 넘길 때마다 은은한 종이 향이 퍼진다. 그 향에 이끌려 코 근처로 책을 갖다 대고 겹겹이 쌓인 종이를 휘

리릭 넘기며 새 책 냄새를 즐긴다. 노란색 표지는 좋아하지 않는다. 처음 몇 달은 어떤 색보다 예쁘지만 햇볕에 색이 금방 바래기 때문이다. 양장본보다 볼륨이 아주 두툼한 반양장본을 더 좋아한다. 그게 뭔가 더 꽉 찬 느낌이 들면서 내 가슴을 부풀게 만든다.

중고서점이나 헌책방에 가는 것도 좋아한다. 그곳에서는 늘 우연한 만남이 기다리고 있기 때문이다. 참새가 방앗간을 그냥 지나치지 못하듯, 책에 홀린 듯 한두 권씩 집어오는 나는 늘 미소를 짓고 있다. 헌책방에서는 말이 더 많아진다. "아니, 새 책으로도 못 구하는 이 책이 여기 있었다고? 앗싸, 득템이다!", "와~, 이건 거의 새 책인데? 심지어 한 번도 안 펼쳐 봤나 봐! 책길도 안 나 있어. 거의 반값에 나왔네?"

누가 나를 펼쳐줄 것인가 구원의 손길만 기다리던 '거의 새 책'들은 나에게 간택당해 책장 금고형에서 풀려났다. 나는 그들에게 해방의 빛을 쬐어주며 집으로 업어온다. 이렇게 한 권 두 권, 어쩔 땐 몇십 권씩 사 모으다 보니, 이제는 집에 자리가 없다. 책장이 가득 찼다. 나는 매일 밤 책에 둘러싸인 채로 잠든다. 얼마 전 책에 쓰이는 잉크에서 1급 발암물질인 포름알데히드가 검출됐다는 신문 기사를 읽었다. 혹시나 하는 마음에 괜한 걱정이 들었다. 하지만 요즘 책은 안 그렇다며 내 구매욕은 나를 달랜다. 이제는 한때 내가 책 사는 걸 뿌듯하게 여기던 엄마조차 도가 지나치다는 듯 말한다. "둘 데 없다. 좋은 말로 할 때 책 좀 그만 사라."

　누군가는 그 책 다 읽기는 하냐고 묻는다. 그 말에는 어차피 다 읽지도 못할 책 사 모으기만 한다는 뉘앙스가 숨겨져 있다. 그럴 때마다 "책은 원래 사놓은 것 중에 읽는 것"이라고 방송에서 뻔뻔하게 말해주는 김영하 작가가 괜히 고맙다. 서재를 꾸미고 싶은 욕심, 채우고 싶은 수집욕도 내 독서에 한몫했다. 나에게 책이란 피규어 같은 것이기도 하다. 대개 독서가들은 다 장서가들이다. '이 책 정말 재밌겠다!' 속으로 환호하면서 도서관에서 빌려다 놓고 반납일이 다 되어서야 부랴부랴 읽다 지쳐 고스란히 돌려주는 일도 부지기수다. 그럴 때면 나는 나의 무의미한 욕망이 참 허탈하게 느껴진다.

　하지만 도서관에 무거운 책을 걸머지고 걸어가는 그 과정, 찾으려는 책 옆에서 또 다른 좋은 책을 발견하는 우연 안에는 행운과 행복이 반반씩 골고루 섞여 있다. 그래서 책을 떠올리면 나는 기쁘다고밖에 할 수 없다. 결국 인생은 기쁨을 추구하는 방향으로 흘러가게 되어 있다. 사람마다 그 기쁨을 추구하는 방식이 다를 뿐. 나처럼 누군가에게도 책은 기쁨이 될 수 있다. 나는 책이 더 많은 친구를 사귀기를 바란다. 그리고 한 가지는 꼭 단언할 수 있다. 책은 당신을 기다려줄 것이라고. 책맛을 아는 사람이 더 많아졌으면 좋겠다. 오늘도 나는 책을 읽는다.

나의 외국인 친구들

언제 어디서나 자기 삶에
최선을 다하는 사람은 매력적이고,
그런 사람을 많이 담아낼 수 있는 공간은
역동성이 넘치는 살아봄 직한 공간이 된다.
노력의 농도가 진하기로 유명한 이 열심 공동체 대한민국은
앞으로도 더 많은 인재를 빨아들일 것이다.
한국 사람들이 열심히 산 덕에 게으른 내가
이 친구를 만날 수 있었던 게 아닐까.

어쩌다 한국행

대학에 오래 남아 있었던 덕에 참 다양한 외국인들을 만났다. 학과 특성상 유학생이 많았다. 중국인을 비롯해 아시아계가 다수였지만 국적 구성이 다양했다. 일본, 타이완, 미얀마, 라오스, 체코, 프랑스, 러시아에 이르기까지 캠퍼스에서 외국인의 존재가 어색하게 느껴지지 않았다.

한국 보이그룹에 이끌려 중앙아시아나 동남아시아 등에서 한국에 유학 오기로 결정한 친구들을 보면서 새삼 한류의 위력을 실감했다. 물론 그 호감이 동기의 전부는 아니었겠지만 그것이 초원을 가로질러 올 바탕이 되어준 것만은 분명했다. 그 한류가 아프리카 남동부 내륙에 자리 잡은 말라위까지 퍼져 있을 줄은 꿈에도 몰랐다. 대학원에 들어온 말라위 친구는 본국에서 이병헌과 김태리 주연의 〈미스터 선샤인〉을 감명 깊게 보고 왔다고 했다. 드라마를 보며 한국이 궁금해져 조선사를 공부했단다. 이역만리에서 건너온 그 친구와 작중 주인공 '유진 초이'에서 시작해 한국의 근현대사에 대해 깊은 대화를 나누었다. 신기하면서도 이상한 기분이 들었다. 나는 오늘 말라위의 존재를 처음 알게 되었는데, 그 친구는 조선의 패망까지 알고 있었기 때문이다. 그 친구와 나 사이의 시차였다.

해외동포들도 종종 마주할 수 있었다. 재중동포와 고려인. 민족과 국적의 경계에 서 있는 이들과 민족사와 북한에 관해 이야기하는 경험은 정말이지 신선했다. 민족을 구분 짓는 중요한 요소 중 하나는 보통 언어라 할 수 있는데, 우리 사이에는 한국어와 중국어, 카자흐어와 러시아어, 그리고 영어라는 갈림길이 놓여 있었다. 복잡한 뿌리를 가지고 있는 이들과 대화를 나눌 때마다 그동안 '공식적 한국'을 정의하는 범위가 매우 비좁았다는 느낌이 들었다. 동시에 나는 북방의 한국인들이 궁금해졌다. 역사책을 읽다 보면 북방은 항상 고구려나 발해가 넓힌 '민족의 최대 영토'에 지나치게 집착하고 있을 뿐, 나머지 분야에 무심하거나 항상 두루뭉술하게 서술되어 있었다. 그 너른 땅에서 살아간 사람들의 이야기는 어쩐지 쉽게 접하기 어려웠고 관심조차 받지 못했다.

만주 한복판에 자리 잡은 고구려와 발해 사람들은 숙신, 말갈의 이름을 한 이들과 함께 그 지역에서 살아갔다. 고려 변방의 무인 이성계가 조선을 건국할 때 여진족 의형제 퉁두란과 함께했다는 사실은 당혹스럽게 다가오기도 했다. 한반도 북부와 만주의 사람들은 농경보다는 유목에 더 친숙했고, 그곳에서는 한족을 비롯해 몽골, 여진, 말갈, 거란과 같은 북방 민족과 끊임없이 섞이고 부딪힐 수밖에 없었다. 그래서 본토인은 있어도 원주민은 없는 지경에 이르렀을 것이다. 만주 사람들은 한반도의 언어와 만주의 언어 몇 가지를 혼용했을 것이다. 대륙과 접한 한반도의 북방은 다민족 사회였던 것만큼은 분명해 보인다. 가끔 나는 역사책 곳곳에서 '오랑캐'라는 표현을 마주할 때마다 이것이 정말 당시 사람들의 뚜렷하고 자연스러운 민족의식에서 비롯된 것인지, 반도 남쪽 사람들의 일방적인 시선인지 궁금해질 때가 있다. 나는 유목민의 역사를 포함한 다민족이라는 관점에서 언젠가 흩어진 한국인들의 이야기가 모여 재조명되기를 바란다.

얼마 전 홍범도 장군 유해 봉환 소식을 듣고 나니, 학부 시절 대학원 형들과 '자유시 참변'을 주제로 논문을 쓰던 기억이 떠오른다. 독립운동을 하다 머나먼 이국땅에 다다른 이들은 결국 서로에게 원치 않은 총부림을 하게 되었다. 노선 차이와 내부 알력은 이국땅의 소란을 맞아 증폭되었고, 동족 간 유혈사태라는 돌이킬 수 없는 비극으로 이어졌다. 그들의 말로는 스탈린의 한인 강제 이주였다. 그 시련 속에서 눈을 감게 된 많은 운명은 내게 교과서나 논문 속 민족 독립운동의 이야기일 테지만, 그들에겐 핏줄의 배경이 되는 이주민들의 가족사였을 것이고 이제는 이주의 역사가 아니라 정주의 역사가 되었을 것이다. 그들이 그 배경을 심각하게 인식하고 사는지는 알 수 없지만 그렇게 살지 않더라도 괜찮다고 생각한다. 그것은 내가 중국에서 발원한 내 성씨의 역사와 족보에 관심이 없이 그냥 주어진 대로 살아가는 것과 비슷한 일일 것이다. 중요한 것은 오늘을 함께 같은 공간에서 살았다는 점이 아닐까.

중국인들과 이야기할 때는 매번 그 스케일에 놀라곤 했다. 언젠가 중국인 유학생과 호프집에서 치맥을 한 적이 있다. 벽걸이 텔레비전에서 단정하게 차려입은 기상캐스터가 명랑한 목소리로 또박또박 말했다. "오늘은 전국적으로 많은 비가 내릴 것으로 예상됩니다." 우리에게는 그다지 이상하게 느껴지지 않는 그 말에 대륙의 유학생이 박장대소를 했다. "아니, 어떻게 전국에 비가 와!" 그 천진난만한 놀라움에 우리도 어이가 없어 웃음이 나왔다. 중국인에게 전국에 비가 온다는 말은 결코 성립할 수 없는 문장이었다.

이들과 종종 민주주의를 주제로 토론할 때면 정말이지 평행세계에 있는 것만 같았다. 삶의 여러 영역에 호방한 기상을 가진 그들에게 정치는 특히 조심스럽고 예민한 주제였다. 그들은 광활한 대륙에 나눠 사는 14억 명을 투표를 통해 민주국가로 이끄는 것이 진심으로 불가능하다고 믿는 듯했다. 하지만 이미 그 못지않은 덩치의 13억 인도가 민주국가로 잘 살고 있다는 것을 굳이 말해주지는 않았다.

일본인 교환학생들과는 담당 교수님의 부탁으로 경주로 벚꽃놀이를 같이 간 적이 있다. 전세버스에서 좋아하는 한국 아이돌 가수의 노래가 들리면, 그 친구들은 몸으로 즉각 반응해 활기찬 율동과 함께 따라불렀다. 일본인 친구들은 레드벨벳을 좋아했다. 한국에서는 '흥'이 날 때 눈치를 덜 봐도 되어 좋다고 했다. 흐드러진 벚꽃을 구경하고 한국식 '감성사진'을 찍어주었다. 왕의 길을 걷고, 문무대왕릉에 갔다. 그들이 표지판에 적힌 만파식적 설화에 대해 물었을 땐 정말 난감했다. 차마 '왜구를 내쫓기 위해'라는 맥락은 전할 수가 없어 외적을 물리치는 마술피리 정도로 순화해 말해주었다. 어느 날 점심 시간에 부산의 한 일식 라면집 앞에 발을 동동 구르며 줄 서서 기다리고 있는 일본인 친구들을 보았다. "너희 동네 라멘 놔두고 왜 여기서 줄 서서 먹냐"고 물었더니 그들의 대답이 압권이었다. "인생 라멘이에요……. 우리 동네보다 더 맛있어!"

각자 나름대로 이 땅에 잘 정착한 이들에게는 한국의 어떤 점이 매력적으로 보이는지 궁금했다. 몽골에서 건너온 N이 그것을 잘 말해주었다. 그 친구는 몽골에서 인정받는 인재로 미국에서 유학한 수재였는데, 미국의 유명 대학원에 진학하는 대신 한국 유학을 선택했다. 그 결정은 일생의 중대사였으므로 엄청난 고민이 뒤따랐지만 지드래곤이 선택의 촉매 역할을 한 것도 사실이라고 한다. 처음에는 장난으로 하는 말인 줄 알았는데, 그 팬심이 남달라 권지용 씨의 존재가 유학생활의 원동력이자 스트레스를 견디게 해주는 면역체계 같은 것이었음은 확실해 보인다.

N은 부산에서 영어강사로 일하는 동안 어린 한국인에게

살아 있는 한국어를 잘 습득했고, 내가 아는 외국인 중 가장 풍부한 어휘를 구사했다. 연차가 쌓이자 울란바토르 출신인 그 친구는 경기도에서 건너온 나보다 더 부산 사투리를 잘 썼다. 초면인 사람들에게 출신지를 밝히면 모두가 진심으로 놀라워했다. N은 석사과정 동안 나와 연구실 생활을 같이하며 내 굽은 어깨에 피로가 한가득 뭉쳐 있으면 종종 주물러 풀어주곤 했다. 꽤 전문적으로 틀어진 부위의 근육을 짚어가며 마사지를 해주기에 어쩜 이렇게 잘하느냐고 물었더니, 스포츠 마사지사 자격증을 갖고 있다는 답이 돌아왔다. 몽골에 계신 할머니께 안마를 제대로 해주고 싶어 자격증을 땄다고 했다. N은 배우고 싶은 게 생기면 내게 꼭 이렇게 물었다.

"오빠! 그거 어느 학원 가면 배울 수 있어?"
"학원? 너 진짜 완벽한 한국 사람 다 됐구나? 하하하하."

이 땅에선 댓글만 재치있게 달아도 사람들이 "댓쓴이 어느 댓글학원 나왔어요?"라고 묻는다. 그래서인지 머릿속에 학원부터 떠올리는 N에게서 진짜 한국 사람이 보였다. 이 땅에선 학원을 통하는 것이 가장 빠르다는 사실을 깨우친 것 같았다. 덧붙여서 N은 한국에서는 무언가 배우고 싶은 게 있으면 꼭 그것에 걸맞은 학원이 있어서 좋다고 말했다. 지적 호기심이 많은 N에게 한국의 교육열은 배움의 고속도로처럼 느껴진 듯했다. N은 종종 감탄의 어조로 내게 말했다.

"한국 사람들 정말 열심히 살아. 항상 무언갈 끊임없이 배우려 해. 난 그게 이 나라가 성공한 이유라 생각해. 정말 좋아!"

주위에 열심히 사는 여러 한국인의 모습을 보면 두세 배는 더 노력해야겠다는 동기부여가 된다고 했다. 나는 그런 한국 사회와 한국 사람들이 피곤할 때가 많은데, N은 한국인처럼 열심히 사는 것에 자부심을 느끼고 있었다.

N의 말처럼 한국인들은 대체로 치열하게 산다. 노는 것보다 일하는 것에 익숙하고, 직업이 없어 집에서 놀고 있는 것을 굉장히 부끄러워한다. 근로 시간을 줄여준다는 말을 마냥 좋아하지 못한다. 대개는 초과근무를 더 하지 못해 아쉬운 사람들이기 때문에 되찾은 저녁을 또다시 부업이나 소일거리와 맞바꾸곤 한다. 아마도 상당수의 한국인은 소득이 없는 상태보다 노동이 없는 따분한 상태를 더욱 견디기 힘들어할 것이다. 그렇게 몸이 축날 정도로 열심히 살기 때문에, 그 고된 노동에서 느껴지는 눅눅하게 젖어드는 삶의 애환은 반도 사람의 보편적인 정서로 자리 잡는다. 나아가 '고생의 순간에 함께 밥을 먹은 사람'만이 진정한 동료로 인정받는다. 그 친구도 한국적 동고동락同苦同樂의 의미를 연구실 사람들과 울며불며 학위논문을 쓸 때 깨달았다고 했다.

N은 '해방 이후 이승만계 여성 정치인 임영신의 과도정부 수립 외교활동'에 관한 주제로 석사학위를 받았다. 영어와 한자와 한국어라는 세 가지 언어장벽을 뚫고 성실하게 써낸 논문이었다. N은 여전히 한국에 남아서 현재 한국학 박사과정을 밟고 있다. 연구주제가 무려 '조선 시대 역모 관련 의금부 재판 기록'이라고 한다. 고생을 어느 정도 즐길 줄 알아야 이 땅에서 재밌게 살 수 있는데 여러모로 대단하다. 언제 어디서나 자기 삶에 최선을 다하는 사람은 매력적이고, 그런 사람을 많이 담아낼 수 있는 공간은 역동성이 넘치는 살아봄 직한 공간이 된다. 노력의 농도가 진하기로 유명한 이 열심 공동체 대한민국은 앞으로도 더 많은 인재를 빨아들일 것이다. 한국 사람들이 열심히 산 덕에 게으른 내가 이 친구를 만날 수 있었던 게 아닐까.

민주주의가 궁금했던 어느 중국인

이곳에서 드물게 정치적인 각성을 경험한 이도 존재했다. 중국인 Q는 묘한 시기에 한국에 머물러 평소 관심도 없던 민주주의가 궁금해졌다. 이 에피소드는 2016년 국정농단에 분노한 시민들이 거리로 몰려나와 촛불을 들었던 겨울에 시작된다. 처음엔 별것 아니겠거니 싶었던 만 명 단위의 작은 집회가 이렇게까지 전국적으로 번질 줄은 아무도 몰랐을 것이다. 날이 거듭될수록 얌전한 사람들까지 집 밖으로 나오며 시위 인파는 늘어만 갔다.

뒤늦게 발등에 불이 떨어진 책임 당사자의 어떠한 회유도 먹히지 않았다. 시베리아 냉골에서 불어온 한파도 시민들의 열기를 식히지 못했다. 지방의 시민들은 전세버스까지 빌려 서울로 몰려들었다. 정치학을 배우면 필연적으로 존 로크를 마주치게 된다. 그는 선거를 통해 유권자와 임기제 계약을 맺은 정치인이 정당성을 잃어버릴 경우, 계약 파기를 선택한 시민들의 저항에 부딪혀 해고당할 수 있다는 사회계약론을 주장했다. 정치학도로서 이론이 현실이 되는 순간을 직접 목격하는 경험은 굉장히 인상 깊은 일이었다.

나는 격주마다 집회에 참가했다. 정치학과 출신이 가져야 할 최소한의 양심이었던 것 같다. 마음 맞는 교수님과 뜻을 함께하는 선후배들이 모여 부산 한복판에 있는 서면 거리로 나갔다. 서울에 100만 명쯤 모이자 대응팀으로 전국의 젊은 경찰들을 모조리 빨아들인 모양이었다. 그 탓에 지방에는 경찰 인력이 턱없이 부족해 보였다. 교통정리를 설 짬밥이 아닌 것 같은 나이 든 경찰이 도로 한쪽을, 시민 자원봉사자가 나머지 한쪽을 맡아가며 안전한 집회를 위해 교통질서를 유지하는 진풍경이 펼쳐졌다.

이 나라의 지도자에게 해고 통보를 내리는 중대사였지만 집회 분위기가 시종일관 진지한 것만은 아니었다. 무언가 색달랐다. 최소한의 무게감은 유지하면서도 공연과 풍자와 구호가 조화롭게 어울렸다. 마치 정치 문화제가 열린 듯했다. 그래서 더 재미있었다. 재미가 있어서 사람이 모이는 것인지, 모인 사람들이 재밌게 만든 것인지는 잘 모르겠다.

그런 집회가 여러 차례 반복되며 무르익을 즈음이었다. 날이 점차 추워져 숨 쉴 때마다 입김이 나왔고 전날 종일 내린 비에 젖었던 도로가 잔뜩 얼어버렸다. 유독 추위를 많이 타는 나는 대비를 철저하게 했다. 내복을 두 겹씩 껴입은 후 가장 두꺼운 청바지를 입었고, 양말은 두께 순으로 세 개를 덧신어 하반신을 보호했다. 상반신도 마찬가지였다. 발열 내의 위에 목티, 그 위에 모직 셔츠와 두툼한 스웨터를 기본으로 바람막이와 패딩 조끼까지 껴입으니, 마치 동면이 임박한 곰처럼 몸집이 커졌다. 한층 둔해진 몸으로 자취방을 나서려는데, 평소 살갑게 지내던 중국인 유학생 Q에게서 전화가 걸려왔다.

"호선, 호선아! 민주주의 알고 싶어! 민주주의 구경시켜줘! 나도 나도 데려가!"
"형, 그런 취향이었어? 본국에서 알면 큰일 나는 거 아냐? 하하하! 같이 가자."

우리 모임에 합류한 Q는 한껏 신나고 고양된 눈치였다. 우리가 도착했을 때는 이미 운집해 있는 인파로 서면 쥬디스 태화 골목이 가득 차 있었다. 부산은 골목이 굽이지고 길이 좁아서 그런지 사람이 더 많아 보였다. 하는 수 없이 축축한 차도에 자리를 잡았다. 도로 쪽으로 밀려나는 과정에서 일찌감치 좋은 자리에 도착해 앉아 있는 다른 교수님과 마주쳤다. 강의실 바깥에서 뵈니 더 반가운 마음이 들었다. 뒤이어 몰려든 사람들로 부전-서면-범내골에 이르기까지 연속된 지하철 세 정거장이 모두 사람으로 가득 찼다. 번화가가 다른 의미로 번화해 있었다.

차가운 아스팔트 바닥에 오래 앉아 있으니 허리가 뻣뻣해지고 다리가 저렸다. 축축이 젖어드는 옷에서 한기가 스멀스멀 올라오자 점점 불쾌했다. 내구력 약한 엉덩이가 배겨서 자꾸 들썩거렸다. 내 들썩임을 눈치챘는지 옆에 앉아 있던 한 시민이 여분의 야외용 매트를 건네주었다. 아주 맑게 웃는 얼굴로 매트를 받으며 감사의 인사를 건넸다. 매트의 탄성과 엠보싱이 엉덩이를 편안케 했다. 그 덕에 두 시간가량 더 버티고 앉아 있을 수 있었다. 모든 사람이 한목소리로 대통령의 하야를 외쳤다. Q도 같이 외쳤다. 골목골목에 함성이 솟구쳤다. 여러 번 파도를 타며 시위가 절정에 다다를 때쯤 내가 장난기 어린 눈으로 Q에게 물었다.

"형! 민주주의 구경 좀 했어요?"
"민주주의 대단하다!"

그는 정치적 대의를 위해 자발적으로 사람이 이렇게나 많이 운집해 있다는 사실 자체를 경이롭게 여기는 듯했다.

내가 다시 물었다.

"민주주의가 뭔지 좀 알 것 같아요?"

"음, 민주주의가 뭐냐면……."

Q가 한참 뜸을 들였다. 그러고는 자신감 있는 목소리로 허공에 팔뚝을 내지르며 연이어 소리쳤다.

"시진핑은 하야하라!"

"트럼프는 하야하라!"

예상치 못한 외침에 나는 그 자리에 주저앉아 박장대소했다. 정치적 표현에 검열이 없다는 것을 그가 몸소 배운 것 같았다. 이곳의 자유는 그 정도 표현을 몇백 번 반복한들 아무런 신경도 쓰지 않는다는 것을 깨달은 현명하고 재치 있는 대답이었다. 나는 답했다. "형은 이제 중국 못 가겠다!"

뒤이어 술자리가 이어졌다. 술잔이 한 바퀴 정도 돌자 장난기가 돈 내가 형을 놀렸다. 이 형은 이제 중국으로 돌아가기엔 너무 자본주의와 민주주의에 흠뻑 젖어버렸는데, 한국에서 뭐 해서 먹고살지 같이 고민해주자고 말이다. 모두가 껄껄거리며 웃었다. Q도 한국의 술자리 분위기를 좋아했다. 후배 하나가 동북아에서 시민이 독재자를 끌어내린 역사를 보유한 나라는 한국밖에 없다고 팔불출처럼 자랑했다. 일본은 아직도 천황이 있고, 북한과 중국은 공산독재에서 못 벗어났으며, 러시아는 대통령이 차르 같다고 말이다. 동석한 교수님께서 농간당한 나라를 바로잡으려고 이 많은 시민이 추위에 떨면서 고생 중인데 이런 시국에 자랑은 부적절하다며 웃으셨다.

그에게는 정당성을 잃은 지도자를 교체한다는 것의 의미가 꼭 민주주의적인 방식이 아닐 수도 있겠다고 생각했다. 중국의 고전 『맹자』에는 '여러 번 간언해도 듣지 않는 임금은 바꿔도 된다'라고 오래전부터 역성혁명을 주장했기 때문이다. 하지만 진심으로 Q는 자유가 좋은 듯했다. Q는 말했다. 자신은 페이스북과 인스타그램 없이 살 수 없는 몸이 되어버렸다고. 집회 분위기에 취한 순간의 감상이라기보다, 무엇을 찍고 무엇을 써도 별다른 걱정하지 않고 속 편히 지낼 수 있는 게 좋다고 했다. Q는 인스타그램에 사진을 올릴 때, 의도치 않게 출연한 제3자의 얼굴을 일일이 모자이크 처리로 가려준다. 사진이 흉해지지 않냐고 물으면 그래도 타인의 초상권을 보호하는 게 옳다고 말한다. 인권 감수성이 나보다 낫다. 민주주의를 제대로 배웠다.

연민으로
내 이름을 짓고

연민은 니체의 걱정과는 달리 운
명의 영욕과 무게를 짊어지는 방법 중 하나가 될 수 있다.
그 방법 중에서 행복에 조금이라도 더 다가설 수 있는
나만의 방법은 글쓰기였다.
글쓰기는 내가 내 영혼에게 묻는 과정이고,
미움에게서 나를 보듬고 구원하는 방법이다.
연민의 글쓰기, 그것은 나의 존재 증명이다.

재판 띠로 증후군

주량이 솔직해지는 때가 있어. 오기로 버티고 부풀려 지어낸 스무 살의 주량과 헤어지는 거지. 그날의 우리 알코올 따위한테 지기 싫었잖아. 외로워도 슬퍼도 끝끝내 굳세 보이고 싶었잖아. 문제없어. 누구나 한 번씩 겪는 자연스러운 생애주기니까. 몸이 늙어버린 게 아니야. 비로소 마음이 내 한계를 받아들일 준비가 된 거지. 편하잖아. 돈도 아끼고 시간도 남고. 무엇보다 내일 덜 힘드니까. 그러니까 이만 적당히 마시자.

어릴 때는 세상을 계산할 수 있었어. 이를테면 성적 같은 거 있잖아. 안 해서 그렇지 조금만 노력하면 그런 건 남들이랑 엇비슷하게 오르내리는 거니까. 어린 날의 세계는 좁았어. 크게 신경 쓰지 않아도 충분했지. 하지만 세상은 늘 나보다 한 박자씩 빨리 자라더라고. 이제 좀 컸다고 내 통제범위를 훌쩍 넘는 것들이 나보다 더 어깨가 넓더라. 괜찮아. 모든 걸 다 가진 사람은 없으니까. 그러니까 적당한 체념은 당연한 정서야. 몇 개쯤은 그냥 던져버리자고. 남들이 알아서 줍겠지.

애도 어른도 아닌 시기가 길어지는 것 같아. 나는 요즘 "할 수 있어"라는 말이 그렇게 싫을 수가 없어. 할 수 있다고 말해놓고 못 하면 진짜 망신이잖아. 그건 응원이 아니야, 무책임이지. 그보다는 "나, 이 정도밖에 안 되는 사람입니다. 허락 없이 나에게 꿈과 희망을 팔지 마세요. 그런 거 안 사요. 절망에서 버티는 거라면 고민해볼게요. 잔소리는 건당 만 원 받습니다"라고 누가 대신 말해줬으면 좋겠어. 뭘 못 해도 괜찮고 하고 싶은 게 없어도 괜찮아.

유시민 아저씨는 젊을 적 감옥에서 "슬픔도 노여움도 없이 살아가는 자, 조국을 사랑하고 있지 않다"라고 말했다는데 정말 멋있어. 하지만 꿈도 희망도 없이 살아간다고 해서 나를 사랑하지 않는 것은 아니잖아. 그러니까 비참한 과거 따위에 '항소' 같은 거 하지 말자고. 더는 인생을 갈아 넣는 무모한 도전에 휘둘리지 않기를 바랄게. 억지로 늘린 주량은 너를 평생 괴롭힐 거야. 야망이나 낭만 따위가 의미 있는 건 적당히 먹고 살 때야. 그러니까 지금 당장 치킨을 시켜. 배가 부르면 좀 나을 거야. 너를 구원하는 건 어렴풋한 희망이 아니라 한 모금의 시원한 콜라라고. 요새는 주문도 간단하고 어디든 다 배달되니까 말이야.

사람이 갈 데까지 가버리면 남의 가난까지 부러워하게 되더라. 관심을 갈구하다 보면 남의 가난마저 샘이 나는 거지. 누가 뭘 자랑하건 신경을 껐으면 해. 안 그래도 부족한 집중력, 그런 데 낭비하면 아깝잖아. 그보다는 온전히 네 행복에 집중해.

그게 뭔지 모르겠다면 사소한 소비나 흔한 과식이나 충동적인 구매도 좋아. 잔잔한 일상의 의미들이 너를 반겨줄 거야. 기왕이면 책이나 영화도 찾아봐. 거긴 대놓고 세상 이치가 적혀 있는 곳이니까. 급할 때 먹는 비타민 영양제 같은 그런 거야. 사고 싶은 걸 잔뜩 샀는데도 허무하다고? 그럼 어쩔 수 없지. 다른 사람도 마찬가지니까. 그건 네 문제가 아니야. 자본주의를 택한 인류의 업보인 거지.

재생목록의 모든 음악이 물려버리는 때가 있어. 여태껏 좋다고 믿었던 취미와 취향이 모두 달아나버리는 거야. 하지만 불가항력이야. 달아나는 것을 애써 붙잡지 말아줬으면 해. 누가 내주는지도 모르는 숙제만 열심히 하다가, '노력하며 살았는데 난 왜 이 모양이죠' 하고 의심이 들 때쯤이면 늦어. 선택을 꼭 자기만 한다고 생각하지 마. 내키지 않게 주어지는 선택이 더 많아. 붙잡는다고 붙잡아지지도 않아. 인생이 원래 그런 것 같아. 낙심하라는 말이 아니야. 청유형과 명령문과 평서문은 큰 차이가 있어. 열심히 살되, 안 돼도 그만. 뭐, 크게 기대할 게 없다는 거지. 대체로 듣기 좋은 의지의 발산보다 보기 싫은 무기력이 사는 데, 아니 버티는 데 크게 도움이 될 거야. 국어 시간에 이런 걸 역설이라 배웠는데, 아마 세상일이 마음만큼 안 풀릴 때마다 자꾸 생각날 거야. 그건 시간이 가르칠 몫이니까.

자신에 대한 고민은 너무 깊게 하지 마. 지은 죄가 없더라도 법정은 원래 거북한 곳이야. 내가 나를 재판하기 시작하면 내 마음도 괜히 죄지은 듯 거북해질 뿐이야. 자기 자신을 법정 한복판으로 내몰지 않길 바랄게. 내면의 송사가 길어질수록 내 마음만 다칠 뿐이거든. 나를 기소하고 나를 변호하고 나를 판결하는 모든 마음속 공방들이 특정한 현답을 도출하기보다는 혼란스러운 우문만 내놓기 일쑤거든. 사실 우리 머리에서 현답이 나왔다면 철학자가 존재할 이유가 없겠지, 아마. 밤마다 자책하고 후회하는 우리가 앓고 있는 건 '재판 피로 증후군'이야. 언제 어디서나 재판은 괴롭고 피곤한 일이거든. 네 마음을 법정으로 만들지 마. 너 법복, 그러니까 판사 옷 안 어울려. 그리고 변호사 비싸.

　세상에는 인문학의 탈을 쓴 엉터리들이 참 많은 것 같아. 너무나 쉽게 진정한 자신을 찾으라거나 감춰둔 자신을 직면하게 되는 순간에 절대 도망치지 말 것을 주문하지. 남 일은 다 쉬워 보이나 봐. 나는 그런 거 안 믿어. 가끔은 비겁해도 된다고 생각해. 함부로 용기를 파는 거 아니라고 생각해. 인생에 '절대'와 '무조건'이란 없다고 믿거든. 영혼은 네 유일한 자산이야. 가진 게 영혼밖에 없는 사람은 그마저도 쉽게 소모하는 것을 경계해야 해. 방심하는 사이에 고민이 부풀어 자신을 갉아먹는 경우가 많거든. 그럴 바에야 차라리 생각 없이 사는 게 가장 행복한 길일지도 몰라. 내가 나의 주인이라는 이유로 스스로를 괴롭힐 권리가 있는 건 아니야. 투견의 견주는 나쁜 주인일 뿐이라는 걸 명심해줬으면 좋겠어.

우린 웬만하면 평균적으로 상처받고 평균적인 내구력을 가진 보통 사람이잖아. 그러니까 이제 위대해지지 말자. 적당히 둘러대고 적당히 도망쳐도 돼. 고민을 적당히 끊어내는 것은 비겁한 회피가 아니야. 그건 병법이야, 삼십육계. 핵심은 자신의 그릇을 인정하는 일이지. 그것은 키와 같아. 크게 태어날 수도, 작게 태어날 수도 있겠지. 하지만 중요한 것은 되도록 무리하지 않고 적당히 넘기면서 각자 나름대로 삶을 살아가는 게 아닐까.

그것이야말로 나 자신과 싸우고 나 자신을 심판하는 일보다 훨씬 더 중요하고 가치 있는 일인 것 같아. 자신에 대한 객관적인 주제 파악이 될 때 주량은 솔직해져. 억지로 마시지 말자고. 사람에게는 모두 미래 가치라는 게 있잖아. 저성장 시대, 모두가 공평하게 불행한 세상에서 성실하게 세금 내가며 뭐라도 해서 먹고살고 있다면 그 자체로 성공인 거야. 서로 흠잡고 미워하지 좀 말자고. 이만 들어가 볼게. 나도 치킨 좀 먹자. 배달비 주러 나가봐야 해.

내 영혼을 믿지 못하여

나는 내 영혼을 얼마나 믿고 있을까. 그런 생각이 들 때면 자신의 영혼을 믿은 죄로 법정에 선 한 남자의 최후를 떠올린다. 소크라테스는 엉뚱한 사람이었다. 자연이 무엇으로 빚어졌을까에 집중했던 당대의 많은 현인과 달리, 그는 인간이 궁금했다. 그는 델포이 신전의 신탁이나 점괘가 주는 답을 믿지 않았다. 예정된 미래나 강요된 운명 앞에서 과연 인간이 설 자리가 있겠는가. 그는 오로지 영혼의 귀를 열어 인간 이성의 목소리를 듣고자 했다. 그것이 자기 자신을 알 수 있는 유일한 방법이었다. 소크라테스는 선택의 갈림길에서 앞날을 두려워하는 청년들에게 '다이몬daimon의 소리를 경청하라'고 가르쳤다. 그러나 마음이 꼬인 사람들 탓에 '다이몬'은 '데몬'으로 둔갑했다. 다이몬은 영혼이라는 뜻이고, 데몬은 악령이라는 뜻이다. 그는 성난 군중에 의해 악령의 말을 유포하는 사상범으로 몰려 청년을 타락시키고 이단을 숭배한 죄목으로 음독형을 선고받았다.

위대한 철학자 소크라테스는 재판 결과에 불복하고 충분히 다른 미래를 그릴 수도 있었다. 억울할 법도 한데 그는 주위의 만류에도 결코 도망치지 않았다. 그리고 의연히 독배를 마심으로써 자신에게 강요된 운명을 오히려 자신의 선택으로 뒤바꾸었다. 강요된 운명에 대한 의지의 개입. 철학자는 자신의 운명을 함부로 내맡기지 않는다. 철학자는 자신의 운명을 스스로 선택해 맞이한다. 소크라테스의 최후는 인간이 자신의 의지를 통해 운명과 줄다리기할 수 있는 존재임을 생생하게 보여주는 것만 같다.

소크라테스의 죄는 자기 영혼에게 존재의 이유를 물었다

는 것이다. 인간을 인간답게 하는 것은 건전한 영혼이며, 자기 인생의 답은 자기 영혼에게 묻는 것이다. 그가 위대한 철학자인 이유는 영혼에게 묻는 법을 깨달은 최초의 인간이기 때문이다. 그러나 도리어 이런 생각도 든다. 인간은 믿음의 동물이지만, 그만큼 무언가를 쉽게 불신한다고. 내 빈약한 믿음으로 나는 내 운명과 줄다리기에 나설 수 있을까. 과연 내 영혼은 건전하며 나는 내 인생의 정답을 내 영혼에게서 구할 수 있는지 말이다.

나는 종교가 없지만, 예수의 최후를 들을 때면 마음이 겸허해진다. 신은 고된 노동을 통해 자신을 본떠 인간을 만들었다. 그러나 완벽하게 자신을 복제해내지 못한 창조주는 자신의 불완전한 피조물을 가여워했다. 모자라고 연약한 인간들은 자기 자신을 사랑하지 못해 죄를 지으며 살게 되었다. 신은 자신을 사랑하지 못해 괴로워하는 인간을 연민했다. 예수가 아가페의 정신으로 모두를 사랑하려 이 땅에 내려왔으나, 사랑하고 사랑받는 법을 잊어버린 인간은 사랑을 불신하고 말았다. 자신이 저지른 죄를 감당하지 못한 연약한 인간을 연민했던 예수는 인간을 대신해서 죽어주고자 했다. 징벌의 벼락보다 창조한 이의 연민과 사랑으로, 자신의 피조물들이 저지른 모든 죄악을 받아 안고 십자가에 매달렸다. 예수는 죽음을 이기고 사흘 만에 부활했다. 타인을 향한 연민과 자기희생. 예수의 최후에서는 늘 좋은 향이 난다.

그러나 인간의 치명적인 결함은 지나치게 편파적으로 기억한다는 점이다. 예수는 자신의 죽음으로 이 땅에 사랑을 물려주었으나, 상속자 인간은 또다시 사랑하는 방법을 잊고 말았다. 사람들의 기억 속에서는 예수가 베푼 연민보다 죽음을 이기고 부활한 그의 권능만이 남았다. 미움과 불신이 만연했다. 인간의 피해의식 속에서 권력욕에 찌든 사제들은 신의 대변인을 자처하며 약 1,000년간 이 세상을 주물렀다. 종교가 권력을 탐하면서 신의 사랑은 금세 잊히고 말았다.

높이 솟고 거대해진 교회 앞에서 사람들은 그깟 신이 내게 해준 게 뭐냐고 물었다. 내 인생은 왜 이리도 비참한 것이냐고 신에게 물었다. 그러나 신은 아무 답도 주지 않았다. 인간들은 신에게 반항했다. 중세의 끝에서부터 근대의 절정을 지나치는 철학사의 이 대목은 꼭 늙어버린 부모와 비뚤어지려 작정한 사춘기 자식 간의 대립과 닮았다는 생각이 든다. 부모는 더 해주지 못해 자꾸만 미안해하고 자식은 부모가 못 해준 것만 꼬집으며 서운해한다. 자식은 촌스러운 부모를 부끄러워한다. 그렇게 부모는 초라함을 느끼며 자식에 대한 권위를 잃는다.

저물어가는 신의 시대를 바라보던 니체가 말했다. "신은 죽었다." 여태껏 나는 그것이 신을 타도하자는 선동적인 말인 줄로만 알았다. 그러나 그것은 도전이라기보다는 증언에 가까웠다. 그 증언에는 당대의 인간들이 더는 신에게 의지하려 하지 않는다는 시대상이 담겨 있었다. 그러나 인간의 홀로서기는 허무했다. 신이라는 영혼의 중력이 사라지자 무게중심을 잃은 인간은 의미를 잃고 방황했다. 방향성을 상실한 인간은 삶의 무의미에 괴로워했다. 의미의 원천, 언제나 기댈 수 있었던 신의 어깨. 이제 나는 무엇을 믿어야 하는가. 저는 삶의 이유를 모르겠습니다.

정서가 불안한 사슬 풀린 인간에게 자유가 꼭 저주처럼 느껴졌다. 신을 버린 인간은 신의 대용품을 찾기 시작했다. 눈앞에 보이는 모든 것이 어미로 보이는 아기 새처럼 아무거나 숭배하고 아무거나 신격화했다. 그들에게 그것은 국가였고, 이데올로기였고, 자본이었고, 독재자였으며, 스포츠 스타나 아이돌 가수이기도 했다. 그러나 모조리 모조품이었다. 그들은 사랑을 받기만 할 뿐 되돌려주는 데는 극도로 인색했다. 무한히 자신의 투정을 받아줄 존재의 부재, 그 정서적 궁핍함에 더해 삶의 덧없음과 책임감에 짓눌린 의지할 데 없는 무력한 인간들은 삶의 허무를 견디지 못해 스스로 목숨을 끊고 말았다. 사회학자 에밀 뒤르켐은 위와 같은 사인을 두고 '아노미적 자살'이라 명명했다.

부모의 간섭과 과보호에 염증을 느끼며 부모를 떠났던 자식은 부모의 죽음으로써 그 큼직한 빈자리를 깨닫게 된다. 삶이 벅찰 때마다, 혼자서 결정하기엔 버거운 일들을 마주할 때마다, 인생을 되돌리고 싶을 때마다, 누구라도 붙잡고 울고 원

망하고 싶을 때마다 부모의 품이 그립다. 그 아픔은 온전히 본인의 몫이 되었다. 창조주 신의 죽음은 곧 인간이 신에게 헌납했던 영혼을 되찾은 역사적 사건이었다. 그래서 의기양양해진 인간은 이 시기를 '부활'이라는 뜻의 '르네상스'라 명명한다. 신의 죽음은 곧 인간의 부활이었다.

그러나 인간은 언제나 망각의 동물이라 또다시 영혼에게 묻는 법을 잊고야 말았다. 신에게서 자아를 되찾은 인간들은 신에게 사랑을 구걸할 수 없었다. 신이 죽었기 때문이다. 인간 대신 십자가를 메어줄 예수는 더는 존재하지 않았다. 고달픈 십자가의 운명은 인간이 짊어질 몫이었다. 영혼을 되찾은 인간들은 묻는 법을 상실한 채로 외로운 홀로서기에 나서야 했다. 영혼에게 진심을 묻는 것이 죄가 되던 시대가 있었다. 신의 뜻에 순종하면 모든 것이 명확했던 시대가 있었다. 그러나 갑자기 그 모든 것에서 해방된 인간은 흩어진 의미의 세계에서 존재의 이유를 찾아 방황하며 서로서로 멀어졌다. 홀로 선 인간들의 외로움과 불안, 떨쳐내기 어려운 우울. 어쩌면 그것은 철학사적으로 예견된 결과물일지도 모르겠다.

그렇게 하염없이 주저앉아 울고 있던 마음 여린 인간에게 망치를 든 철학자가 다가왔다. 니체는 "네 운명을 사랑하라"고 다그쳤다. 그리고 나지막하게 덧붙였다. "영원히 반복되어도 좋을 만큼." 신의 권위가 산산이 조각난 시대의 혼란 속에서 아마도 니체는 단단한 인간을 원했던 것 같다. 멈추지 않고 계속

힘을 갈구하며 상처받더라도 초과 회복하여 더욱 강해지는 의지의 인간. 그런 인간만이 무너지지 않고 자기 뜻을 펼칠 수 있으므로.

니체는 나약한 인간을 혐오했다. 그리고 연민을 나약함의 증표라 여기며 부정했다. 그런 감정은 노예의 도덕이며 자기 삶의 주인이 되고자 하는 인간에게 불필요하다고 말이다. 그러나 어째서인지 나는 니체를 읽을 때마다 강해지고 싶다는 생각은 별로 들지 않는다. 외려 자기연민에 빠지는 시간이 길어진다. 나는 연민의 힘으로 삶을 살아가는 인간이기 때문이다. 니체가 말하는 '강함'에는 연민과 동정심 같은 '감정의 낭비'가 들어설 자리가 눈곱만큼도 존재하지 않는다.

하지만 나는 애당초 '낭비되는 감정'이란 없다고 믿는다. 단단하지 못한 무른 인간도 결코 약하지 않다고 생각한다. 그것은 다른 종류의 강함일 뿐이다. 나는 눈물의 힘을 믿는다. 니체의 말은 항상 매혹적이면서도 반발심에 휩싸이게 만들곤 한다. 이 글은 니체를 읽다가 쓰였다. 나는 니체가 부순 세계에서 영감을 얻어 허우적거리고 있다. 니체의 글을 읽으며 그와 진중한 토론을 벌이면서, 그는 나를 절반쯤 설득했지만 나는 결국 내 뜻을 꺾지 않았다. 니체의 우려를 무릅쓰고 나는 연민으로 글을 쓴다.

아모르 파티

내가 사랑했던 모든 것이 시들어가네.

슬픈 일이 있어야 슬픔이 찾아오는 사람은 아마도 건강한 사람일 것이다. 찾아왔다는 것은 언젠가 돌아갈 것이라는 기약과 한 쌍이므로. 무력감이라는 것은 불시에 찾아와 하는 일마다 훼방을 놓으며 똬리를 틀고 눌러앉는 그런 놈이니까. 나는 무기력이 인간을 잡아먹는 모습을 관찰한 적이 있다. 사람은 한 번도 패배해보지 않고도 패배주의자가 될 수 있다. 포기도 도전도 하지 않는 방법으로 비겁하게 현실을 늘릴 수 있다.

살다 보니 별수 없구나. 무엇 하러 이렇게까지 열심히 살아야 하나. 왜 하는 일마다 이 모양일까. 탄성을 잃고 늘어나버린 고무줄처럼, 현실에 눌러앉아 상실한 의지를 껴안고 그대로 잠들어버리는 것. 이것은 자의로 현실을 늘려놓고도 그 현실을 미워하며 부정하는 일일 것이다. 늘 하던 대로 도망쳐야지 굳게 마음을 먹는 것마저 잘 안 될 때면 도망도 단념하게 된다. 숨차는 것이 무섭기 때문이다. 이런 상황에서는 설령 다시 기회가 주어진들, 안도하기보다는 덜컥 두려움에 사로잡히고 만다. 사람이 주저앉아 세상에 굴복하는 과정은 항상 이런 모습을 하고 있다.

자기 자신을 믿지 못하는 위축된 인간은 과자봉지를 뜯는 사소한 일에도 실수가 잦아진다. 잘못 터진 과자봉지에서 자존감이 바스러져 바닥에 뿌려진다. 인스타그램은 행복만 걸어두는 곳이야. 그걸 알면서도 머릿속에선 '남들은 다 저렇게 행복해 보이고 열심인 것 같은데' 하는 생각이 휘몰아친다. 스마트폰 액정 속에 초라한 자화상만이 담긴다. 내게 시간을 다시 준다 한들, 또 몇 번을 과거로 되돌아간다고 한들 결과를 더 좋게 만들 수 있을까. 얼마 지나지 않아 더는 해낼 자신이 없다고 쇠락한 의지가 내게 답한다. 그렇게 미래에 대한 기대를 잃고 신나는 일이 쪼그라든 채 사회에 녹아버리면, 비로소 청춘은 사회인으로 징집된다. 요새는 예비 사회인의 복무 대기줄도 꽤 길다고 하던데. 나를 사랑하는 방법은 왜 이리도 어려운 것인지. 오늘따라 또 문장은 왜 이리 겉도는 것인지. 세상에 내 마음대로 되는 게 몇 없다.

그러한 나에게 니체는 주인으로서 당당히 자신의 삶을 장악하고 자기 운명을 받아들이는 초인이 되라고 가르쳤다. 타인의 기대에 짓눌려 내 인생을 잃어버리게 만드는 노예근성과 내 행복을 도둑질해가는 피해의식에서 하루빨리 벗어나라고 가르쳤다. 인생에 불필요한 순간이란 없으며, 모든 것이 거쳐야 할 필연임을 깨달으라고 말했다. 무엇보다 내 인생의 불행마저 나를 완성하는 퍼즐 한 조각이었음을 기쁜 마음으로 눈물겹게 받아들이라고 가르쳤다. 불운에서조차 어떠한 의미를 발굴하며, 결국 그것을 이겨내고 더 좋은 인간이 되겠다 선언하는 것. 삶이 비극이라면 그 속에서 고통받기보다 차라리 비극의 주인공이 되라고 말이다. 운명은 쟁취하는 것도, 그냥 주어지는 것도, 부정하며 도망쳐야 할 것도 아니다. 운명은 사랑해야 할 일이다. 초인이란 스스로 삶의 허무를 극복하고 자신의 삶을 자기가 부여한 의미대로 밀고 나가 제 운명을 영원히 반복해도 좋을 만큼 정력적으로 사랑하게 된 사람이다. 그러니까 운명애, 아모르 파티Amor fati를 가진 사람이라고.

니체의 말은 삶에 치여 허약해진 내게 건네는 강력한 위로 같다는 생각이 든다. 그러나 한편으로 나는 그런 담대한 사람이 되지 못할 것이라는 자괴감에 휩싸이곤 한다. 니체는 얼른 진정한 어른이 되라며 내게 망치를 건넸다. 그러나 나는 도무지 그 망치로 내 알량한 자존심을 부수지 못하겠다. 가진 게 없는 나는 자존심 하나로 삶을 버텨왔다. 그것은 아마 오기였을 것이다. 갖고 싶어도 필요 없는 척, 전혀 부럽지 않은 척, 상처받은 모습을 감추려고 일부러 바쁘게 사는 척. 나는 여전히 남을 의식하고, 비교하고, 열등감에 괴로워하며 인생의 몇몇 순간을 되풀이하고 후회한다. 마음 편히 행복을 누려본 경험도 부족해서 까닭 없는 불행엔 항상 그럴듯한 이유를 붙여주면서도 굴러온 행복엔 이유 없이 불안해한다. 니체의 철학은 내게 진지한 반성의 시간이 되어주기도 하지만 변명의 시간이 되어주기도 한다.

나는 깨달음이 느리고 고집이 센 학생이라 고통에 맞서기보다는 피하고 싶다. 내 인생에 기쁜 일만 가득하길 바란다. 나는 불운이 찾아오면 원망할 대상부터 찾는다. 불행보다 두려운 것은 탓할 대상이 없는 것이라고 믿는다. 나는 어설픈 자기 위안과 비겁한 정당화의 고리에서 나 자신을 달래고 진정해야만 하는 피로의 날들이 두렵다. 니체는 피해의식을 극복하고 자기 삶을 장악한 자유롭고 고양된 인간을 원했다. 그러나 나는 여전히 몇몇 부분에서 피해의식을 갖고 있으며, 내 삶을 장악하기보다는 되는 대로 살면서 이리저리 끌려다닌다. 자유롭지도 위대하지도 않다. 가난한 집에서 태어나지 않았더라면, 선택의 순간에 조금 더 좋은 정보가 주어졌더라면, 조금 더 여유롭고 모자람 없는 학창 시절을 보냈더라면, 좋은 기회가 왔을 때 쭈뼛거리며 뒷걸음질 치지 않았더라면, 대학 시절 남들처럼 해외여행을 자주 다닐 수 있었다면, 그때 그런 말을 엄마에게 하지 않았다면, 동생을 때리지 않았다면……. 나는 아직도 내 후회와 화해하지 못했다.

더럽고 치사한 날들이 이어질 때면 나는 더더욱 니체를 부정하고 싶어진다. 그래, 까짓거. 눈 한 번 딱 감고 넘어가자. 욱하고 올라오는 순간을 잠시 재워두지만, 잘 때쯤이면 꼭 잠재워둔 치욕이 자꾸만 머릿속에서 잠꼬대를 내뱉는다. '그때 이렇게 말했어야 했는데', '어떻게 걔가 나한테 그럴 수 있지?', '어떻게 되갚아 주지?' 이런 날에는 도무지 잠을 이룰 수 없다.

상실의 시대, 박탈감의 시대, 미움의 강도가 존재를 짓밟을 정도로 치솟고 있는 세상. 자기애의 과잉과 자기혐오의 과다 사이에서, 서로가 서로를 부정하는 인정소동의 한복판에서 과연 피해의식에서 벗어난 인간이 몇이나 될까. 이 세상 사람들 모두가 마치 복수의 화신이라도 된 것처럼 모든 것을 미워할 때면, 이런 세상에서 어떻게 삶의 허무를 극복한 초인이 되고 어떻게 영원히 반복되어도 좋은 삶을 살라는 것일까. 나를 보지도 않고 악마라 말하는 이들 앞에서 과연 나는 어떻게 살아야 하는 것일까.

사람을 믿는 게 두려울 때도 있었다. 내 뜻대로 되지 않는 세상, 나를 떠나간 수많은 사람, 노력에 배신당한 모든 순간이 떠올랐다. 온전히 마음을 내주어도 괜찮을까. 혹여 상처로 돌아올까 두려운 것이다. 가족은 언제나 나를 사랑해야 한다는 믿음은 언젠가 가족마저도 나를 배반할 수 있다는 가능성을 부정하는 것이다. 이 사랑이 영원할 거라는 믿음은 되려 사랑에 소홀함이 스며들 가능성을 불러올지 모른다. 살다 보니 그건 아집이었다. 차라리 언제든 나를 떠나갈지 모른다고 믿어야 조금이라도 더 관계에 성실한 사람이 된다. 나는 조건 없는 사랑을 배우지 못했다. 결핍으로 길러져 안식을 갈구하며 살아가고 있다.

한때 나는 내게 베푸는 주변 사람들의 호의에 의문을 품은 적이 있다. 무언가를 받으면 그만큼 되돌려주지도 못하는 인간에게 어째서 그렇게나 많은 사랑과 격려를 나누어주는 것일까. 만약 나에게도 조건 없는 사랑이 주어진다면 한 치의 의심도 없이 그 사랑을 온전히 받아낼 수 있을까. 나는 넉넉한 인간이 못 되어 그럴 자신이 없다. 그렇지만 항상 사랑받고 싶다. 나도 나를 잘 모르겠다. 심보가 못된 것은 분명하다.

　　나는 내 인생의 어둡고도 암울한 순간이 영원히 반복되는 것을 원치 않는다. 특히 학창 시절을 두 번 다시 겪고 싶지 않다. 천진난만하게 가장 밝아야 할 시기에 너무도 많은 어둠을 내색하지 않은 채 품고 있었다. 급식비 지원서류를 내기가 부끄러워 그것이 나의 부끄러움인가, 내 부모의 부끄러움인가 자문하며 교무실 문 앞에서 누가 듣기라도 할까 봐 조마조마한 마음으로 한참을 서성였던 일. 그렇게 용기를 냈으나 내 가난을 타박하고 귀찮아하던 교사에게 있는 힘껏 욕을 내뱉었던 일. 커서도 교무실 문 앞에서의 쭈뼛거림이 없어지지 않고 재현되는 것을 발견하는 일. 내 생일날 가정이 파탄 났던 일. 그래서 나의 탄생이 불행의 씨앗처럼 느껴졌던 일. 비싼 양식당에서 어떻게 먹는지 몰라 눈치를 보며 먹고 싶지 않은 음식을 따라 주문하며 거짓으로 웃음 짓던 일. 사랑하는 사람에게 혹여나 내 불행이 옮을까 내 마음을 전하지 못해 머뭇거렸던 일. 스물다섯에 내 돈으로 생전 처음 초밥집에서 가족 외식이란 걸 해보고 엄마가 불쌍해 화장실에서 숨죽여 울었던 일.

"나를 죽이지 못하는 것은 나를 강하게 만든다"라고 니체가 말했다. 그러나 기억하기 싫은 비굴하고 비참했던 가시 같은 기억들이 그만 화해하자며 내미는 손을 나는 마지못해서라도 쥐고 흔들지 못하겠다. 수많은 고통을 겪었지만 전혀 강해지지 않은 것 같다. 마음은 근육인지 소모품인지 그 내구력을 가늠하기가 어렵다. 아직도 내 추한 민낯을 마주하는 일이 두렵다. 니체는 언제나 나의 비굴함을 생각하게 만든다. 그때 그러지 말았어야 했는데……. 자책으로 가득했던 지난날들, 남에게 보여주지 못할 나만이 아는 나의 비굴함, 나의 못남, 나의 부족함에서 도망치지 못해 발버둥 치는 일. 누군가는 후회하는 순간 자체가 인생의 낭비라며 이쯤에서 그만두라고 말하지만, 그건 생각보다 쉽지 않은 일이다. 허무와 비교와 박탈감. 나도 그 감정에 속고 싶지 않다. 언제쯤이면 내가 처한 상황을 과장하는 버릇을 그만둘 수 있을까. 초인의 기준이 있다면, 아마도 나는 한참 자격 미달일 것이다.

나는 불가의 '윤회'나 니체의 '영원회귀' 개념을 명확히 설명할 만큼 똑똑하지 못하다. 하지만 '영원회귀'라는 말은 내게 충분한 생의 의지를 끌어당겨주면서도 동시에 유언을 남기고 싶은 충동에 빠뜨린다. 내게 만약 또 다른 삶이 주어진다면, 원하는 게 하나 있다. 나는 우리 엄마가 이제 희생보다는 자기 삶을 충만히 누리는 인생을 살아가길 바란다. 어쩌다 우연과 인연이 겹쳐 다음 생에서도 만나게 된다면 다음엔 엄마가 내 딸로 태어났으면 좋겠다. 한 번 살아봤으니까 역할 바꾸면 정말 잘해주고 귀하게 갚아주겠다고 말이다.

하지만 운명이 또다시 내 바람을 꺾어버리고, 기어이 우리 사이에 모자관계를 되풀이해낸다면, 그래서 모든 고통을 감내하고도 다시 나를 낳는 어머니가 되고 싶다고 당신께서 소망한다면, 너를 낳은 것이 내 최고의 기쁨이었노라고 말해준다면, 나는 기꺼이 그 삶을 받아들일 것이다. 이번엔 연습을 한 번 해봤으니 더 잘할 수 있다. 그 윤회의 모습을 기필코 영원회귀로 만들고 말 것이다. 그리고 엄마에게 앞으로도 남은 생애만큼은 영원히 반복되어도 좋을 만큼 의젓한 당신의 아들이 되어드리겠노라 말할 것이다.

나의 연인에게, 내 반쪽에게도 남겨야 할 말이 있다. 가진 게 없는 나를 만나주어 고맙다는 말로는 전할 수 없는 것들이 있다. 남들보다 뒤늦은 내 인생, 남과는 다른 순서에 적잖이 당황했을 법도 한데, 그에 맞게 현명한 사랑을 나눠주어 감사하다고 말하고 싶었다. 누군가 그것을 맹목적이라 말한다면 오늘부터 그것은 용기의 다른 말이라고 믿을 것이다. 눈앞에 그 어떤 장애물도 사라지게 만드는 힘이야말로 맹목이라고. 사랑이란 것이 내 인생에 들어설 수 있을지 비관에 빠져 있던 나에게, 그대의 한없는 사랑과 헌신은 기어이 내 염세주의를 끝내주었다고. 그대의 이름은 '예쁜 인연'이고 나는 그 이름을 사랑한다고. 적당히 세상을 불신하는 대신 눈앞의 당신만은 꼭 믿어줄 것이라고. 덕분에 별 볼일 없는 내 생에 가장 빛나는 순간을 소유할 수 있었노라고. 그대에게 맞춰 나를 물들이겠노라고 적어둘 것이다.

혹 염치란 게 잠시 자리를 비켜준다면, 다음 생에 다시 만나더라도 또 한 번 나와 사랑해줄 수 있겠느냐고 물을 것이다. 순서도 목적도 없이 우리 사랑하자고, 망설일 것도 없이 달성할 것도 없이 그냥 만나서 또 한 번 함께 숨을 쉬자고, 그거면 됐다고. 그렇게 가진 것 없는 나는 또 한 번 우리는 '운명'으로 이어질 거라고 그대를 유혹해보리다. 글에 낭만이 과하다. 그러나 그만큼 한 편의 주인공이 된 것만 같은 느낌이 좋다. 나는 환경에 굴하지 않고 근사한 삶을 꿈꿀 것이다.

○ ● ○

고약한 감기에 들었다. 기침이 심했다. 기침을 할 때마다 영혼이 몸에서 빠져나오려 발버둥 치듯 몸이 튕기는 반동을 느꼈다. 호흡을 가다듬으니 기침이 멎었다. 행복해지는 법을 제때 배우지 못한 나는 연민으로 내 이름을 짓는 사람이다. 소망이 떠나버린 자리에는 연민만이 남았다. 나를 사랑하자고 다독이지만 아직도 나는 그게 서툴고 어렵다. 여전히 사랑하는 방법을 몰라서 사랑에 근접한 것들, 이를테면 남보다 쾌활하게 웃거나 설익은 손으로 쓰다듬으며 이만하면 나쁘지 않다고 어설픈 자기 위안을 하곤 했다. 그래서 차라리 나 자신을 가여워하기로 했다. 이리 뜯어보고 저리 뜯어봐도 시시한 인생이라는 생각이 들 때마다 있는 힘껏 자신을 가여워하기로 했다. 나를 가여워하는 것. 그것만큼은 자신 있다. 나를 나약하다고 말해도 좋다.

연민은 니체의 걱정과는 달리 운명의 영욕과 무게를 짊어지는 방법 중 하나가 될 수 있다. 그 방법 중에서 행복에 조금이라도 더 다가설 수 있는 나만의 방법은 글쓰기였다. 글을 쓸 때만큼은 글감이 되는 내 인생이 제법 근사하게 느껴졌다. 글로 표현된 나는 정말 가진 게 많고 세상에 단 하나밖에 없는 귀중한 사람처럼 느껴진다. 글쓰기는 내가 내 영혼에게 묻는 과정이고, 미움에게서 나를 보듬고 구원하는 방법이다. 연민의 글쓰기, 그것은 나의 존재 증명이다.

주황색 가로등 불빛 아래를 걷다가 두 개로 갈라진 내 그림자를 보았다. 옅은 하나는 멀찌감치 비스듬히 누워 나를 따라왔고, 짙은 하나는 바짝 붙어 나를 쫓아왔다. 나는 적당한 거리를 두고 두 개의 그림자와 함께 애매한 간격으로 길을 걸었다. 하나는 꼭 희미해진 내 꿈과 같고 다른 하나는 나를 독촉해오는 현실처럼 보였다. 걸음을 재촉하니 진한 그림자가 희미한 녀석을 집어삼켰다. 나는 눈을 질끈 감고 계속 앞으로 걸었다. 몹시 추웠다. 손이 시렸지만, 장갑을 끼고 싶진 않았다.

언젠가 포털사이트 검색창에 내 이름을 넣어본 적이 있다. 흔한 성씨와 이름이 아닐 텐데도 기다렸다는 듯이 좌르르 결과물이 쏟아져 나왔다. 제일 먼저 보인 건 동명이인들이었다. 나와 같은 이름을 가진 그들의 인생도 간략하게 엿볼 수 있었다. 이름 하나 같을 뿐인데 무슨 이유에선지 생면부지의 타인에게서 괜히 오래된 친밀감이 느껴졌다. 겸사겸사 그들의 인생이 잘 풀리길 빌어주었다. 그러면서도 나는 나 자신과 더 가까워지기를 소망했다. 친밀감이라는 것은 조금만 접하는 부분이 있어도 꽃씨처럼 피어났다.

동시에 화면에는 내가 쏟아낸 많은 글, 내가 흘린 많은 말이 담겨 있었다. 나는 나에 대해 다 안다고 생각했는데, 화면 속내 모습이 낯설게만 느껴졌다. 끊임없이 내면을 논쟁으로 채우던 시절이 있었다. 미숙했던 시절, 너무나도 많은 주장을 했다. 철렁하는 마음으로 노심초사하며 그때의 문장들을 큰 숨을 들이쉬고 하나하나 읽어보았다. 그때는 분명해 보였던 것들이 지금은 사실 꽤 혼란스럽게 다가온다. 이제는 지금의 취향과 가치관이 영원할 것이라 믿지 않는다. 아직도 나는 나를 잘 모르겠다. 앞으로는 조금 더 조심히 글을 쓰고자 마음먹었다.

그 마음을 가지고 나는 내가 속한 세대의 이야기 속에서 나의 이야기를 담았다. 액자 속에 액자를 겹쳐 각각의 독립적인 이야기를 한데 모았다. 따라서 이 책은 팍팍한 이 시대를 살아가는 한 청년의 성장사다. 연민과 애착으로 나 자신과 가족에 관해서, 살았던 공간에 관해서, 우리 시대 청년에 관해서, 결혼과 사랑의 문턱에 관해서, 이 땅에서 마주한 많은 이방인들에 관해서 자유롭게 썼다. 세상을 살아내며 겪어낸 경험과 기억 사이를 오가면서, 때론 푹신한 추억에 잠기기도 하고, 때론 분노와 후회의 감정에 잠기기도 하면서 이야기를 발굴했다.

그러나 한계도 명확하다. 가급적 화질 누수 없이 고해상도로 시대상을 담아내고자 했지만, 퇴색된 기억에 생생함을 더

하고자 색을 재현하고 덧입히는 과정은 쉽지 않았다. 만약 왜곡이나 과장이 있다면, 그것은 전적으로 글쓴이가 미숙한 탓이다. 또한 글의 시각이 전적으로 남성향일 수밖에 없었음을 고백한다. 여성만의 고유한 이야기에 관해서는 충분히 좋은 다른 책들도 많거니와 무엇보다 잘 다룰 자신이 없었다. 내 안에 담긴 심리적 편파성을 세대의 부분집합 정도로 너그러이 이해해주길 바란다. 다만 욕심이 있다면 이 각각의 글들이 별자리를 이루는 별들처럼 개체의 고유성을 유지하면서 동시에 집합된 의미를 갖기 바란다.

집요한 미움의 시대. 미움이 집요해진 만큼 사랑이 성실해진 것 같지는 않다. 그 감정의 불균등 속에서 자라나는 비관론과 운명론. 인생에서 자기 증명을 해야 할 순간에 놓인 사람들은 이따금 보여주고 싶지 않은 모습들을 여과 없이 보여주기 마련이다. 조급해질수록 쪼그라드는 자존감과 자꾸만 건조하고 신경질적으로 변해가는 모습을 숨길 수 없는 이들이 서로를 혐오하고 스스로에게 분노해가며 자발적으로 기쁨의 총량을 줄이면서 시들어가고 있다. 탄력받은 미움이 튕겨내는 느슨해진 사랑들이 보일 때마다 마음 한구석이 답답하게 죄어온다. 자기 쓰임새를 찾아야만 하는 사회적 인간으로서 청년들의 존재 증명 시간이 지나치게 길어진 탓일 것이다.

사람은 타인에게서 자신과 비슷한 구석을 발견할 때 큰 위로를 받는다. 동시대인으로서 같은 시기를 살아낸 경험을 보여주는 것이 조그마한 동질감이라도 자아낼 수 있다면 작가로서 그보다 좋은 일은 없을 것이다. 지금 자신을 증명하느라 버거운 시기를 견뎌내고 있는 이들에게 삶에 대한 애착 어린 친절을 건네는 나의 경험이 온전히 가닿길 바라는 마음이다. 친밀감의 불씨를 잘 키워내는 것, 그게 작가의 작은 소망이다.

얽매이는 게 많아질수록 삶에서 의미와 재미, 둘 중 하나는 꼭 가져야 한다고 생각한다. 특히 마음이 가난해서는 안 된다고 믿는다. 돈은 씀씀이가 헤플수록 좋지 않지만, 마음은 돈과 반대되는 원리로 작동하니까. 둘 중 하나라도 갖게 된다면 사랑과 친절이 결핍된 시대를 견디는 데 도움이 되어줄 것이다. 나를 몰라주는 세상에 서운한 마음은 잠시 접어두고, 내 그림자를 지켜줄 사소한 재미와 부여할 만한 의미를 꼭 품어주길 바란다. 반복성이 강한 나쁜 생각이 들 때마다 그 두 가지를 꼭 쥐어야 한다. 그래야 자꾸만 누군가를 미워하는 쪽으로 유도하는 세상에서 조금 더 불성실해질 수 있다고 믿는다. 이 책을 쓰며 나 역시 또 한 번 다짐했다. 이번에는 그림자를 잃겠다고.

이 책의 주요한 등장인물이 되어준 가족에게 가장 먼저 고마움을 표하고 싶다. 살면서 서로에게 많은 의지를 했다. 힘든 고비를 함께 넘기며 오늘에 이르는 동안 무수한 다툼과 책망이 있기도 했다. 그러나 우리 가족은 내가 글로 기록한 것보다 훨씬 더 대단한 사람들이다. 이 책이 가족에게 지나온 나날을 치유하는 계기가 되길 기도한다. 언제나 내 글의 첫 번째 독자가 되어주는 나의 연인에게도 고마움을 전하고 싶다. 그녀 또한 자신만이 할 수 있는 이야기를 놓치지 않고 책으로 써내는 유망한 작가다. 내가 사랑하는 작가의 애정 어린 독해는 항상 내 글의 세계를 넓혀준다. 글쟁이로서 글을 쓰는 상대와 사랑하게 된 것은 결코 놓치고 싶지 않은 행운이다. 또 한 번 합을 맞추게 된 여문책 소은주 대표님께도 감사의 말을 전한다. 소은주 대표님의 안목 덕분에 내 삶을 다룬 두 번째 책이 불황을 뚫고 기회를 얻어 세상에 나올 수 있었다. 마지막으로 세상을 고민하는 어느 청년의 성장 서사에 끝까지 함께 해주신 이 책의 독자들에게 감사의 말을 전한다.

2022년 2월
내 그림자와 함께하는 길목에서
글쓴이 나호선